춘천,
마음으로 찍은
풍경

춘천,
마음으로 찍은
풍경

문인 29人의
춘천연가

박찬일·최수철·한명희 엮음
박진호 사진

문학동네

춘천,
아름답고 사연 많은 도시

춘천. 春川. 봄내. 이 아름답고도 사연 많은 도시에 29명의 시인, 소설가들이 모인다. 춘천에서 태어났거나 춘천에서 살았던 혹은 살고 있는 문인들, 춘천에 각별한 사연을 둔 문인들이 모여 춘천을 얘기한다. 어떤 사람은 춘천을 추억하고 그리워할 것이며, 또 어떤 사람은 현재의 춘천의 모습을 들려주기도 할 것이다. 잊혀져가는 춘천의 옛이야기를 해주는 사람도 있을 것이다. 이 놀라운 기획은 더욱 놀랍게도 춘천시청에서 낸 것이다. 저명한 문인들의 글을 모아 춘천에 대한 책을 한권 만들어달라는 간명한 요청을 받은 것은 2008년 초봄이었다.

이 일을 맡고 내가 가장 먼저 떠올린 사람은 박찬일 시인이었다. 소설가 최수철도 생각났지만 그가 이 번거로운 일에 참여해줄지에 대해서는 자신이 없었다. 나의 걱정이 무색하게도 이 두 사람은 기꺼이 이 책을 만드는 일에 참여해주었고 나는 일의 대부분을 그들에게 의지했다. 우리 편집위원들은 서울과 춘천에서 자주 만났다. 춘천에 대한 애정과 문학에 대한 열정, 그리고 의욕이 넘치는 자리였다. 편집위원 한 사람은 인간관계를 중요시하여 여러 사람을 세심하게 배려하는 자상

함을 보였다. 또 한 사람은 매사를 공정하고 합리적으로 처리했다. 덕분에 이 책은 아주 균형 잡힌 것이 되었다고 생각한다.

사진작가 박진호와 강원대 함복희 박사의 기여도 컸다. 박진호 작가는 나의 예상과 기대대로 좋은 사진을 만들어주었다. 나는 그를 소개할 때 '30대 중반에 국립현대미술관에 작품을 소장케 한 작가'라고 한다. 그러나 이 책을 만들면서는 그에 합당한 대우를 하지 못했다. 고맙다는 말로 나의 짐을 조금 덜어놓는 수밖에 없다. 함복희 박사는 고전문학 전공자답게, 그리고 설화 채록에 많은 시간을 보낸 사람답게 춘천의 지명과 지리에 아주 밝았다.

이러한 노력들에도 불구하고 흡족하지 못한 부분도 있다. 춘천에 대해 더 좋은 얘기를 들려줄 분들을 놓치기도 한 것이다. 다시 한번 이런 책을 낼 수 있게 된다면 당연히 그분들을 우선해서 모셔야 하리라. 춘천은 문인들로 보아도 그렇고, 아름다운 풍경으로도 그렇고, 춘천과 얽혀 있는 사연들로도 그렇고 이 책 한 권으로 마무리해버리기에는 너무나 아까운 곳이다. 춘천은 이런 책이 몇 권쯤은 더 나오고도 남을 곳이라는 것이 우리 편집위원들 모두의 생각이다.

　이런 책의 서문에서는 당연히 춘천에 대한 '자랑'이 들어가야 할 것이다. 그러나 나는 이 책의 기획을 맡기 전이나 이 책의 머리말을 쓰고 있는 지금에도 춘천은 뭐라고 딱 꼬집어 말하기 어려운 곳으로 느끼고 있다. 사실 이 책에 실린 상당수의 글들은 춘천을 찬미하고 춘천으로 유혹하기보다는 춘천에서 받은 고통과 상처를 기록하고 있다. 더구나 지금 내가 쓰고 있는 이 글이 개인적인 것처럼 이 책에 실린 이야기들도 대부분 작가 개개인의 사적인 것들이다. 그러나 뛰어난 시와 소설이 그러한 것처럼 그 개인적인 이야기들이 시대와 지역을 뛰어넘는 보편성을 지니고 있어 여러 사람이 함께 읽기에 부족함이 없다.

　우리 편집위원들은 이 책을 반쯤은 '문학 작품집'으로 생각하고 만들었지만 이 책의 역할과 기능은 '문학'을 넘어서는 곳에 있다. 어떤 사람들은 이 책을 고향에 대한 향수로 읽을 것이고 또 어떤 사람들은 젊은 한때의 추억을 반추하기 위해 읽을 것이다. 낯선 도시에 대한 호기심으로 읽는 이들도 있을 것이다. 그리고 분명 이 책을 여행안내서로 읽는 사람도 있을 것이다. 물론 필진들의 명성에 이끌려 책을 읽는 사람도 있을 것이다. 우연히 펼친 페이지에 실린 사진에 반해서 이 책을 읽는 사람도 분명 있으리라. 그 어느 쪽이든 이 책은 그 역할을 다 하고 있다고 감히 장담할 수 있다.

이 책을 만드는 데 도움을 주신 분들이 많다. 당연히 글을 써주신 분들에게 가장 먼저 고마움을 표해야 하리라. 자료사진을 제공해준 김수진, 심창섭, 이경애, 지희준, 허일영 다섯 분께도 감사드린다. 잡다한 일을 잘 처리해준 강원대 스토리텔링학과 김소임양에게도 고마움을 표한다. 춘천시청에서도 여러분이 도와주셨지만 특히 이진수 선생의 도움이 컸다. 무엇보다 큰 공은 이 일을 기획하고 지원을 아끼지 않은 춘천시청에 돌려야 할 것이다. 춘천. 봄내. 화이팅!

2009년 2월
『춘천, 마음으로 찍은 풍경』 편집위원 박찬일, 최수철, 한명희
선배 편집위원들을 대신하여 한명희 쓰다

제2부 _ 춘천은 가을도 봄이지

제3부 _ 춘천으로 이르는 마음의 여정

제1부

춘천행
완행 열차

이승훈

전상국

이영춘

한수산

박찬일

박형서

김도연

노재현

박기동

박민수

내
고향
춘천

이승훈 (시인)

내 고향은 춘천이다. 난 춘천에서 태어났다. 그러나 태어나자마자 당시 의사였던 아버지는 곧장 홍천 변두리 작은 시골로 이사를 하고 거기서 처음 개업을 하신다. 나는 그곳 초등학교에 입학하고 6·25전쟁이 터진 것은 초등학교 2학년 때. 어른들을 따라 남쪽으로 피란 다니던 일만 머리에 생생하게 남아 있다. 수복이 되어 처음 정착한 곳은 원주였고 다시 춘천으로 이사한 것은 초등학교 6학년 겨울. 봉의산 아래 임시 가교사를 사용하던 춘천초등학교로 전학한다. 그러나 여기저기 떠돌며 지냈기 때문에 공부에 재미를 붙이지 못하고 전쟁 통에 떠돌며 보낸 일은 아직도 가슴에 보이지 않는 상처로 남아 있다. 언제나 불안하고 무엇엔가 쫓기고 있는 듯한 강박관념은 지금도 계속된다.

팔자가 그랬는지 이렇게 떠도는 삶은 그후에도 계속된다. 중학교와 고등학교 시절을 춘천에서 보냈지만 어둡기만 하던 가정생활 때문이었는지 난 고향에 대한 아름다운 추억이 별로 없다. 중학교 시절. 마을 변두리 판잣집 골목이나 가설극장 앞 공터에서 봄이 오고 있었다. 으스스한 봄날 공터에선 서울에서 내려온 악사와 약장수, 그리고 슬픈 치마저고리를 입은 여자가 구성진 노래를 부르고, 학교에서 돌아오는 길에 나는 시간 가는 줄 모르고 거기 서서 그들이 부르는 노래와 약 파는 모습을 바라보고 있었다. 바람만 불던 으슬으슬한 봄날 저녁이었다. 그 무렵 중학생이던 나를 휩싸던 이상한 슬픔과 으슬으슬했던 추위는 지금도 봄날 저녁이면 나를 찾아온다. 대룡산 허리나 남춘천 쪽 들판에 부우연 먼지만 일던 봄날 저녁 집에서는 아버지가 앓고 계셨다.

고교 시절 고향의 가을은 너무 고왔다. 그때는 지금처럼 댐이 생기기 전이라 안개가 별로 없었다. 맑은 가을햇살만 고요히 내리던 날. 그러나 아버지는 앓고 계셨다. 고향이 낯설게 느껴지는 것은 어린 시절의 전쟁 체험과 사춘기 때의 어둡던 가정환경 때문이고 내가 시를 쓰기 시작한 것도 그렇다. 그 무렵 나를 구원한 것은 끝없는 현실 도피, 아련한 몽상, 병적일 정도의 인간 기피증이다. 고향에 살면서도 나는 고향의 자연을 즐길 수 없었다. 고교 시절에 내가 춘천에서 읽은 것은 이상한 상실감이다.

이 길을 가면
나의 마음은 비어간다.

춘천 변두리 골목길

어쩌면 겨울 한나절 같은

햇빛이 퍼져오는

오후의 잔상들이

하나씩 떨어져간다.

고교 2학년 때 발표한 「나목이 되는」의 앞부분이다. 고교 시절이
끝나자 아버지는 다시 이사를 한다. 처음에는 강원도 벽지 영월, 다
음엔 삼척, 울진, 평해, 후포, 포항, 주문진, 속초 등지로 한 해가 멀
다 하고 옮겨 다니시고, 서울에서 대학생활을 하던 무렵 방학만 되
면 언제나 불안했다. 나는 고향이 아니라 낯선 마을을 찾아가야 했
기 때문이다. 가방을 들고 낯선 마을을 찾아갈 때면, 비록 따뜻한

추억은 없었지만, 고향인 춘천이 그렇게 그리울 수가 없었다. 내가 고향에 대한 그리움을 뼈저리게 느낀 것은 대학 시절이다. 나는 객지에서 다른 객지를 찾아간다는 불안과 공포에 시달리고 있었다.

내가 다시 고향에 정착한 것은 1969년이다. 운이 좋아 그해 가을 나는 춘천교육대학으로 직장을 옮긴다. 그때 나이가 스물여덟. 서울 생활에 몹시 지쳤던 때이고 고향에 대한 그리움이 세차던 때라 직장을 춘천으로 옮기게 된 것이 여간 기쁘지 않았다. 고교 시절의 어둡던 추억이나 상처 따위는 나를 아프게 할 것 같지 않았다. 서울 마장동에서 버스를 타고 경춘가도를 달리며 그해 가을 내가 본 것은 국도에 피어 있던 가냘픈 코스모스였다.

그러나 춘천에서 내가 만난 것은 안개였고 안개 속에서 옛날의 상처와 싸우며 춘천 생활이 시작된다. 가을부터 끼기 시작하는 안개는 겨울을 지나 봄이 되어서야 서서히 물러가곤 했다. 다시 찾은 고향에서 그해 가을 내가 느낀 것은 이상하게도 견디기 어려운 슬픔이었다.

아아 기어이 돌아온 것인가
서울의 가을이 차겁게 흐르는
내 이마, 깊고 푸른 팔뚝으로
고향의 커다란 슬픔을 껴안으면
욕망의 지렁이가 울고
쏟아지는 시간의 달이 비친다

그 무렵 쓴 「춘천1」의 끝 부분이다. 이런 감정은 춘천 생활을 끝내고 다시 서울로 직장을 옮기던 1979년 겨울까지, 그러니까 10년 동안 지속된다. 30대에 춘천에서 만난 것은 안개와 호수지만 춘천의 안개는 아름다운 신비와 우수와 환상이 아니라 깊은 밤 흐느끼는 울음소리였다. 그 무렵 나는 폐결핵을 앓고 있었다. 호수 역시 그렇다. 내가 만난 호수는 평화와 고요와 사랑이 아니라 부질없이 설레는 막막함과 짙은 유배감이었다. 춘천에서 나는 호반의 벤치가 아니라 호반의 유배와 만나고 춘천 출신 시인 최승호는 3면이 물로 된 춘천에서 자궁, 나른한 권태, 몽상을 읽지만 나는 답답한 유배의식을 읽었다. 그래서인가? 최승호, 박찬일, 최수철 같은 춘천 출신 문인들은 자연이 아니라 방황하는 현대인의 내면을 노래한다. 유배

의식이 현대성과 통하고 그런 의미에서 3면이 물로 둘러싸인 호반
도시 춘천은 현대의 내면이다.

미션 계통 여자대학 기숙사
창문들이 바다를 향해 열려 있었다
자식은 오지 않을 모양이다
불빛이 하나둘
늪에 빠지고 있었다
어떤 것은 몹시 흔들렸다
아직 알려지고 싶지 않다는
기미를 보였다 자식은

줄이 없는 것 같았다

바다의 3면, 침침한 기후에

혹은 떠 있는 배

　김영태의 「유배」 후반부이다. 춘천에서 느끼는 유배감은 강원도
벽지 영월에서 느끼는 유배감과 다르다. 영월이 산들 때문이라면
춘천은 물 때문이다. 미션 계통 여자대학은 지금 한림대로 바뀌었
지만 김영태가 춘천에서 읽는 것은 3면의 바다이고 춘천에 사는 친
구 생각이고 침침한 기후이고 3면의 바다에 떠 있는 배다. '자식'
으로 불리는 친구는 당시 춘천에 살던 나다.

　학교 연구실을 성이라고 부르며 안개 속에서 그렇게 10년을 보

내고 나는 1980년 봄, 서울로 직장을 옮긴다. 2월 25일. 나는 독감에 시달리며 당시 초등학교 5학년이던 반이와 함께 성이 있는 마을 석사동으로 간다. 연구실 책들과 물건들을 정리하기 위해서다. 그날은 바람이 불지 않았다. 성에 쌓아둔 책들, 벽에 걸린 복사판 그림들, 컵, 주전자 등을 정리했다. 벽에 걸린 그림들 가운데 당시 내가 제일 아끼던 것은 뭉크의 〈천국에서 만납시다〉였다.

난 추운 겨울 저녁 학교 도서관 2층 열람실에서 우연히 펼쳐본 일본 미술잡지 『뮤즈』에서 처음 그 그림을 본다. 겨울 저녁 해가 지던 석사동. 그 황량하고 추운 시간에 창가에 앉아 그 그림을 볼 때 나는 거의 미칠 것만 같았다. 그림 속에는 두 남녀가 나체로 서로 껴안은 채 하늘로 올라간다. 그들은 눈을 감고 있다. 뭉크를 사로잡던 불안, 회색빛 청춘, 우울한 동경, 황량한 그리움은 당시의 나의 초상이고 춘천의 내면이다.

영이와 반이를 데리고 서울행 버스에 오른 것은 2월 30일 저녁 무렵이다. 바바리를 걸치고 한 손에는 가방을 들고 뉘엿뉘엿 겨울 해가 지는 버스터미널에서 나는 다시 뒤를 돌아본다. 성이 있는 마을. 10년의 세월. 그 많은 시간들은 내 가슴에 남아 있을 것이다. 춘천에서도 나는 나약했다.

내 고향은 춘천이다. 서울에서 버스로 두 시간이면 고향에 간다. 그러나 내가 자주 고향을 찾지 못하는 것은 어둡던 어린 시절, 30대의 안개 때문이다. 고교 시절 하루 종일 바람만 불던 봄날 저녁, 나는 효자동 산기슭에 있던 작은 집 서향 마루에 앉아 석유램프의 흐린 등피燈皮를 닦고 있었다. 지금도 거기 앉아 등피를 닦고 있을 것 같다. 한 인간에게 고향은 과연 무엇일까?

두 시간 버스를 타고
오늘도 문득 내려가면
너는 거기 있구나
옛날처럼 내 상처
다스리며 말없이 서 있구나
가을 해 부서지는 길거리에
사금파리 울음 감추고
너는 나를 맞는구나

이 시는 서울 생활을 하며 쓴 「고향」의 앞부분이다. 다시 생각하면 고향이 나를 괴롭힌 게 아니라 내가 고향을 괴롭힌 것 같다. 이제 춘천은 가을 산길에 피어 있는 한 송이 들국화 같다.

이승훈 1942년 춘천 출생. 한양대 국문과와 연세대 대학원 국문과 졸업. 1963년 『현대문학』으로 등단. 현대문학상, 한국시협상, 시와시학상, 이상시문학상, 김삿갓문학상, 심연수문학상 등 수상. 현재 한양대 명예교수로 재직중. 시집 『사물A』 『당신의 방』 『이것은 시가 아니다』, 시론집 『모더니즘 시론』 『포스트모더니즘 시론』 『한국 모더니즘 시사』 『한국현대시론사』 등이 있다.

봄내의
봄날
봄·봄하다

─춘천 생활 연보를 통해서 본
'그'의 인문주의적 생존방식

전상국 (소설가·김유정 문학촌 촌장)

봄

1957년 봄.

홍천 시골 얼뜨기 아이의 춘천 입성은 썩 좋지 않은 기억으로 새겨진다. 아이 또래의 불량배들한테 두 손을 높이 쳐든, 완전 항복의 상태에서 주머니 뒤짐을 당한 것이다. 그리고 주머니에 돈도 없는 놈이 키만 더럽게 크다는 이유로 직사하게 얻어터진다.

아이는 중학교 때 종종 그랬듯 고등학생이 되어서도 학생 입장 불가의 영화관에 몰래 숨어들었다가 야한 영화를 함께 보던 학생부 선생님한테 직통으로 걸렸다. 그날 그 선생님이 잡아뗀 명찰을 아이가 다시 돌려받은 것은 학교 선배들 교실에 끌려가 양동이를 머

한·일·중 작가들이 '실레, 스토리 빌리지'로 선언한
실레마을 '김유정 문학촌'에서 필진들과 함께

리에 뒤집어쓴 채 몰매를 맞은 뒤였다.

1958년 봄.

아이는 학교 문예반에 들어간다. 열등감 체질이 본능적으로 선
택한 생존전략이었을 것이다. 중학교 때 탐정소설을 좀 읽었다는
그 위세만 믿고 들어간 문예반에서 아이는 절망한다. 시와 소설의
구별은 물론 문학의 문 자도 모르는 아이는 그 문예반에서 이미 마
빡에 피가 마른, 도덕적으로 매우 불량한 아이들을 만난 것이다. 허
니, 서니, 그니, 후니, 경이, 혜자, 명희 등등. 춘천의 빡빡머리 문사
들의 거드름, 문학의 그 오솔길 초입에서 아이가 처음으로 만난 얼
굴들이다.

그 나이 또래의 문학적 방종은 쉽게 전염되는 법. 자기 감추기와 부풀리기 매직에는 술이 최고였다. 효자동 삼거리의 풀빵 포장마차에서 사카린이 듬뿍 섞인 단팥의 풀빵을 안주로 양동이 하나 가득 받아온 막소주를 물컵으로 마시는 객기의 세월 그 어느 날. 약사동 고갯길의 판잣집 식당에서 선짓국 한 뚝배기를 시켜놓고 술 한 잔에 한 숟갈씩만 먹기로 한, 피보다 비싼 그 선짓국을 '나는 뜨거운 국물이 좋다'(그 겨울 저녁 뜨거운 국물이 안 좋을 사람이 어디 있겠는가)면서 몇 숟가락씩 퍼먹던 후니를 아이들은 미워하기 시작한다.

질투였다. 그때 후니는 문예반 선생님의 총애를 한 몸에 받으면서 백일장에 나가 입상을 도맡았던 것이다.

백일장 사건은 아이에게 치명적이었다. 아이는 문예반에 들어가 단 한 번 써낸 글을 통해 자신이 어휘력은 물론 문장도 엉망이라는 것을 알게 된다. 게다가 두번째 참가하는 백일장 날 '너는 나갈 자격도 없다'는 선언을 들으며 열외로 밀려난다(그 봄날 함께 열외로 밀려났던 서너 명의 친구들은 누구들이었을까, 아이는 불현듯 그들이 보고 싶다).

아이는 그날 학교 철조망 개구멍으로 빠져나와 소양강 강둑에 앉아 울음을 터뜨린다. 그 봄날의 소양강 찬연한 물빛이 왜 그리도 슬펐는지. 열아홉 살 아이의 그 절절한 울음은 공지천 건너편 뱀산의 만발한 철쭉을 바라보는 순간 또다시 터져나왔다.

그 봄날의 울음이 한순간에 열없어진 사건이 그날 있었다. 경춘

선 철길 위에서 나환자 가족을 만난 일이다. 철길 밑에 움막 하나가 있고 그 속에서 나온 나환자 남자 어른이 어린 아들을 데리고 볕 쪼임을 하고 있는 풍경. 아이에게 그것은 새 세상의 발견이었다.

아이는 그날 이후 그 나환자의 어린 아들 마음이 되어 이야기 하나를 만들어내는 즐거움에 빠진다. 「산에 오른 아이」란 2백자 원고지 60장이 조금 넘는, 아이가 이를 악물고 평생 처음으로 써본 소설이다.

그 작품이 제6회 학원문학상 고등부 소설 부문 350여 편 응모작 중에서 3등으로 입상한다. 그러나 월요조회 대운동장의 문학상 트로피 전달식에서 아이 것보다 더 큰 트로피를 받는 학생이 있었다. 후니, 학원문학상 시 부문 1등.

아이가 다시 이를 악물고 쓴 소설 「황혼기」가 강원일보 학생 신춘문예 현상응모에서 소설 부문 당선 없는 가작 1석으로 입상한다. 그해 시 부문 당선은 후니였다.

가작 인생의 비애가 대학노트에 주절주절 적힌다. 연서 형식을 빈 그 일기의 수신자는 'S'였다. S는 『젊은 베르테르의 슬픔』에 나오는 여주인공 샤로테의 이니셜. 아이가 짝사랑에 빠진 것이다. 초등학교 때는 여선생님, 중학교 1학년 아이의 짝사랑 대상은 읍내의 신문 배달하는 중3 소녀.

지금 문예회관이 있는 효자동 골목 맞은편 언덕의 작은 비탈 집에 사는 스물두어 살 안팎의 소녀가 아이의 마음을 사로잡았다. 쪽마루에 앉아 뜨개질을 하거나 닭장을 드나들며 닭들과 노는 그네의 모습을 보기 위해 자취방 창문에 구멍을 냈다. 짝사랑이 대체로 그러하듯 아이는 그네에게 말을 걸어본 적도 연서 쪽지를 건넨 일도 없다. 그 대신, S여 내게 춘천의 봄은 아직도 춥기만 합니다, 뭐 이런 투의 글을 대학노트에 적는 일이 고작이었다.

자취방 앉은뱅이책상 밑에 감춰둔 그 대학노트 두 권을 서울로 유학 간, 아이의 중학 시절 친구 하나가 찾아와 모두 읽어버렸다. "야, 너 참 솔직하더라." 아이의 일기장을 훔쳐 읽은 그 친구의 말이었다. 아이는 그 당장 자신의 일기장인 대학노트를 모두 불태웠다. 그 사건 이후 아이는 평생 일기를 쓰지 않았다.

1966년 봄.

그는 고등학교를 졸업한 지 꼭 6년 만에 다시 춘천에 돌아온다. 사립인 원주 육민관고등학교 국어선생에서 공립인 춘천중학교로 자리를 옮긴 것이다. 어릴 때부터의 꿈이 선생님이었던 그의 춘천에서의 교직생활은 즐거웠다. 그때 춘천중은 강원도의 수재들이 들어오는 명문이었다. 가르치는 즐거움, 그 열성 탓인지 내리 7년 동안 3학년만 담임했다.

그때 그가 담임했던 학생들 중 문단에서 그 얼굴을 다시 만난 이들도 꽤 있다. 최수철, 최승호, 박찬일, 조성림, 정정조, 신현봉, 최현순 등. 문인뿐 아니고 춘천에서 늘 얼굴을 대하는 저명인사들도 여럿인데 그중 현재의 시장님이나 강원대학교 총장님도 그 시절 그의 담임 반 학생들이었다.

그러나 그는 당시의 제자들을 만나는 일이 두렵다. 심심해서 걸어찬 돌인데 그 돌에 얻어맞은 개구리로서는 치명적인, 그런 마음의 상처를 결코 잊지 않고 있을 제자들에 대한 죄의식일 것이다.

아무튼 그는 춘천에서 결혼도 했고 아이들의 아버지가 되었고, 그 아이 중 하나를 땅에 묻기도 했다. 일과가 끝나면 학교 운동장에서 운동도 했고 닭갈비(요즘의 닭갈비가 아니다)를 안주로 소주를 마시며 희희낙락했다. 당시 그가 바랐던 유일한 꿈은 자신만이 홀로 쓸 수 있는 방 하나를 갖는 일이었다.

방 하나를 따로 갖고 싶다는 이 조짐은 이제 이쯤에서 슬슬 몸을 빼고 싶은, 이것이 아닌 또다른 신명의 오솔길 하나를 걷고 싶다는, 그동안 가둬뒀던 욕구의 꿈틀거림이었을 것이다.

1972년 이른 봄.

그는 대학 은사인 조병화 선생님으로부터 느닷없이 걸려온 전화를 받는다. 그날부터 꼭 일주일 뒤 그는 만 6년 세월, 춘천의 봄을 뒤로하고 서울로 올라간다.

여름

1985년 3월.

그의 서울 탈출의 꿈이 춘천 귀향으로 이루어진다.

물론 12년 동안의 서울 생활에서 넘치게 많은 것을 얻었다. 1963년 등단한 지 만 10년 만에 새로이 글쓰기를 시작한 일이며 그 결과물

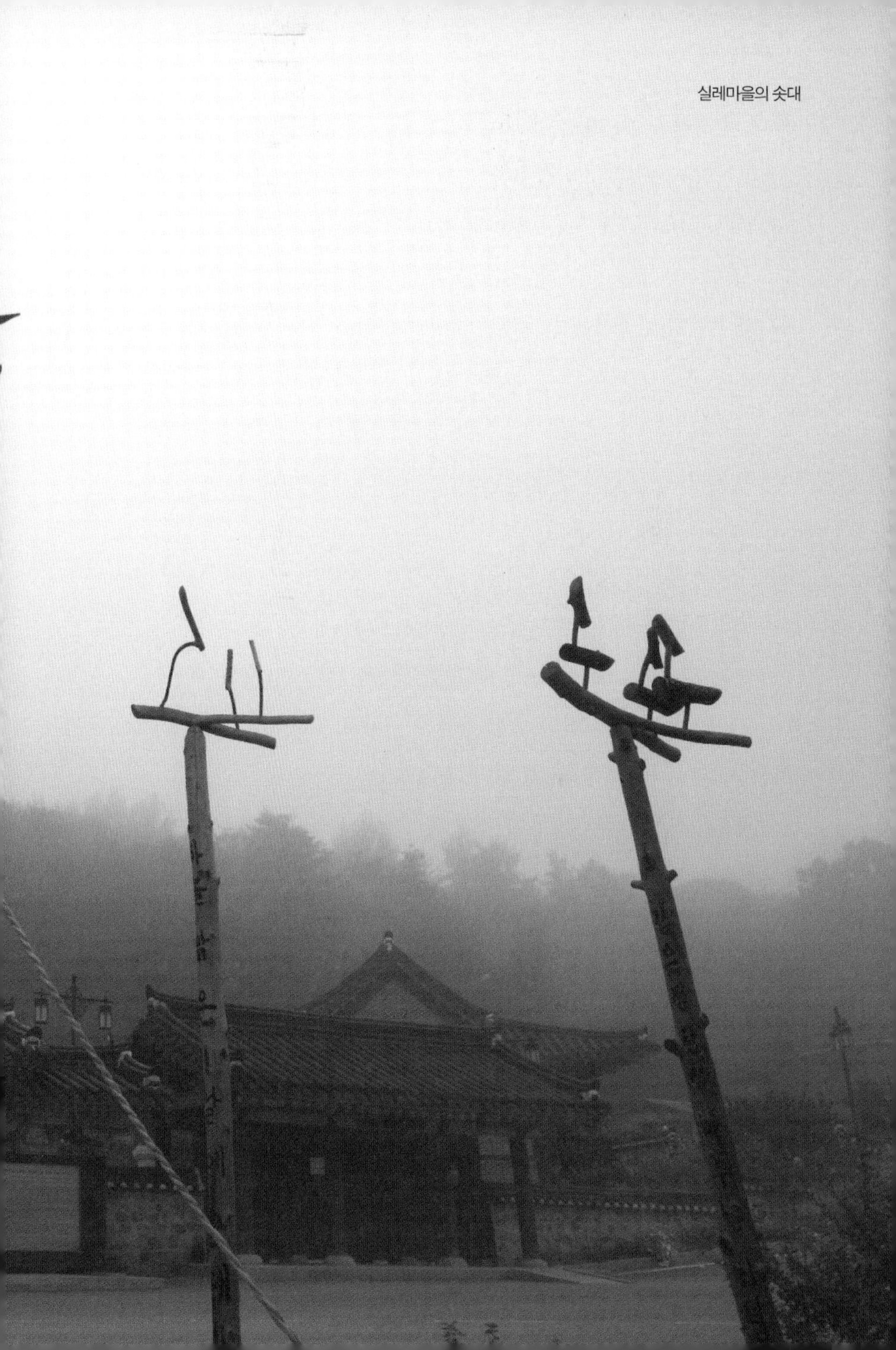

실레마을의 솟대

에 대한 평가도 그런대로 괜찮아 여러 개의 문학상을 수상하면서

작가로서의 지명도도 꽤 높았다.

그러나 즐거워야 할 가르치는 일에 대한 잦은 회의로 그는 번민

한다. 처음부터 끝까지, 이건 결코 교육이 아니라는, 서울 교육현장
에서의 불신과 자괴감은 가르치는 열정과 신명이 통하던 춘천 생활
에 대한 그리움을 더하게 했다. 어쩌면 그 실의의 번뇌는 더 근원적
인 데 있었는지 모른다. 글 쓰는 일에 대한 조급증, 두 가지 길을 걸
어서는 하나도 잡지 못한다는 어떤 강박의 쫓김 같은 거.

더 솔직히 말해 그것은 교과서적인 삶으로부터의 일탈을 원하는
자유분방한 작가로서의 새로운 길 찾기였을 것이다. 쥔 것 하나를
놓는, 전업작가의 길을 걷고 싶은 유혹이기도 했다.

전업작가의 길을 모색하는 중에 서울 탈출의 길이 열렸다. 마흔
다섯 나이에 새로이 시작한 춘천 생활은 중앙로 로터리의 카페 오
페라에서의 생맥주로부터 시작되었다. 고교 동창인 카페 주인은 춘
천 사람들 모두를 꿰뚫고 있어 그의 춘천 통신, 그가 춘천을 아는
유일한 통로였다.

문제가 있었다. 귀향의 들뜬 마음으로 비롯된 만남의 보이지 않
는 트러블. 그 나름으로는 사람들을 허심탄회하게 대하고 있었지만
느낌 그대로를 거침없이 표현하거나 때로 우스개로 눙쳐 말하는 그
의 화법이, 또한 가능하면 상대의 좋은 점만 보려는 그의 사람 대하
는 매너가 오히려 여러 사람들에게 상처를 주는 결과를 빚어낸 일
이다. 사실은 자신이 춘천에 존재한다는 사실만으로도 많은 사람들
의 몫을 빼앗거나 마음을 불편하게 했다는 사실을 그는 나중에야

터득한다.

춘천 생활 5년쯤이 지나서야 그는 비로소 사람 만나는 일에 조심한다. 사람과의 만남은 오직 뺄셈뿐이라는, 사람을 가려 만나는 염인 증세까지 살포시 찾아온다. 어느 때부터인가 그는 사람들과의 만남은 물론 글쓰기의 그 징그러운 집착으로부터 어느 정도 벗어날 수 있는 오솔길을 걷고 있었다.

자연은 그냥 바라보기만 해도 위안이었다. 그것은 확실히 사람들과의 밀고 당기기의 탐색과는 달리 온통 덧셈이었다. 그는 자연 속에서 두 개의 그가 아닌 온전한 하나의 자신을 느낄 수 있었다. 그가 아닌 그와 그가 되고 싶은 그가 완전한 화해를 하는 곳이 바로 자연이었던 것이다.

참 많은 산을 쏘다녔다. 산의 나무와 들꽃 이름을 많이 익히면서 애니미즘의 경지에도 이르렀다. 빈 땅에 나무도 많이 심었다. 평생 처음으로 하는 농사일을 흉내내는 일에도 깊이 빠졌다. 그는 자연 앞에서 거침없이 감동했고 그 충만한 마음으로 사람들을 바라보면서 염인 증세도 사라졌다.

그러한 자연 친화가 그의 글쓰기를 부추긴다. 춘천 실레마을이 김유정 소설의 배경이듯 그의 작품 역시 춘천을 무대로 한 것이 꽤 있다. 「아베의 가족」 「동행」 「지빠귀 둥지 속의 뻐꾸기」 「실종」 「소양강처녀」 「한주당, 유권자 성향 분석 사례」 「물매화 사랑」 「음지의 눈」 『유정의 사랑』 「플라나리아」 등등.

그러나 그의 오솔길 산책의 신명과는 상관없이 그는 이미 지역의 내걸린 얼굴이었다. 지역의 여러 모임이 그의 얼굴을 필요로 했다. 소설 쓰는 작가로, 또 그 작품으로 알려지기보다 교수, 회장 등어떤 조직의 라이선스가 더 많이 통했다. 그것이 스스로 자초한 일이긴 하지만 그는 가끔 자신이 쓴 작품으로 평가받지 못하는 일에대해 허전한 마음을 감추지 못했다.

더구나 언제부터인가 그는 김유정에게 미친 사람으로 널리 알려졌다. 그의 아내는 자기 할아버지 제삿날도 잘 챙기지 못하면서 김유정 추모제를 준비하는 그를 향해, '김유정은 당신 같은 아들을두어 참 좋겠다'고 비아냥댔다.

그리고 가을

2008년 가을.

그는 김유정 탄생 100주년 행사를 대충 끝낸 며칠 뒤 '봄·봄'길, '동백꽃' 길, '금 따는 콩밭' 길 등 자신이 직접 작가의 작품 이름으로 등산로 이름을 붙인 금병산 김유정 등산로에 혼자 오른다. 이미 이 세상 사람이 아닌 카페 오페라 주인과 함께 20여 년 전 처음으로 금병산에 길을 내던 기억이 새로웠다. 그 산길에서 그는 죽은 친구의 킬킬거리는 웃음소리를 듣는다.

누군가 해야 할 일을 하고 있을 뿐이라고? 이렇게 해야 이 고장의 문학이, 아니 우리 스스로의 무게를 잡아 제대로 대접을 받는 날이 올 것이라고? (그 친구 특유의 공격 화법은 계속된다.) 내가 다 알

지. 킬킬…… 작가로서 그 명성을 알아주지 않으니까, 킬킬…… 사
실은 작품을 못 쓰니까 이런 일이라도 해서 작가 대접을 받겠다는
자네 속심.

물론 그는 알고 있었다. 집 하나가 세워지면 하릴없이 또다른 공
사장으로 실려나가는 비계 혹은 거푸집 같은 자신의 역할, 자기 집
세우기와는 전혀 무관한 그런 일을 자신이 어느 때부터인가 즐기고
있다는 사실도. 모두 자기 집으로 돌아간 뒤의 그 빈자리에서의 허
망함까지도 그는 즐기고 있었는지 모른다.

2008년 10월 3일.

서울 청량리역을 출발한 경춘선 열차가 11시 40분 춘천 실레마
을 김유정역에 도착한다. 한국 일본 중국의 스타급 작가들이 타고
온 특별열차다. 이야기로 만나는 아시아의 작가들은 놀란다. 춘천
은 아름답다. 이런 시골에 김유정역이라니, 도대체 역 이름이 생길
정도의 작가가 누구인가. 그날 저녁 한·일·중 작가들은 김유정 문
학촌 가설무대에서 춘천 실레마을을 '실레, 스토리 빌리지'로 선언
한다. 이것이 춘천 문화예술의 한 획을 긋는 매우 큰 사건이라는 것
을 아는 사람들은 많지 않다.

2008년 10월 25일.

이야기로 만나는 강원 문인 큰잔치에 초대받은 출향 원로 문인
황금찬 시인은 자신의 서른여섯번째 시집 출판을 기리는 자리에서

말한다. '내 고향 강원도 사람들에 대한 이제까지의 내 부정적인 생각을 오늘 이 자리에서 바꾸기로 한다.' 앞서 이룬 선배에 대한 후배 문인들의 환대에 대한 뜨거운 감동이 그 말 속에 배어 있었다.

90세, 그 원로 문인은 춘천을 떠나기 전 그의 손을 잡은 채 서너 번이나 거듭 같은 뜻의 당부를 했다.

"물론 이런 일을 할 사람도 필요하지요. 허지만 글을 써야 해요. 큰 작품을 써야 합니다. 좋은 글 쓰겠다고 나하고 약속합시다. 구십, 이 나이까지 시를 쓰고 있는 내가 당신에게 간절히 당부를 하는 거요."

봄이 그러하듯 봄내의 가을은 짧다. 그의 봄내의 봄도 여름도 물러간 저녁 실레마을에 '갈' 날의 저녁바람이 그의 옷깃을 스친다.

전상국 1940년 강원도 홍천 출생. 경희대 국문과와 동대학원 졸업. 1963년 조선일보 신춘문예에
「동행」이 당선되어 등단. 현대문학상, 동인문학상, 대한민국문학상, 윤동주문학상, 김유정문
학상, 이상문학상 특별상 등 수상. 소설집 『우상의 눈물』 『아베의 가족』 『우리들의 날개』
『지빠귀 둥지 속의 뻐꾸기』 『사이코』, 장편소설 『늪에서는 바람이』 『불타는 산』 『길』 『유정의 사랑』, 산문집
『물은 스스로 길을 낸다』 등이 있다.

호수와
안개와 사랑,
그리고
나의 뮤즈!

이영춘 (시인)

내가 춘천에 뿌리내린 지도 어언 43년이 된다. 대학을 졸업하고 이곳 지방신문사에 취직이 되어 내려왔다. 내려오자마자 서울에서 몇 번 스쳐 지났던 한 남성이 주말마다 이곳으로 줄기차게 나를 찾아 내려왔다.

이곳 강과 호수는 내 정서와 사랑을 키우는 데 결정적인 역할을 했다. '여자는 물에 약하다'고 했던가?! 강물 때문에 아주 리릭한 사랑을 키웠고 안개 때문에 뼈대 곧추세우지 못하고 안개꽃처럼 녹아내렸다. 내 사랑은.

춘천은 글자 그대로 봄처럼 따사롭고 포근한 '물의 도시'이다. 이곳에서도 내가 가장 좋아하는 곳이 몇 군데 있다.

춘천시 서면에 위치한 '미스타페오'라는 카페이다. '미스타페오'는 카를 융의 심리학에 나오는 말로 '위대한 사람, 혹은 위대한 영혼'이란 뜻이다. 위대한 '물의 영혼'이 물씬 풍겨나는 곳이라 명명해도 좋으리라.

이곳에 가면 음악이 흐르고 강이 흐르고 멀리 강줄기를 타고 소양강을 건너가는 나룻배가 보인다. 카페 앞 강나루에는 배터가 있고, 이 배터에는 이승만 대통령이 참전용사 전사자들을 위해 하사했다는 수령 7, 80년 된 느티나무가 주인인 듯 서 있다.

이곳은 많은 예술가들이 왔다 가는 곳이기도 하다.

2002년이었던가! 한국시사랑문화인협의회(대표 최동호)가 이끄는 가을 시낭송회가 이곳에서 열렸다. 그때 속초에 살고 있던 '별을 노래하다' 우리 곁을 떠나간 고故 이성선 시인도 참석하여 낭송을 했다. 그것이 그의 마지막 발걸음이 되었다. 그는 그날 왜 그리 서둘러 속초로 돌아갔는지? 내 차례가 되어 낭송을 하고 자리에 돌아와보니 그는 이미 가고 없었다. 그후 나는 이곳에 가면 늘 그의 모습이 아픈 기억으로 떠오른다. 해질녘이면 고즈넉한 강물이 소리 없이 흘러가고 별들은 그의 노래처럼 강물 위에 길게 몸을 눕힌다.

이곳 '미스타페오' 부근에 가면 '박사마을'과 '환상의 도로'도 빼놓을 수 없는 코스다. '환상의 도로'는 의암댐에서부터 춘천댐까지 약 8킬로미터쯤 된다. 나는 혼자 강가에 나가면 으레 이 코스를 드라이브한다. '환상의 도로'라고 명명한 사람은 1980년대 중반 『인생극장』이란 작품으로 우리의 흥미를 끌었던 홍성유 소설가라고 한다.

'환상의 도로' 중간쯤에 있는 '박사마을'은 춘천에서도 내가 가장 살고 싶은 곳이다. 그러나 내 땅이 없고 내 집이 없어서 그곳에 가서 살 엄두를 못 내고 있다. 그냥 동경할 뿐이다. 박사 이야기가 나왔으니 첨언하겠다. 그곳은 우리나라에서 현재까지 박사를 제일 많이 배출한 곳이다. 유엔 의장과 외교통상부 장관을 지내고 현 정부에서는 국무총리를 맡고 있는 한승수 총리를 비롯해 2009년 2월 현재 114명을 배출했단다. 심지어 신혼부부가

호수와 안개와 사랑, 그리고 나의 뮤즈!

나스카피 인디언들은 심장 속에 살고 있는 불멸의 내적 동반자를 '미스타페오'라 불렀다고 한다.
외로운 인간의 심장에 서식하는 불사신, '미스타페오'의 불빛.

첫날밤을 그곳에서 보내면 그 산세와 정기를 받아 똑똑한 아이를 낳을 수 있다는 전설 같은 이야기로 가끔 신혼부부가 찾아오기도 한단다.

이 조그만 마을의 수많은 박사들은 그곳의 어머니와 할머니와 아버지 들이 매일 새벽시장에 나가 푸성귀와 농작물을 팔아서 길러냈다. 지금은 교통이 좋아졌지만, 90년대 말까지도 배를 타고 춘천시내 소양로에 있는 새벽 '번개시장'으로 건너와야만 했다. 춘천시민들은 다 안다. 그곳의 박사들은 이렇듯 어머니와 할머니와 아버지 들의 피와 땀방울의 결정체라는 것을.

내 사주팔자에는 '강'을 가까이하지 말라는 괘가 있다. 물보다는 산을 가까이하란다. 그럼에도 나는 왜 이렇게 '강'을 좋아할까? 강이 좋아 교감 승진 발령 때도 '강'이 보이는 곳으로 보내달라고 요청했었다. 그래서인지 진짜로 '강촌江村' 지역으로 발령이 났다.

'강촌'은 많은 대학생들이 OT니 MT니 하여 사철 인산인해를 이루는 곳이다.

나는 이 강을 끼고 아침저녁으로 강물을 바라보면서 출퇴근을 했다. 어떤 날은 '강촌역'에서 자전거도로와 드라이브코스를 따라 영화 〈편지〉의 촬영지로 유명한 '경강역'까지 갔다가 휘돌아오곤 한다. 때로는 중간쯤에 차를 세워놓고 혼자 강가에 누우면 그렇게 좋을 수가 없다. 강물 흐르는 소리, 억새풀꽃들이 서로의 몸 부딪치는 소리. 멀리 철다리 위로는 긴 열차가 지나가고, 머리 위로는 구름이 흘러간다. 이때 얻어진 시들이 여덟번째 시집에 들어 있는

「강촌연가」 10여 편이다.

목숨 끊어질 정도로 절박했던
사랑도 아픔도 그리움도
숯불 아궁이에 숯꺼멍처럼 잠들고

서른일곱 살에 이 세상 하직하겠다던
내 젊은 날의 고뇌도 갈등도
깊은 몸속에 침잠되어
깊은 강물이 되고

나는 오늘 그 물길 따라
그냥 떠내려가고 있다

늘 올라가기만을 꿈꾸던 길에서
이젠 내려가는 법도 배워야겠다

—「강촌연가 1」 전문

혼자 이렇게 강을 따라 방황하고 있는 나의 내면에는 어떤 정령이 숨어 있었던가? 그것은 아마도 예술의 신, 시의 신인 뮤즈였을 게다.

그러나 이 '강촌'에도 무엇보다 잊을 수 없는 가슴 아픈 이야기가 있다.

내가 발령받았던 학교에서의 일이다. 이 학교는 춘천 시내 변두리라서 학교 내에 급식소가 없다. 아이들은 도시락을 지참해야만 한다. 그런데 중학교 1학년 남학생이, 그것도 1학년 전체에서 공부를 제일 잘하는 남학생이 부모의 이혼, 가출로 어렵게 살고 있다는 이야기를 담임으로부터 들었다.

점심시간에 교실을 순회하던 중 그 아이가 한쪽 구석에서 혼자 밥을 먹고 있는 것을 보았다.

반찬은 깍두기와 멸치볶음이 전부였다. 아무것도 모르는 척 시치미를 뚝 떼고 "이 깍두기 누가 만들었니?"라고 물었다. 그 남학생은 "제가요!"라고 대답한다. 순간 가슴이 찡 – 울렸다. 저 어린 것이, 그것도 남학생이 밥을 손수 끓여 먹고 다녀야 하다니! 게다가 깍두기까지 담그다니! 그날 나는 점심을 거른 채 이런 시를 썼다.

춘천시 남면 발산중학교 1학년 1반 유창수
고슴도치같이 머리카락 하늘로 치솟은 아이
뻐드렁 이빨, 그래서 더욱 천진하게만 보이는 아이
아이는 점심시간이면 늘 혼자가 된다
혼자 먹는 도시락
내가 살짝 도둑질하듯 그의 도시락을 훔쳐볼 때면
그는 씩 – 웃는다
웃음 속에 묻어나는 그 쓸쓸함,
어머니 없는 그 아이는
자기가 만든 반찬과 밥이 부끄러워 도시락 속에 숨고 싶은 것이다

춘천의 또다른 명물, 레스토랑 산토리니

도시락 속에 숨어 울고 싶은 것이다
'어른들은 왜 헤어지고 싸우고 또 만나는 것인지?'
깍두기 조각 같은 슬픔이 그의 도시락 속에서
빼꼼히 세상을 내다보고 있다

—「슬픈 도시락 1」 전문

그후 그 학생은 공업계 고등학교에 진학했다. 그후로 그의 소식
은 알 길이 없다. 그가 그 환경을 잘 이겨냈다면 아마 지금쯤 그는
대학생이 되어 있을 나이다.

살고 싶은 곳, 살기 좋은 곳, 나의 춘천

한때 나는 무한히 서울을 동경했다. '사람은 서울에 가서 살아야 하고 짐승은 시골에 살아야 한다'는 말처럼 막연하게 서울을 그리워했다. 아마 내가 강원도 깡촌의 촌놈이기 때문에 더욱 그러했으리라. 굳이 이유를 붙인다면 장차 커갈 아이들 교육 문제와 서울 사람 대접을 받고 싶었기 때문일 게다.

그러나 지금은 그때 올라가지 않았던 것이 얼마나 잘한 일인지 가끔 혼자서 흡족해한다.

신문지상에 보도된 바와 같이 '우리나라에서 가장 살기 좋은 10대 도시' 중 춘천은 3년 연속 우위를 차지하고 있다. 복지, 교

통, 환경, 안전, 그리고 문화적 배경, 레저 등 어느 것 하나 우리
와 밀착되어 있지 않은 것이 없다. 게다가 2010년이면 복선전철
이 완공된다. 그렇게 되면 서울에서 춘천까지 약 40분이면 도착
한다. 그래서 춘천은 근간에 들어 전국에서 집값이 가장 많이 올랐
다는 보도도 있었다.

춘천에 사는 특권으로 한 가지 살짝 귀띔해드린다면(whispering
into another's ear) 이곳 집값은 매우 싸다. 올라봤자, 30여 평형
아파트가 서울의 10평짜리 원룸 전셋값도 안 된다.

누군가는 말한다. 춘천에 오페라하우스가 들어서면 춘천에 와서
오페라를 보고 다시 서울에 되돌아가서 저녁을 먹어도 된다고(그렇
게 하면 안 되지요! 이곳의 경제적 수익도 좀 높여주셔야죠). 아무튼

2010년 이후면 가능한 이야기이기도 하다.

　이렇듯 춘천은 내 삶의 터전이요, 내 정서를 키워내는 자양분이다. 이 자양분을 찾아 나는 늘 헤르만 헤세의 '방랑자'처럼 강 언덕을 오르거나 '공지천' 변으로 나간다.

　특히 구봉산 언덕에 있는 '산토리니Santorini Island'라는 곳에 오르면 춘천 시내 경관을 한눈에 바라볼 수 있어서 너무나 좋다. '산토리니'는 그리스의 아름다운 섬 이름을 따서 건축한 이태리식 레스토랑이다. 그 이름에 걸맞게 배의 갑판 형상으로 집을 지었다. 이 '산토리니' 갑판에 오르면 멀리 소양강이 보이고 우리나라에서 제일 아름다운 건축 상을 받았다는 '소양 제1교'가 낙조에 걸려 한껏 그 심미를 드러낸다.

　며칠 전에는 이향아 시인이 왔었다. 내 집에서 가까운 이곳부터 안내했다. "너는 참 좋겠다! 춘천에 살아서!" 그의 말 뒤에 묻어나는 춘천의 여운이 그렇게 크게 들릴 수가 없었다. 가끔 유안진 시인은 메일로 "이형! 춘천의 가을은 어때?"라고 묻는다. 그러고 보니 그의 시 「춘천은 가을도 봄이지」가 생각난다.

　나는 오늘도 소양강가로 나간다. 싯다르타가 최후의 도道를 이뤄낸 곳이 보리수나무에 노을이 걸린 강가였다고 했다.

　붉게 물드는 소양강을 바라보노라면 노을이 넘실넘실 푸른 물결에 잠기고 기러기 떼들도 빙글빙글 원 그리면서 제 집을 찾아간다.

　내 어찌 이런 춘천을 떠날 수 있으랴! 새들도 다람쥐도 불여귀도 제 집을 찾아 돌아오는 호반의 도시, 나는 다시 내 집, 춘천을 찾아 하루에도 수없이 어미 새가 어린 새끼 새를 품어안듯 그의 포근한 품에 빠져들곤 한다.

이영춘　1941년 강원도 평창 출생, 경희대 국문과와 동대학원 졸업. 1976년 『월간문학』으로 등단. 윤동주문학상, 경희문학상, 강원도문화상, 대한민국향토문학상 등 수상. 시집 『시시포스의 돌』 『귀 하나만 열어놓고』 『슬픈 도시락』 『시간의 옆구리』 등이 있다.

춘천, 현재진행형의 추억들

한수산 (소설가)

나를 물들인 춘천

안개가 있었다. 그것은 내 청춘을 적셔준 춘천의 상징이었다.

나와 춘천의 만남은 고등학교에 입학하면서 시작되었다. 그리고 춘천교육대학의 실패를 갑충처럼 둘러쓰고 서울로 올라오면서 끝났다. 청춘의 가장 반짝이던 때, 가슴 저리고 쓰라리고 하염없는 그 시절을 보낸 곳으로서의 춘천은 나에게 언제나 현재진행형일 수밖에 없다.

그 무렵의 경춘가도는 봄날이면 아카시아 꽃잎이 눈보라처럼 흩날리던 길이었다. 그것이 내가 서울에서 춘천으로 가는 길이었고, 내가 춘천을 떠나던 길이었다. 그때의 쓰라림과 회한은 여전히 춘천과 물들어 있는 내 몫이다. 춘천이 생래적으로 안고 있는 뿌리는 나와 어떻게 만나는 것일까.

나에게 우리 세대가 겪어야 했던 산업화의 실상은 구체적이지 못했다. 춘천에서였기에 더욱 그랬다. 아침이면 여전히 수십 대의 군 작전차량이 먼지를 일으키며 지나가는 춘천, 조금만 시내를 빠져나가면 메뚜기가 뛰는 논이 질펀하고 여전히 배추밭이 퍼렇게 펼쳐져 있던 춘천. 그 춘천에 음모처럼 기어들기 시작한 것이 안개였다.

의암댐, 춘천댐, 소양댐이 속속 강을 막으면서 이루어진 호수에서 피어오른 안개는 도시를 뒤덮기 시작했다. 댐이 자연과 생태계에 대한 단절이었다면 아침에 피어올라 한낮이 될 때까지 가시지 않고 거리와 골목을 뒤덮던 안개는 우리들 정서에 내려진 또다른 단절이 되었다. 밤안개 속을 걷는 우리들의 안에서 꿈이나 이성은 연체동물이 되어 흐늘거렸고, 눈멀게 했고, 막막한 사랑에 빠져들게 만들었다.

그 무렵의 춘천은 나에게 이념이니 계층 간의 갈등이니 산업화의 폐해 같은 걸 겪을 토양이 아니었다. 춘천의 나에게 그것은 없었다. 내가 겪을 수 있었던 시대의 아픔은 안개처럼 불투명했고, 참으로 작고 작았다.

도대체 무슨 놈의 고등학교가 미군부대와 길 하나를 마주하고 있어야 하는가. 그게 내 모교 춘천고등학교였다.

대학 진학을 포기한 고3이 할 일이란 이 세상에 없다는 걸 나는 장마가 시작되는 고3 여름에 알았다. 모교인 춘천고등학교 도서실이 없었다면 하는 가설은 오늘의 나는 없을 것이라는 가설이 된다. 수업시간을 빼먹으며 도서관에 엎어져서, 그때 출간되기 시작하던 문학전집들을 1권부터 읽어내려간 것도 그때였다. 소설이라는 걸 읽으며 눈물을 흘릴 수도 있다는 걸 안 것도 그때였다.

흐려오는 눈가를 닦으며 도서관 옆 옥상으로 나아가면 길 하나 건너편에 미 유도탄기지사령부가 있었다. 철조망이 휘돌아간 미군부대 정문에서는 외박을 나왔다가 돌아가는 미군 병사에게 들어붙듯이 매달려서 우리의 기지촌 누나들이 입을 맞추곤 했다. 도대체 왜 미군 상대의 누나들은 가죽점퍼에 다들 쭉쭉빵빵인데 그 건너편 우리의 국군장병을 위해 대기중인 누나들은 하나같이 못생기고 누루팅팅한 얼굴에 머리도 부스스해야 하는지. 게다가 그 미군부대에 내걸린 성조기나 유엔기는 선명하고 아름다운데 왜 태극기의 흰 바탕은 먼지에 절어서 늘 회색인지. 어린 마음에 철없는 반미감정을 키우기에 그곳은 얼마나 적절한 춘천만의 풍경이었던가.

그 무렵 춘천교육대학에는 세 스승이 있었다. 아동문학가 최태호 학장과 후에 서울대로 간 박동규 교수 그리고 학교 서무과에 없는 듯 있는 듯 앉아 계시던 강릉 출신의 시인 이인수 선생이 그분들이었다. 이 세 분은 그 존재감만으로도 춘천에서 상징적 의미를 가졌다. 교육대학을 거친 사람들에게는 특히 그랬다.

세 분이 만들어내는 삼각지대는 이단의 델타였다. 문학 이야기를 들려달라고 찾아가면 이인수 선생은 서무과 업무도 팽개친 채

우리를 클로버 가득한 운동장 가로 끌고 나가 신발을 벗고 그 위에 올라앉게 했다. 그리고 말했다. "너희들 집 쌀독에서 귀뚜라미가 울지는 않냐? 그러면 시 써라." 먹고는 살면서 시를 써도 쓰라는 그 말씀이 왜 그렇게도 처절하게 와 닿았던지.

토요일 저녁 박동규 교수가 서울에서 내려오는 시간이면 우리는 춘천역으로 나가 그분을 기다렸다. 그렇게 모시고 박교수 옆을 맴돌며 시내를 거닐자면, 술이 거나해서 지나가던 최태호 학장은 성화 봉송하듯 담배를 치켜들고 말씀하셨다. "이 녀석들아, 문학한답시고 졸업도 안 할 거야?"

싼 소주에 취해서, 시청 앞 로터리에서부터 어깨동무를 하고 우리들이 고래고래 노래를 부르며 공지천까지 나아갈 그때 우리를 휘

안개, 그것은 내 청춘을 적셔준 춘천의 상징이었다.

감던 그 안개를 우리는 춘천이라는 도시로, 우리가 몸을 뒤치고 있던 시대정신으로 이해했는지도 모르겠다.

공지천에 서서 바라본 서울로 가는 기차는 슬펐다. 나 혼자만을 거기 버려두고 경춘선 열차는 그렇게 달려갔다. 창마다 불빛을 달고 어둠 속을 가로질러 가는 밤기차를 바라보며 서서 나는 '신의 허리띠 같다'고 속삭였다.

의암호를 건너, 시인이 되어

춘천이 나를 기르고 담금질했다면 거기 쇳물이 녹아 흐르는 가마는 석사동이었고 공지천이었다. '8할이 바람이었다'고 노래한 서정주의 시를 원용해서 '8할이 똥이었다'고 중얼거리며 헤매던 공지천, 그 무렵 내 젊은 날의 공지천에 널려 있는 것은 8할이 쓰레기였고 똥이었다.

고2 때였다. 어느 날 3학년 노화남 선배가 나를 찾아와 교실 밖으로 불러냈다. 그리고 말했다. "너 내일 학교 대표로 백일장 나가라. 내가 나가게 되어 있었는데 하필 모의고사가 있어."

물론 학교는 출석으로 처리될 것이고, 참석자들에게는 점심까지 준다는 말에 나는 감격했다. 백일장이라니. 그 선배가 무슨 생각에서 학교 신문반에 함께 있었다는 게 전부인 나를 도내 백일장이라는 학교의 명예(?)를 건 무대로 내보냈는지는 끝내 의문으로 남았다. 수업을 빼먹어도 된다는 그 행운에 눈이 멀어서, 그때까지 써본 적이 없는 '시라는 것'을 쓰러 다음날 나는 여전히 일제 잔재인 신사神社 자취가 남아 있던 봉의산 중턱으로 올라갔다. 지금의 세종호텔 자리다.

그동안 읽었던 온갖 시를 짜깁기해서 뭔가 하나를 던져놓고 나는 하숙집으로 돌아와 늘어지게 잠을 잤다. 학교를 파하고 돌아온 친구가 나를 깨우며 말했다. "야, 너 뚝지가 널 찾아. 네가 장원이래." 뚝지는 얼굴이 크고 목이 유난히 굵었던 우리 담임선생님 별명이었다. 그것이 훗날 문학동인지 『오악장五樂章』으로까지 이어지는 나와 춘천과 문학의 진흙밭으로 가는 첫 길목이었음을 내가 어찌 알았으랴.

대학 진학을 포기한 채 농사를 짓겠다며 한 해를 틀어박혔던 고향에서 버림받듯 뛰쳐나와 다시 춘천교육대학에 들어와보니, 특대생 장학금을 받으며 서울로 진학했던 그 선배, 노화남이 어쩌다가 낙향을 하여 또 거기 와서 대학신문을 만들고 있었다. 중학교 동창인 김성수(아동문학가)는 손가락을 칼로 베어 혈서로 쓴 시로 시화전을 열며 거기 있었고, 늘 목에 뾰루지 하나를 달고 다니는 거 빼고는 깔끔하기만 하던 이영세(시인) 선배도 있었고, 이미 시골학교 교장 같은 풍모에 사람 좋기만 한 후배 최종남(소설가)도 거기 있었다. 이게 도대체 미래의 초등교육을 짊어질 녀석들 맞아? 싶은 기고만장한 대학생활이 이어질 수밖에.

그리고 몇 해 후, 군에서 휴가를 나온 화남이 선배와 다섯이 모여서 우리는 '오악장'이라는 문학동인을 만들었다. 나와 김성수와 영세 선배가 시를 썼고 나머지는 소설이었다. 첫 동인지를 만들기 위해 등사지와 '가리방'이라는 걸 껴안고 그 춥던 겨울 이 집 저 집을 전전하다가 마지막으로 틀어박힌 곳이 소설가 김유정의 고향마을 덕두원이었다.

그때 덕두원초등학교 교사였던 영세 선배를 따라 우리는 학교 숙직실에 틀어박혔고 아동급식용 옥수숫가루로 죽을 쑤어 먹어가면서 '가리방'에다 대고 시를 긁고 소설을 긁었다. 그리고 등사를 했다. 책을 마쳤을 때는 새벽이었다. 동인지를 켜켜이 싼 보따리 하나씩을 들고 우리는 소양강으로 나갔다. 강은 얼어붙어 있었다. 그 새벽에 눈으로 얼어붙은 의암호는 드넓고 장엄했다. 동인지 보따리들을 들고 귀가 에이는 바람을 맞으며 그 망망한 눈밭을 걸어 강을 건너면서 우리는 아무도 말이 없었다. 그리고 헤어졌다. 내 청춘에 새겨진, 지워지지 않는 문양이다.

도내 유일한 신문이었던 강원일보가 제1회 신춘문예를 시작한 것은 1967년이었다. 그 첫 회의 시 부문에 내가, 다음 해에는 소설 부문에 노화남 선배가, 그 다음 해에는 다시 시 부문에 이영세 선배가 당선이 되면서 그렇게 '오악장'은, 김유정의 고향을 나와 눈 덮인 의암호를 건너며 문학 속으로 걸어들어갔다.

황금연못

12월 그날이면 춘천으로 간다. 아내와 함께 떠나는 하루여행이다. 함께한 세월의 나이테를 더듬으며 우리들이 처음 만났던 그 거리를 걷고, 서로를 기다리던 그 역 앞에 가 서성거리고 이제는 사라진 그 찻집 부근을 오가며 옛날을 떠올린다. 그날 우리들에게 있어 춘천은 청춘의 황금연못이다.

한 여자를 처음 만난 도시, 돌아서서 가는 그녀의 뒷모습에서 사랑을 느꼈고, 함께 피 흘리며 살았고, 지금은 아내와 남편이 되어 늙어가고 있는 우리들에게 우리가 처음 만나 걸었던 그 도시는 개인사 안에서 그렇게 살아 있다.

종강하는 날 함께 술을 마시자는 약속을 하고 만난 그날, 어쩐 일인지 우리는 술을 마시지 않았고, 시내에서 석사동으로 다시 남춘천으로 거기서 또 공지천으로 걷고 또 걸었다. 늦은 밤, 춘천고등학교 앞 소방서에서 비명을 질러대듯 통행금지 사이렌이 도시를 뒤집어놓을 듯이 울려퍼지고, 미군부대에서는 레이더 불빛이 하늘을 쏘아대기 시작했다. 통금 앞에서 갈 곳이 없어진 우리는 방범대원의 호루라기 소리에 쫓기며 춘천공설운동장(그때는 고등학교 앞 운동장을 그렇게 불렀다)으로 갔다. 스탠드가 찬 겨울바람을 가려주는 운동장의 400미터 트랙을 우리는 밤새 걷고 또 걸었다. 본부석 앞을 지날 때면, 여고 배드민턴 선수였던 그 여자는 '내가 전국체전에 나가서 박정희 대통령 앞을 이렇게 걸었다'며 으스댔고, 나는 이 활달하기만 한 예체능계가 신기해서, 제풀에 기가 죽었다.

12월 하순의 한밤은 추워도 너무 추웠다. 우리는 밤바람을 피해 스탠드 구석으로 갔고, 추위에 얼어드는 몸을 조금이라도 녹이려고 서로 등을 댄 채 웅크리고 돌아앉아서 무슨 이야기인지를 하고 또 했었다.

2008년 겨울, 아내와 나는 또 춘천에 있었다. 서울서점이 있던 명동거리를, 늘 가던 분식집이 있던 요선동을, 아내의 집이 있던 근화동을, 우리가 결혼을 한 소양로 성당을 우리는 그렇게 찾아다녔다. 그리고 우리들 사랑의 못자리 춘고 앞 운동장으로 향했다.

안으로 들어서던 아내가 중얼거렸다. "이럴 줄 알았으면 사진이라도 찍어둘걸."

우리가 등을 대고 앉아 밤을 새웠던 그 스탠드도 배드민턴 여고 대표를 자랑하던 그 본부석 건물도 다 헐려 없어지고, 운동장에서는 새롭게 공사가 한창이었다. 옛 모습이 사라진 운동장을 바라보며 우리는 망연히 서 있었다. 스탠드도 사라지고 운동장이 변해도 그러나 추억의 황금연못은 현재진행형이었다. 나와 아내의 사이에서 사랑이라는 이름으로 춘천은 현재진행형이었다.

한수산 1946년 강원도 인제 출생. 경희대 영문과 졸업. 1972년 동아일보 신춘문예에 「사월의 끝」이 당선되어 등단. 오늘의작가상, 현대문학상 수상. 현재 세종대 국문과 교수로 재직중. 소설집 『모래 위의 집』 『말 탄 자는 지나가다』 『4백 년의 약속』, 장편소설 『해빙기의 아침』 『욕망의 거리』 『사랑의 이름으로』 『먼 그날 같은 오늘』 『마지막 찻잔』 『까마귀』, 산문집 『단순하게 조금 느리게』 『내 삶을 떨리게 하는 것들』 『꿈꾸는 일에는 늦음이 없다』 등이 있다.

죽음을
생각하게
한다,
춘천은

박찬일 (시인)

하나

차현민으로 기억한다. '요단강'을 처음 알게 해준 친구. 과학관 옥상에서 건물과 건물을 ㄱ자로 이어주는 모서리를 뛰어넘다가 아래로 떨어져 죽었다. 길이를 잘못 가늠했다. 춘천중학교 과학관, 1학년 때였다. 그는 노력파, 나는 하룻밤 벼락치기파였다. 하룻밤 벼락치기파가 노력파를 이기는 수도 있다. 하룻밤 벼락치기는 '그때마다' 있는 일이 아니었다. 어쩌다 한 번 있는 일이었다. 가령 어머니와 싸운 날 하룻밤 벼락치기는 이루어지지 않는다. 지금도 하룻밤 벼락치기로 쓴다. 중학교 때 버릇이 쉰세 살까지 왔다.

나는 차현민을 가끔 생각한다. 아니, 차현민이 가끔 생각난다.

지금은 사라진 춘천의 풍경 하나, 요선터널 ⓒ심창섭

그는 바이올린을 켰고, 나는 바이올린을 켜지 못했다. 어머니는 이시우 음악선생께서 나에게 바이올린을 권유한 것에 대해 별다른 반응을 보이지 않으셨다. 학생은 공부만 하면 되는 것! 바이올린은 깽깽이였다. 피아노도 마찬가지로 치지 못하게 하셨다. 피아노가 있던 장애종 선생님과 어머니는 친척 사이였다. 장애종 선생님께 어머니는 영어 과외를 받게 했다.

나는 자전거를 못 탄다. 친구 자전거를 타볼 기회가 한 번 있었다. 공설운동장에서 연습한 뒤 지금은 없어진 요선동 터널로 들어가서 마주 오고 있는 택시 앞으로 자전거를 몰았다. 택시기사는 브레이크를 밟고 밝게 웃으셨다. 죽으러 오는 놈을 죽지 않게 해주셨다. 어머니는 동생 둘에게는 '차곡차곡' 자전거를 사주셨다. 춘천고등학교

동기생 중에서 자전거를 못 타는 자로 나 말고 이덕수가 있다. 그러나 이덕수에게는 중앙감리교회 김연준 목사님이 계셨다. 얼마 전에 김연준 목사님의 아들 김성룡의 장례식장에서 자전거를 못 타는 이덕수와 자전거를 못 타는 박찬일이 마주쳤다. 아무 일도 일어나지 않았다. 소주 몇 잔 주고받았을까. 이덕수는 아직 살아 있다.

어머니에게 기타를 사달라고 했는데 기타를 안 사주고 통장에 기타 값만큼을 넣어주셨다. 나의 아들은 물어보지도 않고 기타를 사서 기타를 배우러 다닌다. 전승현스케이트를 사달라고 하니까─공지천은 그 당시 전국 빙상대회가 단골로 열리는 곳이었다─역시 사주지 않으셨다. 위험하다는 거였다. 춘천은 나에게 바이올린, 자전거, 기타, 스케이트로 요약된다. 그리고 그 꼭대기에는 어머니가

계셨다. 어머니가 바이올린, 기타를 켜셨고, 자전거, 스케이트를 타
셨다. 어머니는 52세에 돌아가셨다. 바이올린을 켜시다가, 자전거
를 타시다가, 기타를 켜시다가, 공지천에서 스케이트를 타시다가.

나는 팔호광장 오거리 한 귀퉁이 포장마차에서 술을 마시기
시작했다. 고등학교 2학년 2학기 초부터 매일 저녁 팔호광장 포
장마차로 출근했다. 첫 잔을 잊지 못한다. 500cc 조끼에 가득 따
른 막걸리. 내가 지금 서울장수막걸리로 돌아온 것은 어쩌면 필
연인지 모른다. 그만큼 첫 냄새는 강렬했다. 일곱번째 날 일곱
잔을 마시고 나는 김연준 목사님이 담임하시는 중앙감리교회
도서실에 가서 오바이트를 했다. 팔호광장 추억은 고등학교를
졸업하면서 끝난다. 하루도 빼놓지 않고 출근했던 팔호광장, 팔
호광장.

　　국도 쪽으로 슬슬 다가가는 소여, 네가 길로 들어서면 뿔로 차車
　　를 받을 것인가, 차가 받도록 내버려둘 것인가. 네가 아스팔트 위의
　　유일한 생물이다. 아스팔트 자리는 원래 네 밥상이었다.
　　기차를 향해 돌진했다는 낭트의 황소에게 이 시詩를 바친다, 나는.

　　　　　　　　　　　　　　　　　　　　　　　──「경춘공원 묘지」 전문

나는 그리고 1983년 2월 15일 오전을 잊지 못한다. 어머니는 혼
수상태였다. 그런데 갑자기 사력(?)을 다해 '네가 나를 고려장시
킨다'고 하셨다. 집에 가고 싶다고 했는데 못 가게 한 것을 갑자기

떠올리신 것이다. 우리 가족에게는 그 당시 기도원이 유일한 희망이었다. 신유의 축복이 유일한 희망이었다. 1983년 2월 15일은 집을 향해 가는 날이었다. 집으로 돌아가는 시간을 못 넘기고 어머니는 '네가 나를 고려장시킨다'고 말씀하시며 운명하셨다. 버스가 천안 쯤을 지나고 있었을까. 서울에는 아버지와 동생 둘이 기다리고 있었다. 나는 어머니의 주검을 그들에게 보여주었다. 내 옆에는 아내 한영예가 서 있었다. 나와 아내 한영예가 어머니의 임종을 목격했다.

2월 17일 경춘공원묘원 충원묘원에서 어머니는 나를 무덤 속으로 데려가려고 하셨다. 나는 끌려가지 않으려고 발버둥쳤다. 나는 살아남았다. 어머니는 날 때부터 속 썩이더니 죽을 때까지 속 썩인다고 하셨다.

죽은 지 1년이 되었는데도
아무 일도 일어나지 않았다
죽은 지 2년이 되었는데도
아무 일도 일어나지 않았다
죽은 지 3년이 되었는데도
아무 일도 일어나지 않았다
죽은 지 4년이 되었는데도
아무 일도 일어나지 않았다
죽은 지 5년이 되었는데도
아무 일도 일어나지 않았다
죽은 지 6년이 되었는데도

나는 고등학교 2학년 2학기 초부터
매일 저녁 팔호광장 한 귀퉁이 포장마차에서 술을 마셨다.

아무 일도 일어나지 않았다

죽은 지 7년이 되었는데도

아무 일도 일어나지 않았다

죽은 것이다

—「죽음에 대한 한 연구」 전문

기독교의 하나님은 여섯째 날에 인간을 창조하고 일곱째 날에 안
식을 취했다. 나는 어머니를 7년 동안 기다렸다. 다시 살아나기를 기
다렸다. 다시 창조되기를 기다렸다. 그러나 그는 돌아오지 않았다.
창조되지 않았다. 그는 사라졌다. 이 지상에서 완전히 사라졌다.

어머니는 그래도 무덤에서 나오고 싶어하실 것이다. 2007년 10월 4일 나는 어머니를 결국 꺼냈다. 살은 전부 검은 가루로 변해 있었다. 뼈를 남김없이 추려서 화장을 하고 분골함에 넣었다. 그리고 분골함의 뚜껑을 엄밀하게 봉했다. 그리고 봉안실에 안치했다. 어머니는 그래도 나오고 싶어하실까. 나를 보고 싶어서, 동생들을 보고 싶어서, 아버지를 보고 싶어서!

둘

시 「모자나무」에 대해 이야기하고 싶다.

모자가 걸려 있다
중절모 바스크모 빵떡모 베레모

할아버지 증조할아버지
할머니 증조할머니
외할머니 외할아버지
어머니 외삼촌
모자가 걸려 있다

사만 명의 유보트 대원 중 삼만 명이
돌아오지 못했다
삼만 개의 하얀 모자도 걸려 있다
나의 중학교 교모도 걸려 있다

죽은 사람의 모자를 거는
모자나무
죽은 사람의 눈에만 보이는
모자나무

살아 있다고 다 살아 있는 것이 아니다

—「모자나무」 전문

"나의 중학교 교모도 걸려 있다//죽은 사람의 모자를 거는/모자나무/죽은 사람의 눈에만 보이는/모자나무"이므로 시적 화자 '나'는 중학교 때 죽었다고 한 것이다. 혹시 차현민의 죽음을 내 죽음으로 착각한 것?

미성년자입장불가라고 쓰인 요선동 제일극장에 들어갔었다. 공상과학영화가 돌아가고 있었다. '유일하게' 시간이 움직이고 있다는 것을 알았다. 죽음을 알았다. 중학교 3년 내내 불면증을 앓았다.

중학교 시절은 차현민의 죽음과 나의 불면증으로 요약된다. 죽음과 불면증은 인근의 관계에 있다. 죽은 자는 잠들지 못한다.

박찬일 1956년 강원도 횡성에서 태어나 춘천에서 성장. 1993년 『현대시사상』에 「무거움」 「갈릴레오」 등을 발표하며 등단. 박인환문학상, 시와시학 젊은시인상 수상. 시집 『화장실에서 욕하는 자들』 『나비를 보는 고통』 『나는 푸른 트럭을 탔다』 『모자나무』, 연구서 『독일 대도시 시 연구』 『시를 말하다』 『브레히트 시의 이해』 등이 있다.

배경으로서의
고향

박형서 (소설가)

오래전의 일이다. 미국의 라스베이거스에서 제이크라는 체로키 인디언과 알고 지낸 적이 있다. 우리는 같은 식당에서 일했고 같은 게스트하우스에 묵었으며 둘 다 거지였다. 버번위스키와 해시시에 찌들어 살던 그는 잠들기 전이면 항상 자기 고향 레이크 파월에 관해 말하곤 했다. 얼마나 지겹게 고향 타령을 늘어놓았던지, 2년쯤 지나 그랜드캐니언에 간 김에 잠깐 들렀을 때에는 이미 몇 번 와본 것 같은 착각에 빠질 정도였다. 그런데 보트를 타고 여기저기 돌아다니며 제이크가 한 말을 떠올릴 때, 무언가 이상한 기분이 드는 것이었다. 거기에는 고향에 대해 말할 때 우리들이 늘 하는 어떤 이야기가 빠져 있었다.

나는 어릴 때 춘천 효자동에서 외할머니와 함께 살았다. 외할머니가 나를 키워주었다고 생각하지 않는다. 외할머니는 내 친구였다. 외할머니의 친구도 내 친구였다. 나는 6·25전쟁을 겪은 친구들 틈에서 자랐다.

유치원에 가서는 몸이 근질근질해서 급우들과 자주 싸웠다. 물론 늘 이긴 건 아니었다. 특히 오랑우탄처럼 생긴 한 녀석은 체격이 엄청난데다 나이까지 한 살 많아서 왜 태릉선수촌에 가지 않고 유치원에 자빠져 앉아 동요나 흥얼거리는지 알 수가 없었다. 그 녀석한테 많이 두들겨 맞았고, 그래서 하루는 아침밥을 먹다가 눈물까지 줄줄 흘리며 유치원에 가지 않겠다고 떼를 썼다. 외할머니는 그날 오후, 유치원이 끝날 때까지 기다려 집으로 돌아가는 녀석을 불러서는 한 번만 더 까불면 잔뜩 두들겨 패주겠다고 협박을 했다. 녀석은 그 자리에서 엉엉 울었다. 외할머니가 이겼다. 그건 내가 이긴 거나 다름없었다.

나는 유치원에서 돌아오기만 하면 외할머니를 붙잡고 앉아 점심에는 무얼 먹었고 누구와 싸웠으며 근소한 차이로 내가 이겼거나 죽도록 맞았지만 어쨌든 내가 이긴 거와 별반 다르지 않다는 둥의 소리를 지껄였다. 어쩌다 맛있는 메뉴가 있으면, 음식 이름은커녕 똥인지 된장인지도 구분하지 못하는 나를 위해 외할머니는 왕복 40분을 넘게 걸어 유치원에 가 물어오곤 했다. 한번은 자장덮밥이었는데, 훗날 서울에서 학교를 다니던 내가 방학을 맞아 춘천에 가면 꼭 자장을 냄비 가득 만들어주었다.

나는 조숙한 편이라 무리하게 이것저것을 사달라고 요구하지 않았다—십중팔구 그랬을 것이다. 하지만 갖고 싶어하는 건 반드시 가져야 했다. 그렇지 않으면 식음을 전폐하고 보란 듯이 고열에 시달렸다. 하루는 두 개의 다이얼을 조절해 금가루가 든 안쪽 유리에 그림을 그리는 장난감을 보고, 그게 두뇌개발에 좋을 거라는 생각을 했다. 우리는 문방구마다 들렀지만 파는 곳이 없었다. 게다가 비까지 추적추적 내리기 시작했다. 외할머니는 나를 업어 겉옷으로 덮어씌운 후 팔호광장, 춘천여고, 도청 앞길의 모든 문방구점을 뒤졌다. 나는 반쯤 졸면서 겉옷 사이로 "그거 아니야" "이거보다 더 커" 따위의 말을 잠꼬대처럼 중얼거렸다. 그리고 명동거리의 작은 문방구점에서 마침내 찾아냈다. 잔뜩 신이 난 나는 비에 홀딱 젖어 오들오들 떨고 있던 외할머니를 껴안았다. "오마나." 외할머니가 눈썹을 치켜세워 눈을 동그랗게 만들며 감탄하듯 말했다. "그러니께, 이게 갖구 싶었던 거이가?" 그 느릿느릿한 이북식 말투에서 전해지던 체온을 내 가슴은 한시도 잊어본 적이 없다.

우리는 많은 길을 함께 걸었다. 우리는 조용히 걷는 법이 없었다. 작은 소리로 끝없이 얘기를 나누었다. 무슨 말을 했는지는 잊었다. 이제 나는 그걸 영원히 알 수 없다. 외할머니가 이 세상에 안 계시기 때문이다.

중국의 대학에서 근무하던 2007년 말에 아버지께 전화를 받았다. 외할머니가 병원에 입원했는데 위독하시다는 것이다. 나는 당황스러웠다. 첫 학기를 진행하는 중이고, 게다가 학기 말이라 수업을 뺄 여유가 없었다. 나는 알겠다고, 때때로 연락해달라고 부탁했

우리는 많은 길을 함께 걸었다.
우리는 조용히 걷는 법이 없었다.
작은 소리로 끝없이 얘기를 나누었다.

다. 아버지는 이틀 후에 다시 전화해서 중환자실로 옮기셨다고 말했다. 나는 고민을 했다. 외할머니가 아프면 나는 당연히 가야 했다. 하지만 그게 말처럼 쉬운 일이 아니었다. 게다가 중국 사립대학의 그 꽉 막힌 행정체계 때문에 더 망설여졌다. 나는 일단 기다릴 수밖에 없었다. 아버지의 전화는 며칠 간격으로 계속해서 걸려왔다. 상태가 좋아져 일반병동으로 또 노인 전문 병원으로 옮긴 일, 상태가 악화되어 중환자실로 간 일, 다시 좋아져 일반병동으로 옮긴 일. 외할머니의 병세는 급격한 그래프를 그리며 좋아졌다 나빠졌다를 반복하고 있었다. 상태가 조금 나아지면 집에 가겠다고 고집까지 부리셨다 한다. 나는 한국에서 전화가 올 때마다 반쯤 엎어진 마음으로 받았다. 전화를 끊고 한참 뒤, 천 명이 넘는 학생들이 우글대는 구내식당에서 마파두부덮밥을 먹다가 갑자기 눈물을 뚝뚝 흘린 적도 있다. 예나 지금이나 뭘 먹다가 우는 버릇은 고치지 못했다.

며칠 후 수업 중간의 휴식시간에 다시 전화를 받았다. 중국 대학에 기증하는 도서에 관한 사무적인 이야기가 짧게 오갔고, 이어 외할머니가 다시 중환자실로 갔다는 소식을 들었다. 뭐에 홀렸는지 모르겠다. 아버지의 말투는 전과 똑같았고, 그러니 내 반응 역시 똑같아야 했다. 하지만 그 순간에는 나도 모르게, 지금 바로 가겠다고 말을 해버렸다. 어째서 모든 일이 그리 신속히 결정되었는지 나는 지금도 이해할 수가 없다. 거기에는 우리의 논리로 설명하거나 이해할 수 없는 어떤 당위, 부름 같은 것이 있지 않았을까 짐작할 뿐이다. 나는 조교를 불러 자습을 부탁한 후 숙소로 돌아왔다. 학과장한테 전화해 외할머니의 병환 때문에 귀국해야 한다고 알렸다. 그는 잠시 당황해하더니, 일단 그렇게 하라고 허락했다. 그가 허락하지 않았더라도 나는 귀국했을 것이다. 다만 그랬을 경우, 맹세코 다시는 중국으로 돌아가지 않았을 것이다. 학교 눈치를 보며 그만큼 머물러 있던 것만으로도 충분히 죄책감에 시달렸기 때문이다.

나는 곧바로 광저우로 가는 버스를 탔다. 도착하니 밤이었다. 적당한 호텔을 잡고는 네 시간을 잤다. 그리고 새벽에 일어나 공항으로 갔다. 한국에 도착한 건 이튿날 오후 한시였다. 서울의 내 아파트에서 옷을 갈아입고 춘천에 갈 준비를 했다. 나는 걱정스러웠다. 내가 도착하기 전에 돌아가시면 어떡하나? 아니, 어쩌면 내가 도착하자마자 돌아가시는 게 아닐까? 나는 후자로 인해 조금 더 게으름을 부렸다. 그래서 춘천에 도착한 건 오후 일곱시가 지나서였다.

병실에 들어서며 나는 무척 겁이 났다. 외할머니가 떠나면, 그 순간 내 세계는 극명하게 이쪽과 저쪽으로 나누어지게 될 것이다. 내가 그걸 감당해낼 수 있을 것 같지 않았다. 외할머니의 얼굴은 빈사의 병아리처럼 초라했다. 어머니가 외할머니의 머리카락을 쓰다듬으며 형서가 왔어요, 하고 중얼거렸다. 하지만 외할머니는 눈을 뜨지 못했다. 산소마스크를 쓴 탓에 내 이름을 부르지도 못했다. 나는 반대편으로 돌아가 바짝 마른 손을 잡고는 저 왔어요, 하고 중얼거렸다. 외할머니는 힘겹게 고개를 움직였다. 그 앙상한 육신 속에서 나를 향한 의지가 느껴졌다. 그러나 우리의 두 눈은 끝내 서로에게 가 닿지 못했다. 그때 내가 잡고 있던 외할머니의 오른손이 특정한 움직임을 보였던가? 내가 그걸 사소하게나마 이해했던가? 외할머니가 아주 잠깐이라도 그 얇디얇은 눈꺼풀을 들어 나를 보았던

강촌역 전경

가? 내가 눈치채지 못한 어떤 의미가 거기 있었던가? 이제 나는 모르겠다. 나는 그걸 영원히 알지 못할 것이다. 그 삼십 분 후에 외할머니가 돌아가셨기 때문이다.

나는 식당과 영안실을 왕복하며 이런저런 일을 처리했다. 조카들에게 잔소리를 하고, 400명 가까운 문상객을 위해 음식을 주문하고, 부조금의 액수를 계산했다. 지독히 피곤했기 때문에 잠시도 눈을 감을 수가 없었다. 내 셔츠는 마를 새가 없어서, 잠깐이라도 영안실 바깥으로 나갈라치면 땀이 얼어 살을 아프게 했다. 나는 최선을 다했다. 그러면서 18년 전 외할아버지의 장례를 치르며 외할머니가 보여주었던 저 기이한 행동, 가만히 앉아 슬퍼하기보다는 미친 듯이 일을 찾아다니던 그 행동을 내가 따라하고 있구나 하는 생각이 들었다. 어찌할 수 없는 슬픔을 잊기 위해서는 남의 따뜻한 위로보다는 그처럼 스스로의 육신을 정신없이 괴롭히는 방식이 더 효과적이었다. 장례가 모두 끝났을 때에는 울 힘도 없었다.

춘천이 아름다운 도시임은 굳이 말할 필요도 없을 것 같다. 많은 연인들에게 춘천은 곧 낭만을 의미한다. 청평사, 소양댐, 맛있는 막국수 집이나 닭갈비 집, 혹은 드라마의 촬영지를 찾아 연일 많은 사람들이 춘천행 열차를 타거나 경춘가도를 달린다. 낮게 깔린 산들과 호수를 낀 도로, 한적한 강과 댐을 둘러보고 사진을 찍는다. 한국에서 그만큼 많은 이들의 사랑을 받는 도시도 드물 것이다.

하지만 춘천이라는 지리상의 도시, 그 산하만으로는 부족하다. 세상에는 그보다 훨씬 아름다운 장소가 널려 있다. 춘천이 뻥우린,

라호야, 버진군도보다 아름답다고 말할 때 그것은 객관적인 자료를 토대로 한 비교가 아니라 춘천은 가졌고 다른 곳은 갖지 못한 모종의 특별함을 호소하는 것이다. 특정한 지역의 아름다움은 종종 겉으로 드러난 풍광보다는 그 풍광을 배경처럼 거느린 추억으로 인해 우리 안에 각인된다. 그리고 추억은 깊고 친밀한 감정의 교류 없이는 좀처럼 만들어지지 않는다. 내게는 외할머니가 곧 춘천이었다. 그분과 함께한 시간을 제외하면 나에게 춘천은 아무것도 아니다. 내 삶의 지도에서 그 자리는 뻥 뚫리게 될 것이며 다른 무엇으로도 메울 수 없을 것이다.

먼 과거의 어느 날, 레이크 파월의 거울 같은 수면을 미끄러지면서 내가 이상하게 생각한 건 바로 그것이었다. 왜 제이크는 가족 얘기를 하지 않은 걸까? 왜 친구며 이웃의 얘기를 빼먹은 걸까? 그런 게 없으면서도 고향이라 할 수 있을까? 그래도 여전히 고향을 그리워한다고 넋두리를 할 수 있단 말인가? 이런 생각을 하면서 당시의 나는 외할머니—아직 씩씩하게 걷고 매년 엄청난 분량의 김장을 하며 나와 함께 이런저런 속삭임을 끊임없이 주고받던, 소월의 시에 나오는 '영변의 약산' 출신인 내 외할머니를 떠올렸다. 고향인 춘천을 설명할 때 그분을 빼놓고 말한다는 건 내게는 불가능한 일이기 때문이었다.

외할머니는 작년에 돌아가셨다. 그래서 나는 전에 몰랐던 것을 알고 있다. 이제 다시금 레이크 파월에서의 짧았던 며칠을 회상하면서, 내 거지 동료가 고향을 말하던 저 어색한 방식에 의아해하는 대신 그 역시 마찬가지였을 것이라 짐작해본다. 제이크 또한 고향의 누군가에 대해 그 깊이를 가늠할 수 없는 추억이 있으며, 다만 타향의 술자리에서 함부로 말하기 싫었던 탓이라고 말이다. 그런 생각이 들 때마다 두툼한 늑대가죽 옷을 입고 머리엔 장끼의 깃털로 된 장식을 단 채 외손자에게 줄 백인의 머리 가죽을 찾아 야호, 야호 신나게 레이크 파월을 누비는 젊은 외할머니, 그리고 버번위스키와 해시시가 뭔지도 모르는 귀여운 꼬마 인디언 제이크가 떠오르곤 한다.

박형서 — 1972년 춘천 출생. 한양대 국문과 졸업. 고려대 일반대학원 박사과정 수료. 2000년 『현대문학』으로 등단. 소설집 『토끼를 기르기 전에 알아두어야 할 것들』 『자정의 픽션』이 있다.

춘천 가는 배

김도연 (소설가)

길을 잃었다

어둑어둑해질 무렵 춘천 시외버스터미널에 내려 분명 주유소를 오른편에 끼고 돌았는데 나는 낯선 거리를 헤매고 있었다. 거리는 점점 어두워졌다. 애당초 시내버스를 타지 않은 게 잘못이었다. 길도 익힐 겸 걸어서 자취방까지 가보자는 의도였는데 도대체 어디서부터 어긋나버렸는지 알 수 없었다. 그렇다고 30여 분 가까이 걸었는데 터미널까지 되돌아간다는 것도 자존심이 허락하지 않았다. 지나가는 사람들에게 길을 물어보고 싶은 생각도 눌러버렸다. 그럴 수는 없었다. 나는 쌀과 옷이 들어 있는 무겁고 촌스러운 여행가방을 든 채 네거리 근처에 서서 동서남북을 가늠하느라 끙끙거렸다.

대관령을 떠나 춘천으로 유학 온 1982년 2월의 끝자락이었다. 터미
널 앞에는 길을 사이에 두고 두 곳의 주유소가 있다는 걸 그때는 알
지 못했다. 그날 저녁 내가 고집을 꺾지 않고 석사동으로 가는 그
길을 따라 밤새 걷고 또 걸었다면 아마 원창고개를 넘어 고향으로
되돌아갈 뻔했는지도 모른다. 하여튼 나는 허리가 욱신거려 더이상
한 걸음도 옮길 수 없는 상태가 되어서야 지나가는 택시를 세웠다.
택시는 5분도 지나지 않아 집 앞에 나를 내려놓았다.

골목길을 쏘다녔다

아무에게도 말하지 않았지만 그날 저녁의 일은 내게 치욕이었
다. 토요일 수업이 끝나면 나는 운동화 끈을 바짝 동여매고 춘천의
낯선 길을 걷기 시작했다. 탐험이라면 탐험이었다. 자취방에서 학
교까지 가는 가장 빠른 길은 봉의산 아래 한림대 입구를 지나 강원
고등학교, 향교, 춘천여고, 시청, 그리고 중앙로를 지나 소방서로
접어드는 노선이었다. 나는 매주 그 노선에서 조금씩 이탈했다. 춘
천은 미로를 닮은 무수한 골목길을 품고 있는 곳이었다. 나는 주 노
선에서 갈라져나가는 수많은 골목길의 매력에 빠져 있었다. 언덕을
오르고, 가로지르고, 넘어가는 그 골목길들은 모두 비밀스런 이야
기들을 품고 있는 것만 같았다.

어떤 골목은 낭떠러지를 보여주었다. 또 어떤 골목은 잘 다린 교
복을 입은 여학생이 튀어나오는 곳이기도 했다. 한 사람이 지나가

옛 골목 풍경. 춘천은 미로를 닮은 무수한 골목길을 품고 있는 곳이었다. ⓒ허일영

기도 좁은 골목에서 나는 두근거리는 마음을 숨긴 채 담장에 붙
어 서서 여학생이 지나가기를 기다렸다. 재수가 없는 날은 집을
뛰쳐나온 사나운 개를 만나거나 돈을 뜯는 건달들과 맞닥치기도
했다. 하지만 산골에서 살다 낯선 도시로 처음 온 내게 춘천의 골
목길은 길을 걷다 어느 때든 숨을 수 있는, 계단에 앉아 저 아래
로 펼쳐진 도시를 내려다보며 쉴 수 있는 나만의 성소나 다름없
었다. 그 모든 길의 북극성 역할을 하는 것은 당연히 봉의산이었
다. 나는 골목길을 헤매다 길을 잃으면 늘 봉의산을 보며 집으로
가는 길을 찾았다.

3년 동안 춘천의 골목이란 골목을 다람쥐, 청설모처럼 쏘다녔
는데 춘천을 떠나지 못했다. 골목에서 나와 대학의 강의실로 가
지 않고 안개 자욱한 강변을 서성거리는 날들이 많아졌다. 동부
시장 지하에서 막걸리 안주로 곤계란을 먹고 소화가 되지 않아
자주 트림을 내뱉었다. 얼마 안 되는 짐을 리어카에 싣고 새 방을
찾아 낯선 대문을 기웃거렸다. 마음에 드는 방은 좀체 나타나지
않았다. 방을 구하다 지치면 갈증에 사로잡혀 어김없이 효자동에
서 팔호광장, 운교동 네거리, 육림극장, 명동, 공지천까지 이어지

2006년 문을 닫은 육림극장.
역대 드라마 시청률 1위 (65.8%)를
기록한 KBS 드라마 〈첫사랑〉의
촬영지로 유명했다.
ⓒ심창섭

는 길을 헤매며 술친구를 찾아 떠돌았다. 그렇게 갈 곳을 잃고 혼자 마신 낮술에 취해 돌아다니다 어느 날 시화전과 시낭송이란 걸 하는 사람들을 결국…… 만나고 말았다. 그러니까, 춘천에서, 문학, 아니 시를 덜컥 만난 것이다. 시인을. 그 순간 나는 춘천을 떠나지 못한 설움을 달래줄 그 무엇인가를 마침내 찾았다는 사실을 직감적으로 알아챘다. 시를 만났으니 시인이 되어야 하는 건 당연하지 않겠는가, 라고 비장한 목소리로 중얼거리며 시낭송회가 열리는 카페인 '바라' '우륵' '오페라'의 문을 열고 들어갔다. 학문사와 청구서적, 헌책방에서 시집을 만지작거리기 시작했다. 그때 거리에서는 최루탄이 안개처럼 피어나고 있었다.

그러나 나는 춘천에서 시인이 되지 못했다.

시인이 되고 싶은 마음은 간절했지만 시는 안개 자욱한 교정의 광장에 서 있는 고장난 시곗바늘이 가리키는 시간처럼 모호했다. 그 좌절을 견딜 수 없어 나는 밤마다 술에 취해 다리를 찾아갔다. 노란 은행잎들이 물고기처럼 허공을 헤엄치고 있는 길 끝에 소양 1교가 있었다. 다리는 보이지 않고 가로등만 안개 속에 희미하게 떠 있는 다리였다.

어느 깊은 밤, 한 여자가 안개를 헤치고 나와 그 다리로 접어드는 걸 보았다. 나는 비틀거리며 그 여자를 따라 다리로 들어섰다. 지독한 안개였다. 나는 내가 왜 시를 쓰지 못하는가를 알 수 없었다. 누가 간곡하게 설명해도 납득이 가지 않았다. 안개보다 더 답답한 무언가가 얽힌 철조망처럼 머릿속을 꽉 채우고 있었다. 저만큼 앞에서 다리를 건너고 있는 여자에게 물어보면 그 까닭을 알 수 있을 것 같았다. 여자가 다리를 다 건너기 전에. 하지만 나는 여자와의 거리를 좁히는 게 겁이 났다. 그녀가 어떤 대답을 할지 두려웠다. 자동차들은 먼 천둥소리를 남기며 다리를 건너가고 있었다.

"저기요……"

다행히 그녀는 나를 술 취한 치한으로 보지 않았다. 걸음을 멈춘 채 차분한 표정으로 나를 바라보았다.

"제가 그쪽의 생명의 은인인 거 아세요?"

"예?"

나는 카뮈의 『전락』을 이야기했다. 내가 당신에게 말을 걸지 않았다면 당신은 소설의 여자처럼 강으로 뛰어들었을 거라고 우겼다. 여자는 희미하게 웃었다. 그토록 기다렸던 시가 처음으로 내게 손을 내미는 것 같았다. 여자는 작은 목소리로 말했다. 남자친구가 아프다고. 집으로 찾아와달라는 부탁을 거절했다고. 헤어지려고 마음먹었는데 마음이 아팠다고. 그래서 남자친구와 처음 만났던 이 다리를 찾은 거라고. 신이 난 내가 경망스럽게 대답했다.

"그것 보세요. 제가 생명의 은인이 맞잖아요!"

하지만 나는 모르고 있었다. 이미 내 걸음은 다리를 떠나 보이지 않는 저 아래로 서서히 추락하고 있다는 사실을.

후평동의 겨울

춘천에서 보낸 마지막 겨울은 추웠다. 후평동 맨 끝, 소양강에서 불어오는 겨울바람은 혹독하게 차가웠다. 대학 시절이 끝나고 있었다. 벌써 춘천을 떠난 친구들도 많았다. 시를 쓰는 후배가 가끔 얼어붙은 자취방으로 찾아와 내 이름을 불러주었을 뿐 아무도 찾아오지 않았다. 졸업과 동시에 신춘문예에 당선되겠다는 야심은 깨어진 고드름으로 변해버린 지 오래였다. 그렇다고 짐을 싸서 고향으로 돌아갈 수는 없었다. 시에서 소설로 길을 바꿨지만 모든 것은 여전히 '얼굴 없는 희망'일 뿐이었다. 솜이불 속에 웅크리고 앉아 곱은 손으로 무엇인가를 끼적거리고는 있었지만 그것은 허망한 흉내에 불과했다. 그때 나는 시와 소설로 가려는 열망만 가득했지 당장 얼어붙은 구들장을 녹일 장작 한 개비 가지고 있지 않았다.

어느 날 아침…… 나는 불을 찾아서…… 눈보라 날리는 길을 건너…… 후평공단 주물공장을 향해 걷고 있었다. 춘천에서의 가장 길고 추운 겨울 속으로, 불을 찾아서. 싱거운 웃음이 흘러나왔다. 그래, 땔감이 있어야 소설을 쓸 게 아닌가!

봄, 봄

누가 아니라고 막무가내로 버텨도 봄이었다. 얼어 죽지 않고 용케 살아남았다는 자축연이라도 열어야 했다. 진달래, 산수유, 올동백이 피어나는 춘천의 외곽길을 쏘다니다 찾아낸 곳은 바로 학곡리 공동묘지였다. 화장장을 품고 있어 경치 또한 남달랐다. 나는 볕 잘 들고 꽃 좋은 곳에 자리를 잡고 선배와 후배들을 꼬여냈다. 화장장 높은 굴뚝에서 검은 연기가 몇 번 피어나자 봄날의 소풍을 위해 사람들은 비닐봉지에 먹을 것을 든 채 무덤과 무덤 사이로 하나둘 올라왔다. 핼쑥했지만 그 얼굴들은 영락없이 진달래, 산수유, 올동백을 닮아 있었다. 산 너머 실레마을에서 더벅머리 김유정이 점순이를 데리고 놀러 와도 괜찮을 그런 따스한 봄날 오후였다.

우리는 무수한 무덤들에 둘러싸여 술을 마셨다.

막 허공으로 사라지는 검은 연기를 보며 눈물을 찔끔거렸다.

잎보다 먼저 피어난 꽃들과 눈을 맞추다 취해버렸다.

산그늘이 내려올 때까지.

그리고…… 나는 알았다. 이제 춘천을 떠나야 할 시간이 되었다
는 것을. 하지만 언젠가는 춘천 가는 배를 타고 다시 돌아오리란 것
도. 그 배 가득 이야기를 실은 채.

김도연 1966년 강원도 평창 출생. 강원대 불문학과 졸업. 1991년 강원일보, 1996년 경인일보 신춘
문예로 등단. 2000년 중앙신인문학상 수상. 소설집 『0시의 부에노스아이레스』 『십오야월』,
장편소설 『소와 함께 여행하는 법』, 산문집 『눈 이야기』가 있다.

전원다방
홍망사

노재현 (중앙일보 논설위원 겸 문화전문기자)

춘천을 떠나 수도권에서 산 지 벌써 30년이 넘었다. 그러나 나는 여전히 춘천 사람이다. 부모님이 아직 춘천에 계시는 덕분이기도 하고, 정겨운 친구들이 고향에 수두룩하게 남아 있기 때문이기도 하다. 무엇보다 내 유년과 소년, 청년 시절의 흔적이 시내 곳곳에 서려 있기 때문이다. 그 시절 춘천 거리에 일부러 무슨 표지들을 새겨둔 것도 아닌데, 포유동물이 오래전 해놓은 영역 표시를 기막히게 가려내는 것처럼, 요즘도 춘천에 가면 분자 형태로 공중에 떠돌던 옛 흔적들이 후각을 진하게 자극한다.

영역 표시의 중심지는 단연 명동이었다. 요즘 홍청거리는 퇴계동이나 석사동은 예전에는 거의 야산이나 논밭이었다. 메뚜기와 잠자리를 잡으러 다니던 한적한 시골이었다. 30년 전에는 명동을 빼놓고 젊음을 말하기 어려웠다. 명동과 이웃한 로터리를 중심으로 옛 시외버스터미널, 공지천, 중앙로, 중앙시장, 죽림동, 약사동, 소양로, 요선동, 운교동, 교동, 팔호광장 일대가 주된 행동반경이었다. 다 해봐야 고작 반경 몇 킬로미터 이내. 얼마든지 걸어서 쏘다닐 수 있는 거리다. 휴대전화도 없던 시절, 친구가 그리우면 일단 집을 나서서 명동거리로 갔다. 그러면 한두 명은 꼭 마주친다. 두셋이서 어울려 중앙시장 막걸리 집에서 한잔하다보면 어디서 소문을 들었는지 몇 명이 더 나타나 술자리에 합세한다. 기분이 내키면 소주를 사들고 공지천 둑으로 진출하곤 했다.

춘천은 다른 대도시, 특히 서울에 비하면 작은 동네다. 그래서 더 정겹고 아름답다. 길 하나하나, 건물 하나하나가 사람과 착착 휘감겨 어우러질 수 있는 규모의 도시다. 대도시에서는 그런 느낌을 받을 수가 없다. 건물 따로, 길 따로, 사람 따로이기 때문이다. 나는 1977년 고교를 졸업하고 서울의 대학으로 진학했다. 함께 서울로 유학을 떠난 고교 동창들이 가끔 종로에서 만나 술판을 벌였다. 거나하게 취한 이슥한 밤, 한 친구가 종로 대로변 건물 귀퉁이에 대고 노상방뇨를 하는 게 아닌가. 곁에서는 다른 친구가 웩웩거리며 걸쭉한 해물파전을 토해내고 있었다. 느긋하게 방뇨를 마친 친구가 하는 말이 의미심장했다. "춘천에선 말이야, 길에서 오줌이라도 잘못 누다간 한동네 어른에게 걸리거나, 최소한 '저놈 뉘 집 자식이냐'는 꾸지람을 듣기 십상이지. 그런데 서울에선 그런 걱정이 전혀 안 들더라고." 그러고 보니 춘천에서 우연히 만난 택시기사도 비슷

춘천은 서울에 비하면 작은 동네다. 그래서 더 정겹고 아름답다.
길 하나하나가 사람과 착착 휘감겨 어우러질 수 있는 규모의 도시다.

한 말을 했다. "여기서는 손님에게 친절하지 않을 수가 없어요. 한 다리만 건너 확인하면 대개 아는 처지다보니까 낭패를 당하지 않으려면 일단 친절해야 한다고요."

장난기 넘치던 중학생 시절, 방과 후 집에 가는 길에 친구들과 내기를 한 적이 있다. 시내를 가다가 누구든 중년 아저씨와 마주치면 "안녕하세요?"라고 인사를 하기로 했다. 그때 아저씨가 나를 알은체하면 내가 이기는 것이다. 열이면 열 명 모두, 비록 당황함을 감추거나 드러내는 차이는 있었지만, 어린 사기꾼에게 친절히 답례를 해주었다. "아, 그래. 많이 컸구나. 아버지는 잘 계시고?"였다. 춘천이기에 가능한 풍경이었다. 서울에서 그랬다간 꼬치꼬치 취조를 당하거나 이상한 놈 취급 받기 십상일 것이다.

중심지가 명동이라면, 핵심 거점은 역시 음악다방 '전원'이었다. 나는 전원다방에서 군 입대 전 두 차례에 걸쳐 디스크자키를 했다. 합치면 1년 반가량의 세월이었다. 대학 2학년 봄, 캠퍼스에 흐드러지게 핀 빨간 장미꽃이 왜 그리 서러웠는지 충동적으로 휴학을 하고 춘천에 내려갔다. 아마도 청춘이 너무 버겁고 지겹게 느껴졌던 것 아닐까. 휴학을 하면 몇 달 뒤 입대영장이 나올 것으로 생각하고 전원다방 DJ 아르바이트를 시작했다. 해가 바뀌어도 소집영장이 안 나와서 대학본부에 물어보니 우선징집원이라는 걸 내야 한다고 했다. 별수 없이 복학해 한 학기 더 다니고 나서 이번에는 확실하게 우선징집원을 내고 또 휴학을 했다. 1979년 가을이었다. 다시 전원다방에 들어가 반년가량 DJ를 더 하고 마침내 1980년 2월 논산훈련소에 들어갈 수 있었다. 그 뜨겁고도 지겹던 청춘과 이별하는 순간이었다.

전원다방은 춘천의 문화 중심지였다. 문화예술인의 메카이자 둥지 역할을 했다. 강원대 문학동호회인 '그리고' '바람' 회원들의 회원전을 비롯해 수시로 시화전이 열렸다. 개인적으로는 클래식의 맛을 알게 해준 고마운 곳이다. 작가 이외수를 비롯해 많은 문인, 화가와 문화 낭인들을 만난 곳이다. 이 글을 쓰기 위해 나는 과거 전원다방을 운영하던 정태금(67세) 사장을 수소문해 통화를 할 수 있었다. 정사장에 따르면 전원다방은 1965년에 처음 들어섰다. 정사장이 인수한 게 1975년이었다. 2001년에는 젊은이들의 취향에 맞게 내부구조를 확 바꿔 '아일'이라는 이름의 카페로 새출발했다. 클래식 음악도 더이상 틀지 않게 됐다. 그나마 2005년에는 다른 사람에게 가게를 넘겼다고 한다. 그렇다면 전원다방다운 전원다방은 1965년부터 2001년까지라는 이야기가 된다. 20세기 후반 36년간을 버티다 21세기가 되자 더이상 버티지 못하고 스러져간 것이다.

베토벤, 모차르트, 말러…… 전원다방 뮤직박스 안에 꽤 많던 LP판들은 다 어디로 갔을까. 베토벤의 피아노협주곡 5번 〈황제〉는 내가 DJ 시절에 특히 아끼던 곡이었다. 곡도 좋았지만, 그보다는 턴테이블에 한번 걸어놓으면 한 면만으로 25분 이상을 버텨주었기 때문에 애용했다. 당시 전원다방 건너편 2층 건물에는 '멍텅구리'라는 소줏집이 있었다. 친구들이 그 술집에 죽치고 앉아 있을 때, 나만 DJ로 '근무' 중이라 자리를 비울 수가 없었다. 그럴 때 베토벤의 〈황제〉를 틀어놓고 구르듯 계단을 내려가 멍텅구리로 달려갔다.

연거푸 잔을 비우고 몇 마디 지껄이다 20분쯤 지나면 황급히 전원
다방으로 되돌아오곤 했다.

거북당, 만나장, 독일안경원 등을 지나면 나타나는, 명동길 건물
2층에 있던 전원다방은 두 개의 공간으로 구성돼 있었다. 입구 쪽
에 있는 약간 높은 공간은 주로 중년 나이 이상의 일반 손님이 이용
했다. 아침운동을 마치고 계란 노른자 든 쌍화차를 마시러 오는 사
람, 레지(종업원 아가씨를 그렇게 불렀다)들의 궁둥이를 슬쩍 쓰다
듬거나 꼬집는 습관이 있는 아저씨들이 주 고객이었다. 아가씨들을
지휘하는 마담도 주로 이 공간에서 활동했다. 주방과 음악실도 이
곳에 있었다.

그러나 이 공간만 있었다면 전원다방은 그저 흔하디흔한 다방
중 하나에 지나지 않았을 것이다. 입구 쪽 공간에서 계단 두어 개를
내려서면 약간 어두컴컴한 또다른 공간이 있었다. 이곳은 괜찮은
스피커가 설치된, 클래식 음악을 듣기 위한 공간이었다. 단골손님
들은 아예 지정석을 정해서 좋아하는 음악을 신청해놓고 레지들의
눈총을 받아가며 몇 시간이고 죽치곤 했다. 제일 구석진 곳에 이외
수 작가의 지정석이 있었다.

전원다방의 LP판이 정확히 몇 장이었는지는 기억나지 않지만,
1000장이 넘었던 것은 확실하다. 클래식과 가곡 외에 영화음악도
많았고 트윈폴리오 등 몇몇 국내가수의 노래도 있었다. 기본적으로
클래식 음악다방이기 때문에 국내가수의 노래는 세미클래식한 분
위기의 곡(예를 들면 송창식, 윤형주가 결성한 듀엣 '트윈폴리오'가

70년대 명동거리, 그 뜨겁고도 지겹던 청춘의 중심지 ⓒ김수진

부른 번안곡 〈하얀 손수건〉 위주로 틀었다.

다방에는 요즘 말로 하루 종일 죽치고 앉아 음악을 듣던 '죽돌이'가 몇 명 있었다. 이외수 작가도 한때 전원다방 죽돌이였다. 나보다 한두 살 많은 K형도 죽돌이였다. 매일 술에 취해 들어와 밤늦게까지 음악을 듣다가 갔다. 그는 특히 모차르트의 피아노협주곡 20번을 좋아했다. 한번 신청해 듣고 나서 두어 시간 지나면 또 신청하곤 했다. 모차르트의 대다수 피아노협주곡들과 달리 20번은 단조다. 그래서 아름답지만 왠지 슬프고 음울한 분위기가 풍긴다. 시인 지망생이라던 K형은 자신이 모차르트 20번을 감상한 횟수를 세고 있었던 모양이다. 어느 날 대낮부터 취해 다방에 들어와서는 내게 들뜬 목소리로 "드디어 감상 횟수 1000번을 넘겼다"고 자랑했다. 반년쯤 후 그는 세상을 떴다. 간암이라고 했다. 유해는 화장장에서 뼛가루로 변했다. 친구들이 물에 뿌려주었다고 했다. 소양호였는지 의암호였는지 정확히 기억나지는 않는다.

그즈음 전원다방의 마담은 배마담이었다. 이름은 기억나지 않는다. 배마담이 통 좁은 치마를 입고 팔을 재게 흔들며 주방과 홀 사이를 왕복하는 모습이 지금도 눈에 선하다. 배마담을 어찌해보고 싶어 안달하던 아저씨들도 꽤 있었던 것 같다. 아가씨들은 '~양'으로 불렸다. 그중 한양과 성양은 지금도 얼굴이 기억난다. 아마 나보다 두세 살씩은 위였으니 지금쯤 50대 중반 아주머니가 되어 있을 것이다. 지금 생각해보니 타지에서 온 아가씨들이라 외로움을 많이 탔을 것이고, 주위에서 유혹도 많았을 법하다. 얼굴이 통통하던 성양은 유달리 군인을 좋아했다. 춘천은 부근에 군부대가 많아서 휴가나 외출을 나온 사병들이 많았다. 그중 한두 명을 성양이 사귀었나보다. 어느 날 배마담이 성양을 크게 나무라는 소리를 들었다. "야, 이년아. 왜 하필 군바리냐, 군바리! 사귀려면 돈 있는 사람을 사귀어! 군바리랑 사귀어봤자 옷이 나오니, 화장품이 나오니. 니 몸만 축나지! 이 맹추 같은 년아."

전원다방 뒤편으로는 닭갈비 집들이 몇 군데 있었다(요즘에는 옛날보다 닭갈비 집이 훨씬 많아졌다). 우미 닭갈비 집이 가장 유명했던 것 같다. 식욕은 왕성했지만 돈이 없었던 청춘들은 누가 과외 아르바이트라도 해서 돈이 생기면 닭갈비 집을 찾았다. 닭갈비로 배 채우고 소주에 몽롱해지면 세상이 내 것 같았다.

닭갈비 집 골목 뒤편에는 지금은 사라진 미니 사창가가 있었다. 산동네 꼬불꼬불한 길을 따라 많아야 수십 명 규모의 아가씨들이 진을 치고 있었다. 춘천의 사창가는 이곳 말고 춘천역 부근, 소방서 부근(장미촌)에도 있었다. 아마도 장미촌의 규모가 가장 컸을 것이다. 소양로 큰길에서 시작돼 사창고개에 이르는 미로 같은 오르막길 전체가 사창가였다. 이외수 작가는 이 장미촌의 방 하나를 얻어서 집필에 몰두해 장편 『꿈꾸는 식물』을 탈고했다. 소설의 배경이 사창가여서 일부러 사창가 집필실을 택했다고 한다.

군 입대와 더불어 나의 청춘은 끝났고, 전원다방과의 '동거 생활'도 막을 내렸다. 제대하고 복학해 졸업, 그리고 취직……

춘천역 앞 야경

숨 돌릴 새 없이 세월이 이어졌지만 춘천에 대한 기억은 언제나 전원다방에서 시작해 전원다방에서 끝난다. 지금은 사라진 아스라한 공간, 전원. 전원다방 흥망사興亡史는 곧 내 청춘의 흥망사였다.

노재현 1958년 춘천 출생. 서울대 국어교육과 졸업. 1985년 중앙일보에 입사해 도쿄 특파원, 정치부 차장, 문화부장, 문화스포츠 부문 에디터를 거쳐 현재 중앙일보 논설위원 겸 문화전문기자로 재직하고 있다.

춘천이라는 메타포

박기동 (시인)

꼬리뼈 이야기

옛날 이야기가 되고 말았다. 내가 중학교에 다닐 때, 그러니까 60년대 중반 무렵, 나는 최초의 원정 운동시합으로 춘천 땅을 밟게 된다. 강릉에서 춘천까지, 버스로 걸리는 시간은 대충 일곱 시간 반이었다고 기억된다. 지금은 버스도 두 시간 삼십 분이니까, 격세지감을 떠올릴 수밖에. 새벽에 아침을 먹고 출발한 우리는 점심도 안흥인가, 대화에서 먹고 털털거리며 달린 것이다. 당시 강릉에서 횡성까지는 비포장 길이었다. 버스는 요즘 지프차처럼 앞대가리가 삐죽 나온 것이고, 운전석 건너 오른쪽 자리는 조수석쯤 되는 곳이다. 일곱 시간이 넘도록 유난히 쿠션이 없던 조수석에 타고 온 나는 엉덩이의 꼬리뼈가 상상외로 아팠던 기억이 있다. 숙소에서 짐을 풀고 나서 이불 위에 앉아보았다. 이불 위에서도 아픈 엉덩이—꼬리뼈가 말이 아니었다.

원창고개와 껌

이제까지 나는 멀미를 서너 번쯤 겪었다. 그 한 번이 춘천이 보이는 원창고개에 들어서면서 맞은 사태였다. 춘천에 오려면 버스를 탈 수밖에 없다. 아마 멀미로는 처음이었으리라. 강릉에서 횡성까지는 이른바 비포장 길이었다. 횡성에서 홍천을 거쳐 춘천을 거의 다 와갈 무렵, 저 눈앞에 춘천 시가지가 보이고 마지막 고갯길 원창고개였다. 꼭대기에서 내려다보면 흡사 뱀처럼 구불구불한 길이었다.

버스는 굽이를 돌아가는 데서는 물론 속도를 줄였겠지만, 속이 울렁울렁한 내게는 전혀 줄이는 것 같지 않았다. 하필 그때, 나는 껌을 씹고 있었다. 껌을 씹을 때 자연스럽게 입에는 침이 고이게 마련이다. 속이 뒤집힐 정도의 상태에서 입에 침이 고이면 와락 토하기 마련이다. 그 이후로 나는 껌을 씹을 때면, 반드시 원창고개를 넘어올 때의 온갖 장면들이 더불어 떠오른다. 이런 것을 공감각이라 부른다는 것도 나중에야 알게 된다. 지금도 껌을 즐겨 씹는 것은 아니다.

위도의 흙탕물과 후진 바닷가,
그리고 공지천

지금은 고슴도치섬이라 부르기도 하는 위도蝟島. 대학 1학년 때
수영과 캠핑을 하던 곳이다. 그때 마침 홍수가 난 직후라 그러한지
흙탕물에 얼굴을 묻고, 눈을 뜨고 수영 훈련을 하였다. 당시 교수님
들께서 서울 어느 풀장의 물보다도 깨끗할 것이라는 말씀들을 하셨
는데 이를 나중에야 이해할 수 있었다. 수영이라는 말이 나왔으니
말이지만 풀장이라는 것도 서울에만 있었던 시절이었다. 다음해에
는 삼척 후진 해수욕장으로 해양훈련을 다녀왔다. 강물과 바닷물은
영판 다르다는 것을 몸소 이해하게 되었다. 당시의 춘천은 춥기로

유명했다. 따라서 겨울 스포츠인 스케이팅의 고장이었다. 공지천 특설링크가 설치되었고, 국가대표를 여러 명 배출한 곳이 춘천이기도 하였다. 내가 나고 자란 영동지방은 얼음이 논바닥에 조금 어는 정도였으니 바닷가 출신들은 얼음바닥 위에서 벌벌 기어다니던 기억이 뚜렷하다. 이와는 대조적인 것이 여름이 되면서부터이다. 강물에서도 그렇지만 해양훈련은 더욱 힘든 것이 훈련 기간 일주일 정도 가지고는 눈에 띄는 향상이나 숙달을 가져오지 못하는 것이 당연하다. 어릴 때부터 물에서 미역감고 놀던 사람이 뭐가 달라도 다른 것이다. 춘천 출신들은 대부분 겨울 얼음바닥에서는 휘젓고, 여름 강물이나 바닷물에서는 바닷가 출신들이 내로라하고 으스대던 기억이 있다.

60년대 꽁꽁 얼어붙은 북한강을 건너는 사람들. ⓒ이경애

춘천이라는 학교

어느 지방에 옮겨 살면, 어느 정도 기간이나 어떤 계기로 인해 그 지방의 정체성을 획득하는가 아니면 그 지방의 정체성을 자기의 정체성으로 받아들이는가 하는 질문은 학술적 질문에 가깝다. 쉽게 생각해보면, 나는 대학생활을 위해 춘천으로 온 경우이다. 나중에 다시 살러 오기는 했지만 한참 시간이 흐른 다음이다. 당시 내가 살던 강릉보다 여기 춘천이 아주 조금 더 문명화(?)되었다고 해야 하나? 학곡리에서 샘밭으로 가는 시내버스가 실제 운행되고 있다는 것을 알고 난 다음 나는 그 사실 자체가 신기하고 놀라웠으니까.

사실 춘천에 진학하겠다는 생각을 품고 편지질을 한 것은 소설

쓰는 선배 하나였다. 고등학교 시절 운동부 선배 한 사람에게도 물론 입시에 관한 기본 정보들을 물어보기는 했다. 입학 후 첫 만남은 도심 한가운데 있었던 다방이었다. '도심다방'이라고 기억하는데, 어느 정도 모던한 분위기를 갖추고 있었고, 유리가 많았던 찻집이었다. 이병욱이라는 선배는 고등학교 시절 몇 군데 대학문학상에 소설로 당선한 바 있었던 이른바 문사였다. 두어 차례 편지로 글 쓰겠다는 마음가짐을 확인해서였는지 첫 만남은 담담했던 것으로 기억된다. 곧바로 닭갈비 집으로 나를 끌고 갔던가 아닌가는 애매하고 분명치 않다. 나중에 3년 정도 가까이 지냈던 경험으로는 바로 닭갈비 집으로 나를 끌고 가지 않았을 리 없다는 생각이 차라리 분명하겠다.

운동을 한 인연으로 진학은 하였지만(체육교육과) 정작 하고 싶은 것은 '글 쓰는' 것이었다. 내게는 고등학교 시절 운동하던 버릇이 결국은 정규시간에 착실하게 진도를 따라가지 않아도 되는 공부 쪽으로 나를 끌어들인 것이리라. 책을 즐겨 읽던 버릇 또한 이것과 결합하여 아마 여기까지 몰고 온 것이다. 갓 스물도 되기 직전에 나는 춘천이라는 학교에 들어온 것이다. 대학 도서관에 자주 들러 책을 빌렸다. 엘리엇의 '스물다섯 살과 역사의식'이라는 말과 프로이트의 『꿈의 해석』은 그야말로 새로운 세계였다. 졸업하고 몇 년 후에 찾아간 도서관에서 학창 시절 낯이 익었던 노사서를 만나 남다른 기쁨을 얻기도 했다.

내게 춘천이라는 학교는 적어도 '글 쓰는' 학교일 수 있었다. 그 첫째 조건이라고 볼 수 있는 학생 스스로 '배우고자 하는 열의'가

가득했다. 이른바 유학이었다. 알고 보니 강릉에서 서울 가는 길이
나 춘천 오는 길이나 거리나 소요 시간도 비슷하였다. 서울 생각은
하지도 못하고, 춘천이라는 학교에 유학을 온 촌놈 학생이 바로 나
였던 것이다. 그리고 두번째 조건이라고 할 수 있는 동인들(당시
'그리고'라는 문학회를 창립하고, 곧장 동인이라고 불렀다)을 만났다.
지금 생각해보면 달리 볼 수도 있는 것들, 가령 순수문학을 고집한
다면서 '수필'을 빼고, 시와 소설 그리고 평론을 내세웠다. 지금도
활동을 하고 있는 평론가 서준섭을 모셨고, 시인으로 신승근, '그
리고' 밖이지만 또래인 이언빈 등을 언급할 수 있겠다. 몇 년 전에
과감하게 명퇴를 하였다는 병욱이 형, 이 선배는 내가 다니는 춘천
이라는 학교에서도 나를 어느 정도 이끌어주었다고 생각해야 하리
라. 명퇴 후에도 글을 쓰겠다는 기염은 변하지 않았다는 것을 확인
할 기회가 있었다. 당시 '그리고'에서 글을 쓰기 시작하여 지금은
수필을 쓰는 분들이 더러 있다. 치열한 문학청년의 기개였다고 하
더라도, 당사자 가운데 하나인 나의 경우는 철저히 반성하고 있다.
아무리 치열함이 목표라 할지라도 수필이라는 문학 장르를 무시한
죄에서는 벗어날 수 없는 것이다. 인정해야 한다.

　다음으로 우리 '그리고'는 스승들을 제대로 만났다고 해야 하리
라. 당시 젊은 시인으로 활발하고 특이한 작품세계를 펼쳐 보이고
있던 이승훈 선생님이 춘천교대에 계셨다. 시 공부 하는 사람들에
게는 축복이었다. 또 한 사람, 뜻밖에 아직 데뷔하지 못한 채로, 이
외수가 명동 전원다방에서 DJ 생활을 하고 있었다. 나중에 이외수
를 통하여 최돈선도 만나게 된다. 최종남, 노화남, 윤용선, 박민수

등 이른바 석사동 패들을 만나보게 된 것은 그보다 한참 후의 일이다. 우리 효자동에서는 아무리 쳐다보아도 선배가 보이지 않았다. 이때 한수산 등이 있었던 석사동이 우리 눈앞에 다가왔다. 아마 외수 형을 만나 같이 헤맬 때가 이때였으리라.

나는 춘천에 다시 돌아와 살게 되었다. 학교를 졸업하고 중학교에 근무하다가 대학 조교 자리로 오게 된 것이다. 겁 없이 인생을 살았던 때이다. 여식인 둘째가 두 달 되었을 때 이삿짐을 쌌다. 부모님이나 아내에게 진지하게 의논하지도 않은 채 덜컥 공부하겠다고 덤벼든 것이다. 단지 교육대학원에 입학하여 여름 겨울에 공부랍시고 하는 흉내를 내어본 것이 사달이었다면 사달이었다고 해야 하리라. 중학교 교사로 남에게 뒤처진다는 생각은 하지 않았지만 무엇인가 텅 빈 것 같은 결핍감은 떨치기 어려웠다. 이 정도의 결기로 시작, 아니 다시 시작한 나의 공부는 늘 그러하였지만 전공으로서의 체육과 진짜로 하고 싶은 글 쓰는 공부의 차이, 아니면 거리라고 할 수밖에 없는 틈을 나 스스로에게 보여주곤 했다. 그 틈은 일종의 상처라고 하면 될까? 나는 여기에서 한 치도 벗어날 수 없지만, 어느 누구에게도 전폭적으로 이해받기 어려운 사태 혹은 사물과 느닷없이 만난다고 하면 될까?

지금도 나는 공부라고 하면 스스로도 헷갈린다. 어느 쪽으로 일단 방향을 잡고 말해야 분명해지는 것이다. 전공 공부와 글 쓰는 공부, 이 두 가지 사이에서 끊임없이 괴로웠고 사실상 어떤 트라우마를 안고 살아가고 있는 셈이다. 내 말이 누구에게인가 향한 것이라면 어떠한 설명이나 암시가 따라야 하기 때문이다.

나와 춘천은 사실 메타포가 아니라 생생한 다큐라고 해야 하리라. 조금 넓은 뜻에서 내 꼬리뼈 이야기나 멀미 이야기는 춘천과 내가 같이 살아가야 하는 일종의 상처이자 메타포라고 할 수도 있겠다. 몸으로 겪은 얘기들은 비록 상처로 남는다 하더라도 잊을 수 없는 것이다. 누구나 그렇겠지만 나에게 몸은 저만치 있는 하나의 대상이 아니다. 춘천도 내가 살아본 바에 의하면 무거운 짐 지고 가는 형국임이 분명하고, 누구나 얘기하는 고뇌 어린 인생에 다름아니리라. 다음 시는 내 삶이 어느 정도 힘들고 어려울 때 이곳 춘천에서 쓴 것이다. 가끔 생각나는 자기 위로용 시라고 생각하고 있다.

달마산 미황사

힘내시기 바랍니다. 소금밭을 걷는 것이 인생이라 하더라도 차근차근 걸어가야 하겠지요. 걸어서도 안 되면 기어서라도 가야겠지요. 사막의 낙타가 아니라 하더라도, 거북이처럼, 게처럼. 저 남쪽 달마산 미황사라는 절집 주춧돌은 거북이와 게랍니다. 이제 막 뻘에서 기어나오는 게, 다리가 채 드러나지 않은 거북이, 뻘에서 기어나오는 몸의 주춧돌, 게와 거북이. 이놈들은 자기가 나왔음직한 해남 앞바다, 어란 앞바다를 하염없이 바라보고 있습니다. 절집 한 채를 메고, 절집 통째로 메고.

박기동 1953년 강릉 출생. 1974년 『시문학』에 '대학시집' 당선. 1982년 『심상』으로 등단. 현재 강원대 스포츠과학부 교수로 재직중. 시집 『어부 김판수』 『내 몸이 동굴이다』 『다시, 방랑길』 『나는 아직도』가 있다.

춘천이라는
이름
여기 있기에

박민수 (시인)

고향을 한번 떠나보면 고향의 아름다움을 더 잘 안다. 나는 20여 년 동안 고향을 떠나 산 일이 있다. 1969년 봄 교직생활을 시작으로 고향을 떠나 있다가 1990년 돌아왔으니 20년을 조금 넘긴 셈이다. 많은 시인들이 고향을 노래했고 고향의 그리움을 말했지만 남북이 갈려 사는 지금 '고향이 그리워도 못 가는 신세'가 얼마나 많은가? 그런데 좀 오랜 세월 고향을 떠나 살긴 했어도 마침내 나는 고향에 돌아왔고, 비로소 나는 고향이 얼마나 좋은 곳이며, 또 내 고향 춘천이 특별히 얼마나 더 아름다운 곳인지 알게 되었다.

초등학교 1학년으로 입학하던 해에 6·25전쟁이 터지고, 피란지에서 돌아와 다시 찾은 내 고향은 그야말로 처참히 헐벗고 굶주리는 모습뿐이었다. 그저 널린 것이 판잣집이요, 내 놀던 뒷동산은 앙상한 나뭇가지들만 드문드문 서 있을 뿐이었다. 내가 고향을 떠나던 1969년도 별로 달라진 모습은 아니었다. 그러나 1990년 20여 년 만에 다시 돌아온 내 고향 춘천은 아주 다른 모습이었다. 가난의 때는 거의 사라졌고, 개발을 위한 토목공사들이 여기저기서 한창이었다. 그러면서 춘천은 호반의 도시, 문화의 도시, 누구나 와서 살고 싶어하는 살기 좋은 도시로서의 새 모습을 갖추어가고 있었다. 1969년 내가 춘천을 떠날 때의 모습과는 아주 다르게 변모되어가고 있었고, 그리고 그것은 서서히 춘천의 역사적 이미지와 정체성을 새롭게 보여주는 것이기도 하였다.

내가 고향에 돌아온 지 5년째였던 1995년은 춘천이 수부首府 도시로 지정된 100주년이 되던 해였다. 이 100주년을 기념하여 춘천문화원이 발행하는 『춘주문화』라는 기관지가 내게 기념시를 청탁해왔다. 시인으로서 20여 년 만에 고향에 돌아와 살면서 이것저것 춘천이 변모해가는 모습을 기꺼이 지켜보고 있던 터에 내게 요청된 수부 도시 100주년 기념시는 내 고향 춘천의 과거와 현재를 돌아보는 좋은 기회가 되었다. 그때 내가 쓴 시의 제목이 '춘천이라는 이름 여기에 있기에'이다. 그 시의 전문은 이렇다.

춘천이라는 이름 여기 있기에
우리는 춘천에 산다.

사시사철 푸른 산과 하늘과

흐르는 강줄기 바라보며 예부터
춘천이라는 이름 여기에 있기에
옹기종기 우리는 춘천에 산다.

소양강 나린 물 굽이쳐 한강으로 흐르는 곳
모진강 흘러내려 철석철석 물소리 내는 곳
흐르는 강물 고여 호수가 되고
호수 위에 밤마다 별빛 내려 꿈을 꾸는 곳
춘천이라는 이름 여기에 있기에
우리는 지금껏 춘천에 산다.
거란이 쳐들어오고 몽고족 몰려와

분탕질하고 갈 때에도,
해적이 떼 지어 오고 가슴 도리는
동족상잔의 피바람 몰아칠 때에도,
이곳에 사는 사람들 이곳을 위하여 몸을 바쳤으니,
춘천이라는 이름 언제나 여기에 있고
춘천이라는 이름 여기에 있기에
줄곧 우리는 춘천에 산다.

1895년 강원의 수부 되어
어느새 100년을 맞은 곳

봄이면 언덕마다 개나리꽃 황금물결 이루는 곳
전국 유일의 문화도시로 선정된 곳
해마다 인형극제가 열리고
세계 판토마임 축제가 개최되는 곳
금병산이 병풍처럼 바람을 막아주고
김유정과 동백꽃과 금병의숙 살아 숨쉬는 곳
일본 제국주의의 침략 시작되던 때
척사위정斥邪衛正의 항일 민족운동을 처음으로 주도하던 곳
의병봉기에 앞장선 의암 유인석이 태어나고 자란 곳
만언상소萬言上疏 올려 단호히
정부의 그릇된 정책 비판한 홍재학의 혼령
의연히 살아남아 있는 곳
여성 의병 윤희순의 그림자 선연히
발자국 소리 내는 곳

모든 사람들 와보고 싶어하는 곳
많은 사람들 함께 살고 싶어하는 곳
외로운 사람을 위하여 안개가 있는 곳
저녁나절 고요히 서풍이 부는 곳
삼악산 저녁노을 붉게 물드는 곳
청둥오리 유유히 물 위에 노는 곳
대룡산 넘는 아침햇살 가장 먼저 비추는 곳

춘천은 그야말로 봄내처럼 항상 고요하며 평화롭다.

오, 춘천이라는 이름 여기에 있기에 우리는

영원히 춘천에 산다.

돌이켜보면 위의 시는 1995년 당시 우리 춘천의 역사와 현재를 노래한 것이지만, 춘천의 정체성이 제법 잘 드러나 있다는 생각이 든다. 원래 춘천이란 '봄의 시내' 즉 '봄내'라는 뜻을 갖는다. 이 이름으로 생각하면 춘천은 매우 가녀린 도시 감각으로 이해된다. 그래서 춘천은 도전적 역사의식이 지극히 약한 도시로서 평가되기도 한다. 그러나 '봄내'라는 이름과는 달리, 위의 시에 나타난 대로 춘천은 외적의 침입이 있을 때마다 한결같이 강한 항쟁의 결속력을 발휘하였던 역사적 사실을 갖고 있다. 게다가 더욱 특별한 것은 그러

한 역사를 갖고 있으면서도 춘천은 응어리진 한의 한숨 소리를 가슴
에 품고 있지 않다는 것이다. 춘천은 그야말로 봄내처럼 항상 고요
하며 평화롭다. 우리 시대 전국 최고의 문화도시로 해마다 현대적
예술 장르로서의 마임 축제가 열리고, 세계 인형극제가 열리고, 국
제 연극제가 열리고, 이제 2010년에는 세계 레저 총회가 이곳에서
열리니, 우리 춘천은 그간 역사 속의 아픈 기억들을 싱싱한 현대 감
각으로 재구성하여 한숨 소리를 몰아내어버린, 그야말로 따듯한 봄
날의 여린 새싹처럼 새로운 시대 감각의 아름다움을 만들어가고 있
는 것이다. 그리하여 요즈음 춘천은 그냥 아름다운 곳이 아니라 낭
만이 있는 도시로서의 모습을 구축하는 데 온 힘을 기울이고 있다.
이러한 춘천에서의 요즈음 나의 생활은, 20여 년간 객지를 떠돌며 살 때의 황량하였던 마음의 응어리를 풀어버리고 본원적 감정의 내면을 새롭게 즐기는 것으로 다시 채워지고 있다. 나이에 걸맞지 않게 의암호 저쪽으로 바라보이는 삼악산 저녁놀을 구경하러 가기도 하고, 잠시 외로울 때 송암리 버드나무 숲에 앉아 생각에 잠겨보기도 한다. 얼마 전에 쓴 시 「첫눈」은 나의 이러한 생활의 일부를 적은 것이다.

첫눈 내리는 날 의암호로 갑니다.
아직 얼지 않은 의암호 깊은 물속으로
스며들어 사라지는 첫눈들의 저 끝없는 소멸
그것은 소멸이 아니라 눈물처럼 사랑하는 이의 가슴에 온몸으로 안기는 것임을 새롭게 봅니다.
첫눈 내리는 날 나도 사랑하는 무엇 있어
그 가슴속으로 하염없이 사라지며 안기고 싶음에
의암호 멀리 바라보이는 송암리 버드나무 숲으로
외로운 발길 옮깁니다.

좀 쓸쓸한 생각도 들지만 내 고향 춘천에 살며 현실의 얽매임으로부터 벗어나 내면의 시를 쓸 수 있다는 것이 나는 행복하다. 사실 나는 20여 년간의 객지생활 동안 10여 년을 서울에서 살았다. 시를 쓰는 일이란 감성을 출발점으로 삼는 것으로, 시인이 어느 곳에 사느냐에 따라 시의 경향이 달라지게 마련이다. 서울에 살 때에 나의 시는 매우 현실 비판적이고 풍자적인 것이었다. 서울에 살면서 내가 경험한 것은 모두 거짓이고, 타락이었다. 이러한 서울 경험이 시로 나타난 것이 1986년에 출판한 시집 『개꿈』이다. 그중의 한 편인 「신의 아그네스」는 이렇다.

> 술집에 가면 아무 때나
> 밑구녕 벌리는 잡년들이
> 아름다워 보이는 때가 있다.
> 넥타이를 졸라매고 아랫도리를
> 꽁꽁 동여맸어도 밑 안 씻고
> 종로 바닥을 헤매는 잡놈들보다
> 밑구녕 다 내놓고
> 침 삼키며 잡놈들 사타구니
> 뿌듯이 일어나게 만드는 잡년들이
> 더욱 아름다워 보이는 때가 있다.
> 오늘밤 그대를 위하여 이름을 주노니,
> 오, 신의 아그네스

지금 생각해보면 눈이 뒤집힐 정도로 세상을 더럽게 보고 있다. 실제로 지금이나 그때나 세상은 더러운 곳이 많다. 정치판이 더럽고 권력이 더럽고 돈이 더럽다. 그러나 그것도 보는 눈에 따라 달리 보인다. 내 고향 춘천에 돌아와 살면서 나의 보는 눈은 아주 달라졌다. 싸움판의 현실이 보이는 것이 아니라 아름다운 생명의 세계가 보인다. 「소리와 소리들이」라는 시는 이러한 생명의 세계를 노래한 것이다.

달빛 물 위에 내려
황금 귀고리 흔드는 소리를 냅니다
억새풀 구부러진 허리에 매달려
벌레들이 코를 곱니다
돌 틈새 숨어 있던 버드나무 숨소리
작은 몸짓이 되어
벌레들의 코 고는 소리 옮겨옵니다
저 한 녘 잠든 풀잎 한 줄기
비단 이불 발로 차는 은빛 소리를 냅니다
잠 못 이루어 날개 비비던 잠자리 한 마리
저도 나직이 물 위에 코 고는 소리를 띄웁니다
달빛 소리 세상 가득 춤추는 밤늦은 시간
소리와 소리들이 저희들끼리 한데 모여
깊은 물속 붕어들의 나라 향해
뜻 모를 소식 전할 글씨 쓰는
연필 소리를 냅니다

이러한 내 눈의 변화는 현실을 너무 도외시하는 자기 충족적 경향을 갖는 것이기도 하다. 그러나 나는 춘천이 안겨주는 이러한 자기 충족적 정서 속에서 어느 때도 누려보지 못한 행복을 경험하고 있다. 서울 생활과 같은 쓰라린 현실 경험은 마음을 아프게 하지만, 자연 속 생명과의 만남은 아주 특별한 고독을 경험하게 하는 것이다. 그 고독이란, 존재의 내면을 다시 생각하게 하는 것으로, 그것은 감정의 요란스러운 흔들림을 조용히 침묵하게 한다. 그리하여 나는 진정으로 삶의 기쁨을 누릴 수가 있다. 춘천은 바로 이러한 정서적 삶을 가능하게 한다.

이러한 춘천에 최근 새로운 사건이 하나 생겼다. 사건이라고 하니까 무슨 몹쓸 일이 생긴 것인가 하고 의아해할 사람이 있을 것이다. 그러나 내가 사건이라고 말하는 것은 어떤 사건처럼 충격을 주는 신나는 일이 하나 생겼음을 강조해서 표현한 것이다. 물론 대수롭지 않은 일일 수도 있지만, 최근 춘천에 어린이도서관 하나가 생긴 것이다. 어린이도서관 하나가 생긴 것이 무슨 그리 큰 사건이란 말인가? 그러나 이것이 사건인 것은 우리 춘천에, 그것도 아주 가난한 사람들이 모여 사는 산비탈 동네에 무려 27억이라는 돈을 들이고, 오직 아이들 중심으로 도서를 선정하고, 또 아이들이 마음 놓고

어린이 도서관인 '담 작은 도서관'

책을 읽을 수 있도록 공간을 구성한 아름다운 도서관이 전국 최초로 건립되었다는 사실 때문이다.

이 도서관 이름이 '담 작은 도서관'인데 효자1동 신동아아파트 옆에 위치하고 있다. 2008년 10월 25일 개관한 이 도서관은 건평 169평 정도에 1만 6천 권의 어린이 도서로 출발하였지만, 재단법인 어린이도서관문화재단이 지원하고 순천향대학 윤의식 교수가 설계한 것으로, 무엇보다도 이 도서관이 어린이들에게 무한한 꿈과 상상력을 심어줄 수 있는 의도를 아름답게 살려내고 있다는 점이 아주 남다른 것이다. 춘천을 비롯해 전국에 많은 도서관이 있지만, 그런 도서관들은 모두 책을 진열하는 데 치중하였을 뿐 독자들의 꿈과 상상력을 깨워줄 디자인의 개념을 살리는 데는 별로 신경을 쓰지 못했다고 할 수 있다.

내가 춘천을 이야기하면서 작은 도서관 하나를 이렇게 소개하는 것은 이것이 갖는 미래의 희망 때문이다. 꿈은 작은 씨앗과 같은 것이다. 그 꿈이 상상의 날개를 달 때, 세상을 변화시키는 인간의 힘이 무한하게 작동한다. 나는 이제 춘천이 꿈의 도시가 되고, 상상의 도시가 되고, 예술의 도시가 되기를 바란다. 이러한 도시로의 발전은 이제 자라나는 어린이들의 꿈에서 비롯되는 것이고, 그들의 상상력에 의해 실현되는 것이다. 전국 최고의 문화도시로 자리잡아가는 춘천이 실질적으로 살기 좋은 곳, 진정한 낭만의 도시, 그리하여 감성적 아름다움 속에서 내면의 행복을 경험하는 21세기 도시가 되기 위해서는 바로 이 어린이도서관과 같은 꿈의 씨앗이 계속 뿌려져야 하는 것이다. 이 도서관의 관장인 김성란씨의 진정한 어린이 사랑의 정신이 어린이들의 가슴에 춘천의 미래를 새롭게 만들

꿈의 씨앗을 무수히 심어주게 될 것임을 나는 믿는다. 춘천에 새로 생긴 '담 작은 도서관'은 이렇게 내게 진한 감동을 불러일으켰고, 춘천의 희망을 다시 보게 했다. 춘천을 방문하는 모든 분들은 이 도서관에 꼭 한번 들러 가기를 권하고 싶다. 그리하여 아름다운 꿈을 가슴에 안은 흥분으로 춘천의 이곳저곳을 조용히 살펴보면 아마도 춘천이 더 새롭게 보일 것이다. 춘천에는 봄 시내처럼 싱싱한 생명의 숨소리들이 곳곳에 숨어 있기 때문이다.

물가에 앉아
잠시 몸을 쉬노라니
물속 그림자 드리운 들꽃 하나
짓궂게 제 몸 흔들며 나에게 농을 걸어오네
내 그림자 물속에 섞여 들꽃과 구별 없으니
그 농 받아 나도 몸을 흔드네
물은 조용하여도
물속 나라 그림자들끼리 한데 어울려 떠들썩하니
한참 동안 내가 나를 잊은 것을 내가 모르네
허허 이런 요지경 세상이 있는 것을
사람들이 모르네

— 졸시, 「물가에서」 전문

박민수 1943년 춘천 출생. 춘천교대와 서울대 대학원 졸업. 춘천대 교수 및 총장 역임. 시집 『강변설화』 『개꿈』 『낮은 곳에서』와 연구서 『현대시의 사회시학적 연구』 『한국 현대시의 리얼리즘과 모더니즘』 『아동문학의 시학』 『21세기 한국 교육의 대안─창조성 중심 교육』 등이 있다.

봄내
이야기

오정희 (소설가)

서울 태생인 내게 춘천이란 오랫동안, 강원도의 도청 소재지이며 교육 문화의 도시로 밑줄 쳐진 사회지리 교과서 속의 한 지명일 뿐이었다. 춘천이라는 지명이 활자가 아닌 실체 비슷한 형태를 띠고 다가온 것은 대학생 때였다. 그 시절 가깝게 지내던 친구였던 ㅎ은 성격이 괄괄하고 차림새나 태도가 거칠 것 없이 당당하여 다소곳한 여성상을 좋아하는 사람들에게는 거부감을 일으키게도 할 타입이었지만 나는 내숭 없이 솔직하고 씩씩한 그 친구가 좋았다. 그 친구는 남자 선배 후배, 동기생들과도 동성의 친구처럼 스스럼이 없었다.

어느 날 그 친구가 평소의 그답지 않게 심각하고 비장하기까지 한 표정으로 말했다.

"나, 어제 춘천 갔다 왔어."

"강원도 춘천? 거긴 왜? 가서 뭘 했는데?"

"종일 강물만 보고 왔어."

물을 보기만 한 것이 아니라 아예 풍덩 빠졌었는지 머리끝부터 발끝까지, 눈빛도 목소리도 촉촉하기 그지없었다. 경춘선 타고 춘천 다녀온 일이 뭐 그리 분위기를 잡을 일인가 싶어 좀 우스웠다. 그런데 그녀로서는 그것이 연애의 시작이었던 것이다. 이성으로서의 감정이 전혀 없었던 동아리의 남학생과 별생각 없이 기차를 타고 도 경계를 넘어가서 한나절을 함께 보내면서 싹튼 예상치 못한 사랑의 감정에 적이 당황스럽고 혼란스러웠을 것이다.

춘천의 무엇이 '아무렇지도 않았던' 그들을 연인으로 만들었을까. 산과 물을 낀 기차여행. 가을의 아름다운 풍광, 세상의 잡답에서 한 걸음 물러나 앉은 듯 호젓하고 고즈넉이 가라앉은 도시, 그리고 멀리 떠나왔다는 심리적 거리감이 그들 안의 어떤 것을 일깨워 로맨틱한 감정을 불러일으키고 서로를 새롭게 발견하게 한 것인지도 모른다. 지금처럼 경춘선 열차를 타고 무리 지어 대성리나 가평, 강촌으로 엠티를 다니던 시절이 아니었다. 하루 사이에 연인이 되어버린 그들을 보면서 나는 연인이 생긴다면 춘천으로 가는 기차를 타보리라 생각했을 것이다. 그 일을 계기로 춘천은 내게 로맨틱한 분위기를 가진 약간은 비현실적인 공간으로 마음 안에 자리잡게 되었다. 그러나 나는 애인이 생기고도 경춘선 열차를 타보지 못했다. 춘천 태생의 애인은 한 번도 내게 경춘선 열차를 타자는 말을 한 적이 없었다. 전쟁 후 피폐한 세월 속에서 성장한 그로서는 벗어나고 싶었던 공간이고 지난날에서 아름다움과 그리움을 찾기에는 잊고 싶

은 쓰라린 기억, 가파른 기억들이 많았을 것이다. 사귀는 사람이 강
원도 춘천 사람이라 했더니 어머니는 사람은 무던하겠지만 교통이
불편하지 않겠는가, 눈이 많이 오면 길이 막히지 않겠는가 하셨다.

30년 후 아들 역시 색싯집의 부모로부터 그런 똑같은 소리를 들
었다고 했다. 세월이 흐르고 세상이 변화해도 강원도는 산세 험한
오지라는 인상을 벗지 못하는가보았다. 서울과의 거리가 두 시간이
채 안 되고 사통팔달, 어디로나 일일생활권이 되었지만 예나 지금
이나 심리적 거리는 그렇게 먼 것이다.

사춘기 이래 나는 장 그르니에의 산문 구절처럼 '아무것도 가진
것 없이 아무도 모르는 곳으로 가서 새로이 살아보고' 싶었다. 그

렇다면 고독과 비밀을 간직하고 지킬 수 있을 것 같았다. 그렇게 먼 곳을 꿈꾸면서 말과 풍속이 다른 먼 외국의 대도시에서 외롭게 숨어 사는 공상을 자주 하였다. 30년 전 붉은 처네 둘러 어린 아기를 업고 춘천으로 들어올 때의 마음도 아마 그러지 않았던가 싶다. 스승께서는 자극 없이 느슨한 지방도시에서 문학활동이 위축될까봐 걱정하셨지만 나는 고독하고 조용한 생활이, 외로움이 내게 창작욕을 부추기고 불붙이리라는 환상과 기대가 있었다. 그때 춘천의 명소로 알려진 곳은 춘천으로 들어오는 초입의 에티오피아 참전탑과 커피 집이고 걸출한 건축가인 김수근이 설계한 어린이회관이었다. 나는 자주 아이를 업고 물가에 앉힌 나비 모양의 독특하고 아름다운 건물을 찾아가 한나절을 보내거나 공지천의 '이디오피아의 집'

에서 에티오피아에서 직접 공수해온다는 커피를 마시며 낯선 곳에

서의 호젓함과 외로움을 즐겼다. 6·25전쟁 당시 강원도 춘천에 파
병되어 전사한 에티오피아 병사들의 영혼을 기리며 세워진 참전탑
을 볼 때면 이 탑의 제막식 때 방한했던 하일레 셀라시에 황제가 생
각났다. 제막식 때는 그를 위해 땅바닥에 붉은 카펫을 깔았다고 한
다. 한평생 흙을 밟지 않은 지존이었던 그는 감옥에서 죽었다.

남편은 춘천에서 태어나 성장한 사람이었다.

첫돌 전 내 등에 업혀 이 도시로 이주해온 큰아이와 이곳에서 태
어난 작은아이는 모두 제 아버지처럼 이곳 사람으로 자랐다. 어린
날 아버지의 족적을 그대로 밟아가며 이 도시, 이 거리에서 성장했
고 아버지가 다녔던 학교를 다녔다. 그리고 제 아버지가 그러했던
것처럼 성년이 되자 이곳을 떠났다. 성장이란, 세상의 전부라고 여
기던 태생지를 떠나 낯선 곳으로 멀리 더 멀리 가고자 하는 갈망이
며 그것은 어쩌면 탯줄을 달고 태어난 생명들의 영원한 숙명인지도
모른다. 이곳이 자신의 원천임을, 이곳이야말로 상처 입은 심신의
치유와 회복이 가능한 곳이라는 것을 알기까지 한세상 고단하게 휘
돌아야 한다는 것 또한.

이곳에서 나고 자란 남편이나 아이들과, 서른 살이 넘어 이식되
어온 나는 당연히 춘천에 대한 이미지나 정서가 다를 수밖에 없겠
다. 그러나 나는 때로 해묵은 가로수 길을 걷다가, 때로 낮은 처마
가 이마를 맞댄, 거미줄처럼 좁고 복잡한 골목들이 얽혀 있는 오래
된 동네를 지나치다가, 때로 하굣길에 교문을 쏟아져나오는 교복

차림의 아이들을 보다가 문득 먼 세월 저편으로부터 걸어오는, 자존심 강하고 가난했던 소년의 모습과 맞닥뜨리며 이상한 비현실감에 빠지기도 한다. 그는 이제 이 도시에서 늙어가는 남편의 소년 시절이기도 하고 또한 이미 오래전에 이 거리를 떠난 내 아들의 모습이기도 할 것이다.

서른두 살에 이주해와 그만큼의 세월을 이곳에서 보냈다. 상투적인 표현으로는, 강산이 세 번 변했을 시간이다. 갓난아이가 헌헌장부가 되고 젊은이는 늙어가는 엄청난 시간이 지난 것이다. 가끔 나는 어떻게 하여 아무런 연고도 없는 춘천에 와서 반평생을 보내게 되었는지 어리둥절한 마음으로 생각해보기도 한다. 보이지 않는

공지천변 '이디오피아의 집'

어떤 힘이, 어떤 인연이 나를 이곳으로 이끈 것일까.

어느 곳에 깃들여 산다는 것은 어떤 의미를 갖는 것일까. 토마스 만 식으로 말하자면, 누리기보다 표현하는 것을 삶의 방식으로 택한 작가인 내게 보고 느끼고 겪는 삶의 문제들은 고스란히 '쓰기'의 질료가 되기 마련인 것이어서 내가 살고 있는 주거환경인 춘천은 지리적 공간이라기보다 마음의 자리로 펼쳐지게 마련이다. 그것은 내가 썼거나 쓰고 있는, 혹은 장차 쓰게 될 소설의 공간이기도 할 것이다.

그 때문일까. 춘천에서의 세월, 나의 삶들은 내가 쓴 길고 짧은 글 속에 소설로, 단상으로, 에세이로 고스란히 담겼고 나의 작품 속에서 예외 없이 가깝거나 멀게 장치되어 출렁이는 춘천의 풍광, 물과 안개와 바람과 햇빛은 언제나 마음속에서도 자욱이 스미게 마련이다.

젊은 날, 자의적 선택이 아닌, 남편의 직장에 따른 이주였지만 나는 춘천으로 오게 되었을 때 낯선 곳에서의 자발적 유폐와 고독에의 환상에 사로잡혀 있었다. 그러나 '춘천'은 그해 봄, 처음 발을 내디뎠던 순간부터 내 안으로 여지없이 밀려들어왔다. 때문에 나는 춘천 생활이 아니었더라면 결코 쓰지 못했을 여러 편의 작품을 얻은 셈이었다. 여러 고장을 수몰시키고 물을 가둔 거대한 소양댐을 보았을 때의 충격이 훗날 「파로호」라는 소설을 쓰게 하였고, 낯선 곳에서의 하염없는 배회와 외로움은 「꿈꾸는 새」 「비어 있는 들」 「바람의 넋」 등으로 형상화되었다. 서면으로 오가는 배터와 붕어섬, 중도의 선사유적지, 줄곧 강과 산을 끼고 굽이굽이 휘어지던 46번

옛 국도의 풍경, 봄이면 복사꽃이 분홍빛 꽃구름으로 흐드러져 선경仙境을 이루던 후평동의 낮은 언덕, 행려의 고단함과 인생유전의 감상들을 얼핏얼핏 보여주던 옛 버스터미널의 모습 등은 모두 소설 속의 상황이나 갖가지 상징성과 은유로 담겼다.

「옛우물」은 잠시 살았었던 봉의아파트에서 내려다보이던 오래된 한옥의 아름다움과 독특한 분위기, 저녁이면 방 안 가득히 밀려오던, 불을 지른 듯하던 장엄한 노을이 창작의 동기이자 배경이 되었고 그후 내가 살게 된 퇴계동의 철길과 춘천역 뒤의 사창가가 『새』의 무대가 되었다.

소설 속에서 여기저기 짚이는 장소, 공간, 분위기에는 내가 지나온 시간들과 춘천에서의 내 생의 순간들이 고즈넉이 고여 있기 마련이다.

때때로 작가와 예술가들, 세상의 잡답과 사람들에게 치여 상처받은 사람들이 심신의 치유와 회복을 꾀하며 또는 창작에의 열정과 기대로 그림자처럼 조용히, 소문 없이 춘천으로 숨어든다고 하였다.

나 역시 이곳에서 오랜 세월 둥지 속의 알처럼 보호받으며 살아왔다. 깃들이지만 익숙한 것들의 감옥에 갇히지 않을 정도의 적막감과 외로움, 꿈꾸고 생각하고 나와 남을, 나를 품고 있는 이 도시의 전경을 가감 없이 바라볼 수 있을 정도의 거리와 낯섦을 지키며. 그것이 바로 작가로서의 자유이고 진정한 창작의 산실이라고 믿으며. 춘천, 그가 내 안에서 사는가, 내가 그 안에서 살아가는가. 30년의 세월이라면 그 어느 쪽의 대답인들 타당하지 않겠는가.

나는 아마 고향이라거나 타향이라는 분별심 없이 이곳에서 계속 살면서 늙어가고 죽을 것이다. 그리고 지수화풍地水火風의 충실한 작용으로 이 언저리 어딘가에 무엇으로든 잠시 자취를 남기다가 사라질 것이다.

오정희 ──── 1947년 서울 출생. 서라벌 예술대학 문예창작과 졸업. 1968년 중앙일보 신춘문예에 「완구점 여인」이 당선되어 등단. 이상문학상, 동인문학상, 동서문학상, 오영수문학상, 독일 리베라투르 상 등 수상. 소설집 『불의 강』 『유년의 뜰』 『바람의 넋』 『불꽃놀이』 『돼지꿈』, 장편소설 『새』 등이 있다.

춘천이몽
春川二夢

안정효 (소설가·번역가)

나에게는 춘천에 뿌리를 내린 두 가지 꿈이 있었다. 그리고 그 첫 번째 꿈을 실현하기 위해 1963년 여름방학을 맞아 서강대학교 3학년 학생이었던 나는 설레는 마음으로 경춘선 기차를 탔다.

그때까지 나는 영어로 다섯 권의 장편소설과 한 권의 단편집을 완성하여 미국의 여러 출판사에 원고를 팔려고 2년이 넘도록 애를 썼지만, 뜻을 이루지 못한 처지였다. 특히 4·19학생혁명을 배경으로 한 가족의 갈등을 그린 『그리고는 침묵이 And Be Quiet at Last』와 조선시대 어느 부락의 고난을 그린 『화전민 The Fieldburners』은 공을 많이 들여 여러 차례 고쳐 쓰기를 했던 소설이었지만, 바이킹이나 리틀브라운 같은 출판사들이 모두 받아주기를 거부했고, 단편집의 표제작 『햇살 밝은 창가에서 By the Sunny Window』 또한 『애

틀랜틱』과 다른 몇몇 잡지사에 원고를 보냈다가 번번이 실패만 맛
보았던 터였다.

1963년 여름에 나는 각별한 계획을 가지고 춘천으로 떠났다. 내
가 태어나고 성장한 곳은 서울의 마포 장바닥이어서, 작부들과 손
님들이 바가지 술값 싸움을 밤낮으로 벌이던 시끄러운 곳이었고,
그래서 글을 쓰려면 방학 내내 조용한 학교 도서관에 나가서 살다
시피 해야 했는데, 이런 사정을 알고 후배 여학생이 부모가 사는 시
골집을 소개해주었다. 그래서 나는, 지금은 춘천시에 편입되었지만
당시에는 춘성군 서면에 속했던, 강변 마을 금산리로 찾아갔다.

그때는 소양강에 댐이 하나도 없어서, 금산리로 들어가려면 춘
천역 뒤쪽 가파른 비탈을 미끄러지며 내려가 나룻배를 타고 강을
건너야 했는데, 수심이 얕아 다 건너도록 강바닥의 자갈이 맑은 물
밑에 훤히 보였고, 배는 노를 젓는 대신 막대기로 바닥을 짚으며 건
너갔다. 그러고는 지금보다 몇 배는 넓었던 중도를 걸어서 횡단했
다. 사람이 살지 않았어도 이 모래섬에는 밭이 있었고, 누가 소를
방목이라도 했는지 모래밭 여기저기 쇠똥이 여름 땡볕에 말라붙었
다. 그러고는 섬을 다 건너면 북한강이 나왔는데, 이 강도 역시 맑
은 물이 어찌나 얕은지 금산리까지 다 건너가도록 바닥이 보였다.

이런 불편한 지리적인 여건 때문에 6·25전쟁 당시 서면에는 국
군이나 인민군이 발을 들여놓은 적이 없다고 했다.

춘천으로 떠나기 몇 달 전부터 나는 6·25전쟁을 시간적인 배경
으로 삼아 이미 야심만만한 소설 한 권을 구상해두었다. '복사
골' 소사(素沙, 지금의 부천시)의 외할머니 집에서 피란살이를 하던

시절에 심곡리 마을에는 '양공주'가 한 사람 살아서, 초등학교 2학년이었던 나와 동네 아이들에게는 비상한 관심의 대상이었고, 습작 시대의 대학생이었던 나는 아이들이 "양갈보, 똥갈보"라고 놀리며 쫓아다녔던 그 여자를 주인공으로 삼은 작품을 하나 쓰고 싶었다.

그리고 전쟁 동안에 겪었던 특이한 경험도 그 소설에 담고 싶었다. 그것은 동네 여자들을 강간하려고 밤마다 마을로 찾아오던 미군들에 관한 무서운 기억에 바탕을 두었다. 한국 여인들을 괴롭히던 해방군의 모순된 존재는 몇 년 동안 내 머리 속에서 하나의 강렬한 주제로 발효되었으며, 나는 이 소설을 쓸 작정으로 공책 몇 권에 만년필 그리고 사전을 싸들고 금산리로 들어갔다.

그 소설은 소사의 소래산과 심곡리를 무대로 삼아 전개할 계획이었으나, 금산리에서 막상 작품을 쓰기 시작한 다음 얼마 안 가서 생각이 달라졌다. 전쟁 동안 군인들을 구경도 못 했다는 금산리의 지리적인 폐쇄성은 만일 미군이 들어와 동네 여인을 더럽히는 상황으로 덧칠한다면 개방된 집단사회에서보다 훨씬 충격이 커지리라는 계산이 섰기 때문이었다. 그리고 금산리에서 마주 건너다보이는 현암리 뒷산 장군봉에 얽힌 전설을 듣고는, 또다른 장치가 하나 머리에 떠올랐다. 나라를 구하고 떠나간 장군이 다시 고난의 시기가 닥치면 마을 사람들을 구하러 돌아오리라는 내용의 전설은 매우 효과적으로 활용이 가능했다. 은마를 탄 장군을 기다리는 마을에 찾아온 '장군'은 유엔군이었고, 이 외국 군인들은 뜻밖에도 마을을 짓밟는 존재로서 행동한다.

강변 마을 금산리는 있는 그대로가 매혹적이고도 완벽한 무대였

삼악산 전경

다. 강 아래쪽 저 멀리 보이는 삼악산, 아직도 서당이 존재하는 외딴 곳, 강남으로 날아가는 연습비행을 하다가 방앗간 지붕에 모여 앉아 휴식을 취하는 제비 떼, 다리 건너 세 갈래 길 풍년초를 파는 담배 가게, 독가마 골로 넘어가는 산길에서 만나는 능참봉의 집, 일제강점기에 사금이 나왔다는 작은 개울에 드리운 능수버들, 가을이면 마을 사람들이 쌀을 거둬 1년 품삯으로 준다는 뱃사공이 혼자 살던 강가의 오두막, 암탉이 알을 낳으면 대신 잘난 체하며 지붕에 올라가 요란하게 울어대던 수탉—이런 삽화들은 머릿속에 내가 상상해두었던 격렬한 줄거리를 생생하게 채색했다.

내가 거처하던 집은 '황면장댁'이었고, 마을에서 하나뿐인 기와집이었다. 나는 한쪽 문이 안마당으로 열리고 다른쪽 문은 툇마루로 통하는 사랑방에서 아침부터 저녁까지 즐겁게 글을 썼으며, 지역사회의 큰어른이었던 황면장도 자연스럽게 내 작품 속으로 들어왔다. 나에게 작품을 쓰며 먹고 잘 곳을 두 달 동안이나 제공해준 고마운 황면장댁을 나는 배은망덕하게도 외국 군인들에게 몸을 버린 여인을 손가락질하며 배척하는 전통사회에 군림하는 상징으로 설정해야만 했다. 그것이 못내 양심에 걸렸던 나는 황면장의 손녀인 후배에게 이런 문학적 필요성을 고백했는데, 후배는 다행히도 이해심이 깊었다. "괜찮아요. 우리 황씨 집안도 이제는 사양길로 들어섰으니까요"라면서.

서면의 여러 마을을 이어주는 구불구불한 길도 그대로 복제되어 소설 속으로 들어갔으며, 그러고는 마침내 여주인공 언례도 구체적인 모습을 갖추었다. 황면장집에서 나루터로 몇백 미터가량 나가는 오솔길에는 중간쯤에 외딴 초가집 한 채가 있었다. (참으로 이상한 일이지만, 나는 여름 내내 이 집에 사는 사람을 단 한 번도 본 기억이 나지 않는다.) 그 집 앞에는 밤나무가 있었고, 여주인공은 이 외딴 집에서 혼자 살다가 밤중에 미군들에게 겁탈을 당한다. 그래서 소설의 제목은 '밤나무집 The Chestnut House'이 되었다.

강을 건너와서 언례를 범할 미군들은 무인도인 가운데 섬에 주둔시켰다. 춘천역에서 길 하나를 사이에 두었던 미군부대의 위치를 필요에 따라 이동시킨 것이다. 그러고는 필요할 때마다 봉의산 전투 현장을 답사하고, 춘천 시내의 시장 거리도 둘러보고, 도움이 될 만한 삽화들을 여기저기 뒤지며 찾아다녔다.

그러고는 동이 틀 무렵부터 날이면 날마다 글쓰기가 시작되었다. 이렇게……

Old Hwang flung open the gate to usher the new day into his house. The sun had not come up yet and late stars glimmered faintly in the dawn-tinged eastern sky. He could tell by their positions that this was the fourth hour. He always woke up before the roosters; he was an old man and did not need much sleep.

그러고는 시간이 쌓여 한낮이 되고, 머리가 굳어지거나 상상력이 제대로 말을 듣지 않으면 툇마루 밥상에 공책을 펼쳐둔 채로, 면장댁 밭에 나가 김매는 일을 돕기도 했고, 오후에는 북한강으로 나가 헤엄을 치며 시간을 보냈다. 장군봉 너머로 해가 진 다음에야 글

금산리 마을에서 하나뿐이었던 기와집,
황면장댁

쓰기는 끝났고, 달이 밝은 밤이면 은빛 오솔길을 산책하며 내일 써
야 할 장면을 머릿속에 그려보고는 했다.

바람 소리, 물소리, 빗소리, 달빛 소리, 고요한 한밤중의 벌레 소
리—온갖 자연의 소리 말고는 한없이 적막하고 고요한 마을에서
나는, 그렇게 문학에 대한 정열이 가장 순수했고, 그래서 글을 쓰지
않으면 죽을 것만 같던 시절에서 가장 행복한 여름을 보내고는, 개
학을 바로 앞두고 소설 한 권의 초고를 마무리하여 품에 안고는 서
울로 돌아왔다.

그러나 『밤나무집』도 역시 어느 출판사에서도 받아주지를 않았
고, 고쳐 쓰고 다시 고쳐 쓰기를 거듭하면서, 온갖 우여곡절을 거치
다가, 그로부터 27년이 흐른 다음에야 드디어 뉴욕에서 출판되었

다. 그것은, 비록 무척 길고도 고된 역정을 거치기는 했어도, 하나의 커다란 꿈이 실천되는 보람찬 과정이었다.

그리고 또다른 춘천의 꿈 하나가 벌써부터 내 마음속에서 싹터 자라나고 있었다. 그 꿈은 춘천에서부터 강물을 따라 서울을 향해 흘러가는 그런 꿈이었다.

태어났다가 성장하고 쇠락하여 몰하는 인생의 과정을 거치며, 사람들은 크고 작은 갖가지 꿈을 키우고, 버리고, 수정하며 나이를 먹는다. 어떤 꿈은 구체적인 목표와 계획의 차원으로 발전하여 사람과 함께 영글며 성공하기도 하고, 포기하거나 미처 시작도 해보지 못한 꿈은 길을 벗어나 실패한다. 내가 살아온 삶에서도 물론 그런 두 갈래 길을 따라 결실한 꿈과 설익어 떨어진 꿈이 따로 줄을 지었다.

소설을 쓰기 여러 해 전, 그러니까 중학생이었던 시절에는 만화를 그리는 사람이 되겠다는 꿈에 사로잡혀, 원고를 싸들고 관철동과 신촌역 앞의 출판사들을 열심히 찾아다니기도 했었다. 이 꿈은 한때 어찌나 극성스러웠던지, 움직이는 만화뿐 아니라 나는 입체만화도 열심히 그렸다. 1950년대는 플라스틱 안경을 쓰고 보는 미국 입체만화가 미군부대를 통해서 시중에 많이 나와 돌아다녔으며, 두 눈의 시각차를 고려하여 빨간 잉크와 파란 잉크로 겹쳐서 그리는 이런 만화는 참으로 신비한 창작의 경지를 맛보게 했었다. 그러나 발표의 기회는 그리 호락호락하지가 않았고, 고등학교를 졸업하면서 그 꿈은 시들어 사라졌다.

요즈음에 나는 산문집을 펴내거나 신문에 무슨 글을 연재할 때는 삽화를 내 손으로 그려서 함께 가져다 강제로 떠맡겨 싣게 하고는 한다. 그러니까 만화 그리기는 억지로 절반의 성공을 요즈음에 와서야 거두어들이는 셈이다.

그보다는 덜 심각한 꿈도 나는 많이 꾸었다. 대관령에 처음 스키장이 문을 열었다는 신문기사를 보고 나는, 스키를 어떻게 타는지도 모르고 경비가 얼마나 드는지도 따지지 않고, 겨울방학이 되면 무작정 대관령으로 스키를 타러 가겠다는 꿈에 젖어, 목재소에서 나왕羅王을 사다가 몇 달에 걸쳐 직접 손으로 깎아 스키를 만들기 시작했다. 그리고는 겨우 한 짝을 만든 다음 갑자기 시들한 생각이 들어 포기해버렸다.

그런가 하면 세계일주 무전여행은 중학교 2학년 때부터 훨씬 진지하게 열심히 계획을 세웠다. 중학교 3학년이 되어서는 서울에서 제주도까지 무전여행 실습도 거쳤다. 그러고는 고등학교 1학년 때, 영화 구경을 갔다가 붙잡혀 두번째 정학을 맞게 되었을 때, 같이 정학을 받던 다른 학생 세 명을 선동하여 실제로 함께 세계일주를 떠나기까지 했었다. 7년 예정이었던 그 여행은 겨우 안양까지 갔다가 여수행 석탄차를 타기 직전에 허무하게 끝나버렸지만……

바로 이런 식의 맹랑한 꿈 하나가 경춘선 기차를 타고 오락가락하는 사이에 머리를 들었다. 춘천 중앙시장에 살던 동급생 하나가 서울 우리 집에서 함께 살았던 인연으로 해서 나는 고등학교 시절부터 춘천을 여러 차례 여행했는데, 강을 따라 흘러가던 경춘선 기찻길은 그때까지 내가 보았던 어느 풍경보다도 아름다운 세상을 내

황면장댁에 모인 동네 어르신들

앞에 펼쳐 보였다. 1950년대 중반이었던지라, 그때는 청평발전소

말고는 강물을 막는 댐이 하나도 없었다. 팔당댐도 없었다. 콘크리트로 높이 올린 흉측한 자동차도로나 어떤 구조물도 없었다. 그래서 흐르는 강물이 지금보다 훨씬 맑고 아름다웠으며, 돌출하지 않는 풍경이 착하고 평화롭기만 했다.

그래서 나는 그 강물을 따라 흘러가는 낭만적인 꿈을 꾸었다. 톰 소여와 허클베리 핀이 해적놀이를 하느라고 탔던 그런 작은 뗏목을 하나 만들어 타고 춘천역 밑 소양강에서 출발하여, 강촌을 지나 가평을 거치고, 팔당에서 능내와 덕소로 흐르고, 그러고도 또 흘러흘러 광나루와 뚝섬을 지나, 여의도 건너편 마포나루 우리 동네까지 떠내려갈 생각이었다. 뗏목에는 작은 A텐트를 치고, 옆으로 휘적거리는 노를 하나 깎아 달고, 커다란 돌멩이 하나를 밧줄에 매달아 닻을 만들어, 밤에는 강물에 떠서 잠을 자고, 하늘의 별을 보고, 등산을 갈 때마다 쓰던 낡은 군용 반합에다 밥을 해 먹고, 날이 밝으면 또 떠내려가고, 며칠이 걸리는지 계산할 필요도 없이, 그렇게 한없이 떠내려갈 작정이었다. 유일한 장애물이었던 청평댐에 이르면 뗏목을 해체하여 통나무를 하나씩 끌고 내려가 다시 엮어 천막을 치고, 그러고는 또 계속해서 떠내려가고……

하지만 여름방학이 하나둘 왔다가 흘러가도 나는 끝내 춘천에서 뗏목을 타지 못했다. 대학을 졸업하고, 전쟁터를 다녀오고, 가족을 만들고, 그러는 사이에 강에는 여기저기 댐이 들어서고, 광나루를 지나면 뗏목의 물길을 막는 수중보도 하나둘 들어서고, 그래서 결국 나는 지금까지 두번째 춘천 꿈은 이루지를 못했다. 아

직까지는.

그러나 나는 요즈음에도 가끔, 나이 칠십에 뗏목을 타고 북한강을 따라 흘러 내려오는 나 자신의 모습을 상상하면, 금산리에서 소설을 쓸 때만큼이나 흐뭇한 기분이 된다. 꿈이란 아무리 나이를 먹어도 늙지 않기 때문인가보다.

안정효   1941년 서울 출생. 서강대 영문과 졸업. 1975년 마르케스의 『백 년 동안의 고독』으로 번역활동 시작. 1983년 『실천문학』에 장편소설 『하얀전쟁』을 발표하며 등단. 1982년 한국번역문학상, 1992년 김유정문학상 수상. 소설집 『미늘Barb』 『미늘의 끝』 『학포장터의 두 거지』 『낭만파 남편의 편지』, 장편소설 『태풍의 소리』 『나비 소리를 내는 여자』, 번역 지침서 『영어 길들이기』 『번역의 공격과 수비』, 창작 지침서 『글쓰기 만보』 등이 있다.

춘천은
가을도
봄이지

유안진 (시인)

겨울에는 불광동이 여름에는 냉천동이 생각나듯

무릉도원은 도화동에 있을 것 같고

문경에 가면 괜히 기쁜 소식이 기다릴 듯하지

추풍령은 항시 서릿발과 낙엽의 늦가을일 것만 같아

춘천이 그렇지

까닭도 연고도 없이 가고 싶지

얼음 풀리는 냇가에 새파란 움미나리 발돋움할 거라

녹다만 눈 응달 발치에 두고

마른 억새 깨 벗은 나뭇가지 사이사이로

피고 있는 진달래꽃 닮은 누가 있을 거라

왜 느닷없이 불쑥불쑥 춘천이 가고 싶어지지
가기만 하면 되는 거라
가서, 할 일은 아무것도 생각나지 않는 거라
그저, 다만 새봄 한아름을 만날 수 있을 거라는
기대는, 몽롱한 안개 피듯 언제나 춘천 춘천이면서도
정말 가본 적은 없지
엄두가 안 나지, 두렵지, 겁나기도 하지
봄은 산 너머 남촌 아닌 춘천에서 오지

여름날 산마루의 소낙비는 이슬비로 몸 바꾸고
단풍 든 산허리에 아지랑거리는 봄의 실루엣
쌓이는 낙엽 밑에는 봄나물 꽃다지 노랑웃음도 쌓이지
단풍도 꽃이 되지, 귀도 눈이 되지
춘천이니까.

2007년 『현대시학』에 발표한 「춘천은 가을도 봄이지」라는 작품
이다. 언어를 다루는 시인으로서 당연한 감각이었으나, 좋은 평을
받았는지 은행통장을 보니 문화예술추진위의 이름으로 거금 백만
원이 입금되어 있었다. 우수작품으로 뽑힌 결과라는 뜻이었지. 춘
천 덕분에 백만원이 생겼으니, 춘천이 더욱 좋아질 수밖에.

은 아마도 1970년대 초였을 것이다. 대학원 졸업 후, 유급조교로 있으면서, 몇 대학에 시간강의를 나가고 있을 때였다. 여름방학마다 개최되는 서울사대 연수원의 중고등학교 교사강습에 교수님 대신 대강을 맡게 되었는데, 그때 내 강의를 들으신 춘천 지역의 선생님들이 계셨던 모양이다. 춘천에서 방학마다 있는 강원도 지역 중고등학교 하계 교사강습의 강의 한 강좌를 우리 대학의 P교수님 대신으로 가게 되었는데, 강의평이 좋았다고 아예 몇 강좌를 맡아달라고 정식 강사로 초청받게 되었다. 그래서 몇 차례 더 춘천을 가게 되었는데, 청량리역에서 기차를 타고 가는 동안 경춘가도의 절경을 구경할 수 있었다. 물론 돌아오는 길에서 보는 경춘가도의 환상적 절경은 말할 것도 없고.

그래서 지금도 춘천이라고 하면 제일 먼저 산모롱이를 돌아들 때마다 보였다간 숨어버리곤 하는 아름다운 산자락들과 굽이 돌며 흐르던 맑고 맑은 계곡물이 먼저 떠오르곤 한다.

물론 교육청의 선생님들이 맛보여준 어죽魚粥의 맛도 좋았지만, 사실 그때 나는 생선 맛을 몰랐으니까. 그럼에도 비린내가 나지 않던 고소한 맛의 어죽이 먹을 만했다고 기억된다.

그리고 보여준 호반의 도시다운 넉넉한 물과 물가에 우거진 수풀이 내 고향의 반변천 냇가의 소沼와 흡사했었다. 도시라는 느낌보다는 그냥 꾸밈없이 들어앉은 나직한 시멘트 집들과 좁다란 골목길들이 저절로처럼 자연스럽고 평화로워 보였다고 기억된다. 물론

그때도 등단한 지 6, 7년 된 시인이었지만, 춘천 가는 길의 자연풍
경을 시로 쓰려 했을 뿐, 춘천, 그 이름 자체가 얼마나 시적인지는
생각할 줄 몰랐다. 아침에 여관방의 창문을 열면 자욱한 안개가 잠
덜 깬 시골도시다운 그윽함을 느끼게 했고, 어죽 먹으러 가는 길의
호숫가 둑길이 시골길 그대로였다고 기억된다. 춘천에 대한 그때의
이런 기억 외에는 다른 무엇 없이, 가끔은 경춘가도만 다시 보고 싶
기도 했었다.

그리고 30여 년이 지난

지난해 위의 작품을 쓰게 되었다. 따라서 춘천은 한 번도 가본
적이 없는 도시가 되었다. 왜 그런지 춘천에 대해 그려지는 아무것
도 없었다. 아니 단 한 번도 가본 적 없는 내 핏발 선 눈길이 때 묻
힌 적 없는 '그곳'이기를 바랐는지도 모른다. 춘천은 미지의 그곳
이었고, 새롭고 낯설어 늘 가슴 설레게 하는 그곳이었다. 어느 날
문득 춘천이라는 이름이 나를 사로잡았고, 내 혼을 기습 점령해버
린 것도 같았다.

봄철도 아니었는데, 춘천은 왜 춘천이란 이름을 얻게 되었을
까? 험준한 태백과 소백의 산맥이 가장 아름다운 한자리를 비
워두었다가, 어쩌면 너무나 여리고 다사로운 봄볕 한 자락이 늘
머물러 있는 듯한 순결의 한 장소를 숨겨두었다가 춘천이라고
했을 듯. 도시이기보다는 그냥 어느 마을 같은 모습으로 춘천이

나를 점령하고 말았던 것도 같았다. 그러고는 너무도 엉뚱하게 아득한 고등학생 적에 시험 치느라고 암기했던 듯한 다음의 한 시 한 편이 입안을 굴러다니면서 춘천의 이미지와 겹쳐지곤 했다.

春水滿四澤춘수만사택이요 夏雲多奇峰하운다기봉이라
秋月陽明輝추월양명휘요 冬嶺守孤松동령수고송이라

이 한시가 때 없이 혼잣말처럼 중얼거려지면서도, 춘천은 춘수 만사택하고만 포개지곤 했다. 춘천에도 여름철이 있고, 여름에는 기묘한 모양의 구름봉우리가 왜 없겠는가마는, 아니 가을 달빛과 겨울 산마루의 외롭게 선 소나무는 어떻고. 아니다, 아니다. 춘천에

는 여름과 가을 그리고 겨울이 없을 것이다. 있어도 봄철일 것만 같았다. 그래서 '춘천은 가을도 봄이지'가 되고 말았다.

제목부터 써지고 보니

전 시대의 약간은 촌스러우면서도 순후하고 여리고 어여쁜 것들이 춘천을 데리고 찾아오곤 했다. 이름 때문만은 아니었다. 가려졌던 면사포 속에서 천천히 얼굴을 드러내는 신부처럼, 춘천의 모습은 자욱한 봄안개가 걷히면서 수줍고 어여쁘게 드러나곤 하지 않던가. 그 모습의 춘천은 어쩌면 바로 어딘가에 있을 것만 같

은 연인의 모습이 아니고 무엇이랴. 처음부터 연인으로 떠오르지 않고 그냥 그저 그렇던 사람이 연인이 되어가면서 수줍음을 타게 되고, 자연스럽던 거동이 어색해지고 조심스러워지면서, 마음과는 달리 안타까움으로 먼발치에서 바라보곤 하는 바로 그런 모습, 마른 갈대 수풀 사이사이로 우련 붉은 진달래 꽃송이의 반가운 듯 왠지 눈물겨운 외로움과 슬픔도 스미어 서린 듯한 모습처럼. 얼음 풀리는 냇가에 새파랗게 움 돋아 피는 봄미나리의 어리고 여린 듯 오히려 강인한 풋풋함과, 꽃내음보다 색다른 향기로운 내음새가 춘천의 향기로, 연인의 향기처럼 춘천 사람들에게서 풍겨질 듯.

춘천은 이름 자체가 바로 '바로 그곳'이다, 아직도. 가보고 싶고, 가서 살고 싶어지고, 사랑해 마지않을 꿈속의 연인이 살고 있을 것만 같은 바로 그곳, 고향 같으면서도 고향 이상의 상상 속의 어여쁜 도시, 도시이면서도 평화롭기 그지없는 항시 봄볕이 따사롭고 밝아, 아지랑이 아른거리는 너울 속의 얼굴 같은 전원의 풍경으로, 춘천은 고향 이상이고 외가마을 이상이고, 그립고 안타까운 가슴 조용히 설레곤 하는 바로 그곳이라고. 어떤 계절도 춘천에서는 봄이 되고 말듯이. 바로 그런 이미지로 산과 산들을 밀쳐두고 강기슭의 평화로운 한자리를 숨겨두었다가, 드디어 춘천을 앉혀놓았다고.

우리나라의 봄은 남녘 어디서 오지 않고 춘천에서 오는 거라고. 내 감각체계는 완전히 춘천을 중심으로, 춘천에서 비롯되고 말았다. 아지랑이도 춘천에서 피어 전국으로 퍼져나갈 것만 같은. 따라서 나는 한 번도 춘천에 가본 적이 없는, 매연에 절어든 내 발길이 닿아본 적이 없는, 지순한 그곳이 되어, 그리운 사람 누군가가 살고 있을 것만 같아졌다. 까닭 없이 외롭고 쓸쓸해지는 때는 불쑥불쑥 춘천이 가고 싶어졌다. 그저 가기만 하면, 가는 그것 이상의 아무것도 바라는 게 없었다. 춘천을 가는 것이 문제이지, 그 다음은 아무것도 필요 없는 듯이. 그래서 오히려 겁나기도 했다. 아니 그럼에도 정작 춘천에 가게 될까봐 겁나고 두려워지기도 했다. 마치 사랑하는 사람이 안타깝게 그리우면서도, 정작 마주치게 될까봐, 그 마주침의 순간에 폭발해버릴 것만 같은 숨 막혀 질식하고 말 듯한 황홀감을 감당하기가 두렵고 겁나서 도망 다니는 기분과도 같다고나 할까?

이렇게 춘천에 사로잡혀 있는 동안

나는 우리나라 전역의 모든 지명을 헤아리고 생각하게 되면서, 춘천보다 더 기막힌 이름의 그곳은 아무 데도 없다는 결론에 도달하게 되었고, 이런 결론을 굳게 더 확고하게 믿음에 가까울 정도로 다지게 되었다. 어쩌면 아득한 그 언제 적엔가, 필시 현인 한 분 계시어, 가장 우뚝하고 정결한 한 곳을 발견하시고는, 아껴 몰래 감추어두었다가, 제일 지순하고 어여쁘고 따사로운 이름으로 춘천이라고 불렀을 듯. 봄냇물 맑고 조요로운 소리로 흘러, 동화 속같이 어여쁜 사람들을 키워내시려 하신 듯. 하고많은 세속적 지명들과 달리, 세속에서 빼돌려 세속적 탐욕으로 때 묻을까 염려하여, 시적인 너무나 시적인 이름을 지어주시었으리.

유안진 1941년 경북 안동 출생. 서울대학교 사범대와 동대학원 졸업. 1965년 『현대문학』으로 등단. 정지용문학상, 소월문학상 특별상, 월탄문학상, 한국펜문학상, 유심작품상 등 수상. 현재 서울대 명예교수로 재직중. 시집 『달하』 『구름의 딸이요 바람의 연인이어라』 『다보탑을 줍다』 『거짓말로 참말하기』 등이 있다.

재미있고
유익한
만화경에 대하여

박상우 (소설가)

인생이란 다채로운 흐름을 겪고 스스로 하나의 흐름이 되는 과정이다. 그런 의미에서 춘천은 나에게 하나의 흐름이다. 내가 춘천으로 흘러들어간 게 1974년이었으니 까마득한 옛날의 일이라 여길수도 있겠다. 하지만 중요한 것은 물리적인 시공간이 아니다. 춘천을 하나의 흐름으로 여기는 것은 그것이 지금도 흐름을 중단하지않고 현재의 인생에 영향을 미치고 있고, 현재의 인생에서 발생하는 요소들이 과거의 흐름이 지닌 의미망에 지속적인 영향을 미치고있기 때문이다.

인생에 유일한 정지는 오직 죽음의 순간뿐이다. 죽음도 결국 다른 흐름으로의 전이라고 인식할 수 있다면 우리가 살아가는 현재는영원한 흐름의 자궁이다. 촌음을 다투며 날마다 새로운 흐름의 요

소양강처녀상과 소양2교

소들이 발생하지만 그것들은 미래-과거와 긴밀하게 연결되어 거대한 전체적 흐름으로 귀의한다. 전체적 흐름의 관점에서 보자면 우주에 부정적인 요소는 아무것도 없다. 모든 흐름은 합일에 이르는 과정이고, '하나'라는 완전태에 이른 것에는 이분법적 대립이나 갈등이 없다. 그걸 알고 들여다보면 세상이 얼마나 재미있고 유익한 만화경인가.

* * *

1973년은 나에게 '춘천'이라는 흐름이 잉태된 해였다. 그해에 나는 열여섯이 되었지만 춘천을 내 인생의 가장 중요한 흐름으로 만

들기 위해 스물여섯보다 더한 열정을 불태웠다. 나는 무조건 춘천
으로 가야 한다고 열광했고, 춘천으로 가지 않으면 모든 게 끝장이
라고 단정했다. 동해안의 중학교를 졸업하면 무조건 춘천고등학교
로 진학해야 한다는 요지부동의 꿈으로 나는 활화산처럼 불타오르
고 있었던 것이다.

1972년, 나는 중학교 2학년 내내 한 여성을 마음에 품고 살았다.
열다섯, 개나리 진달래 분분하던 어느 봄날 그녀는 봄꽃보다 더 화
사한 웃음을 흩날리며 내 눈앞에 나타났다. 하지만 대학을 갓 졸업
한 그녀를 보며 감전된 건 비단 나만이 아니었다. 긴 생머리와 흰
치아, 경쾌한 걸음걸이를 보며 내 또래의 모든 아이들이 발악적으
로 환호성을 터뜨렸기 때문이다. 그 일 년 동안은 그녀가 세상의 중

심이었다. 아이들뿐만 아니라 어른들의 세상에서도 그녀에 대한 관심은 지대해져 그녀는 결국 연애담의 주인공이 되고 온갖 소문에 시달리다 연말에 학교에 사표를 내고 말았다. 참으로 황당한 결말이 아닐 수 없었다.

학교를 떠나기 며칠 전 그녀는 교재실로 나를 불렀다. 나는 그녀가 머물던 일 년 동안 오직 그녀에게 잘 보이기 위해 머리통이 터져라 공부를 했고, 그녀가 가르치던 몇백 명 아이들 중에 가장 좋은 성적을 기록했다. 그녀는 나의 고등학교 진로에 대해 물었고, 당시 나는 서울에 있는 고등학교로 진학할 예정이라는 말을 했다. 그녀의 집이 서울이었기 때문에 그녀는 몇몇 고등학교를 구체적으로 거론하며 열심히 공부해 반드시 서울로 진학하라는 말을 했다. 그리고 나에게 자신의 집주소를 적어주었다. 그날 건네받은 그 주소가 결국 내 인생의 흐름을 바꾸는 결정적 계기가 되고 말았다. 한 알의 밀알처럼 툭, 하고 내 운명의 공간으로 떨어지던 그녀의 주소를 나는 35년이 지난 지금까지도 또렷하게 기억하고 있다.

그녀가 떠나고 나는 3학년이 되었다. 불행하게도 서울로 진학하는 일이 제도적으로 불가능해졌고, 나는 학급반장에 학생회장 일까지 맡게 되어 학생들과 선생들 사이에서 짓이겨진 샌드위치가 되어가고 있었다. 개똥 같은 세상, 정말 세상 사는 낙이 없었다. 그래서 어느 날 밤, 나는 그녀에게 아주 오랫동안 망설이고 망설이던 장문의 편지를 썼다. 마빡에 피도 안 마른 놈이 현실을 개탄하고 인생을 운운했으니 그녀가 읽기에 얼마나 어이가 없었을까.

목련이 피었다 지고, 개나리와 진달래가 피었다 지고, 철쭉과

연산홍이 피었다 졌다. 하지만 벚꽃이 눈가루처럼 흩날릴 무렵까지 그녀에게서는 답장이 오지 않았다. 내 편지가 배달되지 않았나, 이사를 간 건가, 아니면 건강에 무슨 이상이라도……? 이런 심정은 대부분의 사람들이 겪어봤을 터이니 더이상 길게 언급할 필요가 없으리라.

5월 중순경에 나는 애타게 기다리던 답장을 받았다. 답장을 받았을 때의 기쁨 같은 건 구태의연한 기술이 될 터이니 건너뛰자. 학교를 그만두고 서울에 있는 집에서 몇 달 쉰 뒤에 그녀는 춘천에 있는 사립중학교 교사가 되었다고 전했다. 그리고 지방 수험생이 서울로 진학할 수 없게 된 입시제도에 대해 매우 안타까워했다. 하지만 그 첫 편지에서 나는 내 인생의 흐름을 잉태하는 두 개의 단어를 접수했다. '춘천'이라는 지명과 '춘천고등학교'라는 교명이었다. 나는 그것을 일종의 지령으로 접수했고, 그것 이외의 모든 가능성을 무시했다. 죽기 아니면 살기. 나에게 다른 선택이나 고려는 있을 수가 없었다. 정해진 지명, 정해진 교명을 미션으로 완수해야 그녀를 다시 만날 수 있다는 걸 분명하게 알아차린 때문이었다.

당시 서울 진학의 길이 막힌 뒤로 영동지방에서 공부깨나 한다는 애들은 모두 강릉고등학교를 목표로 입시준비를 하고 있었다. 학교에서도 상담을 통해 강릉고등학교로의 진학을 강력하게 권고하고 있었다. 하지만 그녀가 보낸 첫 편지를 읽은 다음날부터 나를 에워싸고 있던 세상은 하루아침에 요동을 치기 시작했다. 내가 강릉고등학교로 진학을 하지 않겠다, 아니 춘천고등학교로 진학하겠다, 하고 폭탄선언을 해버린 때문이었다.

성질머리 고약한 담임은 특수반 반장이자 학생회장인 내가 춘천 고등학교로 갈 경우에 다른 아이들에게 미칠 영향을 생각해봤느냐 며 나를 완전히 머리가 돌아버린 놈으로 취급했다. 그러고는 늦은 밤까지 나를 학교에 잡아놓고 도대체 춘천으로 가려는 이유가 뭐 냐며 때로는 윽박지르고 때로는 타이르며 황당 시추에이션을 연출 했다. 하지만 웃기는 말씀, 나는 눈썹 하나 까딱하지 않고 춘천고 등학교가 아니면 고교 진학을 하지 않겠다고 버텼다. 결국 아버지 까지 학교로 상담 호출을 받았으나 천만다행스럽게도 당신은 내 편을 들어주셨다. 담임의 집요한 설득과 강요에 은근히 부아가 치 밀어 "내 아들이 춘천고등학교로 진학하면 안 된다는 법조항이라 도 있나요?" 하고 당신은 간단하게 되물었다고 나에게 전했다.

결국 나는 선생들로부터 노골적인 야유와 미움을 받으며 1년을 보냈다. 촌놈의 새끼, 춘천고등학교가 얼마나 센데 거길 가려고 덤벼? 너 거기 갔다가 떨어지면 창피해서 후기고등학교 어떻게 다니려고 그래? 괴로운 시간을 견디는 데 가장 큰 격려와 위로가 되었던 건 물론 그녀의 편지였다. 나는 쌍코피가 터질 정도로 죽어라 공부하고 그녀에게서 오는 편지를 유일한 정신적 위안으로 삼았다.

그런데 내가 춘천고등학교로 진학한다는 폭탄선언이 있고 난 이후 나와 비슷한 성적을 유지하던 특수반의 다른 친구 하나가 자신도 춘천고등학교로 진학하겠다는 선언을 하고 나섰다. 그리하여 그 친구와 나는 학교에서 같은 부류로 대접을 받았지만 나는 그런 주변 정황에는 터럭만큼도 신경을 쓰지 않았다. 자나 깨나 앉으나 서

춘천고등학교의 옛 모습 ⓒ지희준

나 오직 시험에 붙어야 한다는 일념으로 온몸이 달아올라 내 주변에서 일어나는 일들에는 도무지 반응을 하지 않은 것이었다. 만약 누군가 내 옆에서 욕을 해대고 침을 뱉는다 해도 나는 꼼짝 않고 버티고 앉아 공부에만 열중했을 터였다.

아무튼 입시 때 나는 771번, 친구는 773번의 수험번호를 부여받았다. 아버지가 동행했지만 나는 매 시간 시험을 보며 불안과 초조에 떨어야 했다. 친구가 시험이 너무 쉽다며 매 시간 교실에서 가장 먼저 나가곤 했기 때문에 나의 걱정은 배가되지 않을 수 없었다. 그런데 시험을 치르고 이틀이 지난 뒤 발표된 합격자 명단에 771번은 있었지만 773번은 없었다. '춘천'이라는 한 알의 밀알을 통해 서로 다른 인생의 흐름이 조성되는 순간이었다. (그 친구는 지금 미국에 살고 있는데 몇 년 전 강남대로에서 참으로 기적적으로 재회해 한동안 '춘천' 얘기를 나눈 적이 있었다. 그가 '춘천고등학교에 합격했더라면'이라는 가정과 내가 '춘천고등학교에 불합격했더라면'이라는 가정은 참으로 많은 생각을 하게 만들었다. 현재와는 완전히 달라졌을 인생 흐름의 뿌리에 놀랍게도 '춘천'이라는 한 알의 밀알이 들러붙어 있었기 때문이다.)

춘천고등학교에는 합격했지만 내가 그녀를 만난 건 2월 말경이 되어서였다. 입학을 위해 춘천으로 올라와 하숙방을 얻고 난 직후에야 비로소 통화가 되어 명동의 한 커피숍에서 그녀를 만날 수 있었다. 그녀를 기다리던 한 시간 정도의 겨울날 오후, 그 시간의 밀도에는 내 인생의 모든 비밀이 내장되어 있었다. 하지만 나는 그것도 모른 채 설레고 떨리는 가슴으로 턱없는 기대감을 부풀리고 있었다. 그녀가 있는 춘천에 나도 살게 되었으니까 그 기쁨을 어찌 말로 형용할 수 있으랴.

　그녀는 열일곱인 나의 눈으로 보기에도 많이 지쳐 보였다. 사람이 지쳐 보인다는 건 인생을 힘들게 살고 있다는 의미와 별반 다를 게 없다. 일시적으로 회복할 수 있는 문제가 아니라 근원적으로 힘든 문제를 겪는 사람에게서 느껴지는 심도와 압력 같은 것. 그녀는 몇 마디의 대화를 나눈 뒤에 너무나도 조용하고 힘없는 어조로 내가 뒤로 나가자빠질 만한 발언을 했다.

　"나 학교에 사표 냈다. 건강이 좋지 않아서 쉬어야 할 것 같아. 너한테는 참 미안한데…… 어쩌니?"

　난 기억력이 참 좋은 편인데 그녀에게서 그 말을 전해 들은 다음

지금의 춘천고등학교

순간부터의 일들은 기억에 남아 있는 게 없다. 아무튼 그녀가 춘천을 떠나게 되었다는 말을 전해 들은 그 순간, 춘천으로 흘러들어간 내 인생은 전혀 다른 흐름을 조성하기 시작했다. 결국 열화와 같은 시간을 보내며 미션을 완수한 뒤에 내가 얻은 건 참담한 실연의 감정뿐이었다. 그녀가 떠나버린 춘천, 내가 끝끝내 적응하지 못한 춘천…… 나는 춘천에 당도하자마자 마음의 발목을 절단당하고 말았다. 그래서 아무리 날아도 끝끝내 착지할 수 없는 새처럼 오래오래 남루하고 누추한 시간 속을 부유해야 했다. 자기 인생의 만화경에는 자신이 선택한 그림이 담겨 있다는 걸 몰랐던 그때, 나는 고작 열일곱 살이었으니까.

* * *

춘천은 지금도 나에게 연연한 실연의 아픔이다. 열일곱에 내가 받았던 내상은 '춘천'이라는 지명과 동일시되지만 그 흐름을 이토록 오래 유지할 수 있다는 게 작가인 나로서는 더할 나위 없는 행복이다. 지금에 이르러 세상의 숱한 흐름을 겪고 스스로 하나의 흐름이 되어 살아가고 있지만 그렇게 애절한 감정이 여적 가슴 밑바닥에서 소용돌이를 이루고 있으니 어찌 글을 쓰지 않고 안락한 시간을 구가할 수 있겠는가.

그녀가 춘천을 떠난 뒤로 나는 지금까지 그녀의 소식을 모른다. 춘천에서 고등학교를 졸업하고 서울에 있는 대학에 입학했을 때, 중학교 2학년 말에 그녀가 적어준 주소를 찾아 여러 번 합정동 일대를 헤매고 다녔지만 나는 끝내 그녀를 다시 만나지 못했다. 그 뒤로 지금껏 생사를 모르는 그녀…… 내 인생의 흐름을 조성하기 위해 한 알의 밀알을 떨어뜨리고 간 뒤로 그녀는 어떤 인생의 흐름을 겪고 어떤 인생의 흐름이 되어 지금 어느 하늘 밑에서 살고 있을까.

이제는 그녀에 관한 기억이 현실에서 내가 겪은 체험이 아니라 어느 책에선가 읽은 동화 같다는 생각이 들 때가 많다. 현실의 지도로는 영영 찾아갈 수 없는 곳에 그녀가 살고 있는 것 같다는 말이다. 하지만 춘천에서 어긋난 이후 두 번 다시 만나지 못하게 한 운명의 프로그램에 대해 나는 마음 깊이 감사한다. 쉽게 그녀를 다시 만나고 쉽게 후일담을 만들 수 있었더라면 사춘기 시절의 그 열렬했던 실연이 오늘날까지 이렇게 생생하게 유지될 수 없겠기 때문이다. 그것을 내가 죽는 날까지 가슴에 간직하고 갈 거라는 거야 이미 정해진 결말이 아니겠는가.

춘천은 나에게 세월이 흘러도 변하지 않는 실연의 현장이다. 사랑이 없다면 실연이 존재할 수 없으니 그것도 당연히 사랑의 일면이다. 서로 존재하게끔 대비하게 만드는 섭리, 그것이 이분법적 세계의 광휘이다. 그것으로 비로소 춘천은 빛을 얻고 사랑을 얻는다. 되비추는 빛으로서 사랑의 이미지가 완성되는 것이다. 이렇게 해독하면 세상만사가 막힘없이 풀릴 것이다. 춘천, 얼마나 부둥켜안고 싶었던 곳인가, 얼마나 살 비비고 싶었던 곳인가.

부기 1—이해할 수 없는 1994년 무렵의 행동

그 당시 나는 서울에서 술 마시고 눈만 뜨면 공지천에 당도해 있었다. 한 달 사이 세 번이나 그런 일이 있었다. 내가 왜 여기 와 있냐고 택시기사에게 물으면 어김없이 "아, 춘천 가자고 했으니까 왔지 내가 미쳤어요? 술 마시고 곯아떨어진 손님을 그냥 데려오게!"

부기 2—이해할 수 없는 2003년의 메모

소주, 닭갈비 / 명동, 공지천…… 입과 발이 협력하여 추억을 만든다.

박상우 1958년 경기도 광주 출생. 중앙대학교 문예창작과 졸업. 1988년 『문예중앙』 신인문학상에 당선되어 등단. 1999년 이상문학상 수상. 소설집 『샤갈의 마을에 내리는 눈』 『내 마음의 옥탑방』 『사탄의 마을에 내리는 비』 『사랑보다 낯선』 『인형의 마을』, 장편소설 『가시면류관 초상』 『지붕』, 산문집 『반짝이는 것은 모두 혼자다』 『혼자일 때 그곳에 간다』 등이 있다.

진경춘천산수도
眞景春川山水圖

박남철 (시인)

1980년 8월, 마침내, 현 전두환 '거사'께서 '통일주체' 머시기란 것에 의하여 대통령으로 추대되어버리고 말자, 마침 합천 옆의 산청 출신이셨던 성철(性徹, 1912~1993) 이영주 스님께서도 1981년 1월, "산은 산이고 물은 물이지 그밖에 더 무슨 할 말 있겠는가?"라고 말씀하시며 조계종 종정으로 취임을 하셨었다.

원각이 보조하니 적과 멸이 둘이 아니라
보이는 만물은 관음이요 들리는 소리는 묘음이라
보고 듣는 이밖에 진리가 따로 없으니
시회대중은 알겠는가
산은 산이요 물은 물이로다

—성철, 「대한불교조계종 제6대 종정 취임 법어」 전문

그리하여, 지금보다는 많이 더 어리고, 불법에도 완벽한 까막눈이었던 나는 너무나도 많이 놀라서, 다음과 같은 반응을 하게 되어, 마침 『반시 동인 제6집』에서 원고 청탁도 와주길래 발표를 해본 바가 있었(었)다. (내가 '1979년 겨울호'로 등단한 『문학과지성』은 이미 폐간되어버리고 없었다.)

듣고 싶다, 말이 듣고 싶다, 말
말, '말' 뿐이 아닌 말 한마디 듣고 싶다

……과 그것은 자유지만, 그것은 그것보다 더 그러합니다, 이렇게 생각합니다……는 생각, 생각하면 무엇하나, 이건 이미 소문에 나버린 워낙 전폭적인 '말씀'인데

산은 산이고

물은 물이지…… 그밖에 더 무슨 할 말 있겠는가……는 생각, 또 생각, 생각하면 무엇하나, 이 역시 이미 소문에 나버린 아주 숙정된 '말씀'인데…… 그래, 그렇다면

호랑이는 호랑이고

포수는 포수로다…… 산에
가야 범을 잡지, 잡지는 잡념이 되고

그렇다고 서부의 사나이는 어디 ㄸㅗㅇ 안 누고 산다더냐

—박남철, 「자유⋯⋯로운 잡념」 제1절 전문*

*참고: 박남철, 「자유⋯⋯로운 잡념 / 1」, 『지상의 인간』, 문학과지성사, 1984, 97쪽.

그러고 나서, 나는 다시, 1980년대 후반, 어느 동년배 시인이, "사자가 한번 부르짖으니 여우의 머릿골이 찢어지도다"라는 말이 『臨濟錄』, 六十四, 到明化'에 있다고 그 출전까지 밝혀가며 발표해 놓은 걸 보고, '이건 뭐 분명히 착각에 의한 가벼운 실수이겠거니⋯⋯' 하고 말았었다가, 나중에는 또 이를테면, '산은 물이다!', 또는, '나는 皆尊物이다!'라는 식의, 제목의 그 시인의 시집 속에까지 수록되어 있는 걸 보고 나서는, 또다시 좀 많이 놀라게 되기도 했었(었)다.

그 무렵에 나는, 그렇게, 그렇게, 자질구레하지도 못한 상처들을 아주 많이많이 받게 되었었다. 그렇게, 그렇게, 틀린 말을 해도, 맞다고 해도 되는 세상은, 이미 전두환이의 세상인 것뿐만도 아니라는 확신이 들어가기도 했었던 것이다. 그리하여, 나는 김현(1942~1990) 선생님이 돌아가시게 될 무렵에는, 다음 작품이 실린 시집을 한(두어) 권 슬쩍 세상에다 내던져놓고서는, 김현 선생님이 진짜로 돌아가시게 되고 말자, 다니던 직장에다 사표까지 내던져버리고서는 춘천으로 날라버리고 말았었던 것이다.

　　　　　절망한 자들은 대담해지는 법이다---니체

도마뱀의 짧은 다리가
날개 돋친 도마뱀을 태어나게 한다

[최승호, 「인식의 힘」, 『고슴도치의 마을』(문학과지성사, 1985)]

2

　'절망한 자들은 대담해지는 법이다'라는 니체의 경구를 에피그라프
로 하고 있는 최승호의 2행시는 臨濟의 喝〔할〕의 그것처럼 힘이 있다.

힘, 힘, 인식의 힘!

"사자가 한번 부르짖으니,
여우의 머릿골이 찢어지도다."

이건 『西翁 演義 臨濟錄』(동서문화사, 1974) 중의 「到明化」에 대
한 서옹 스님의 '착어'이다.

　　　　　　　　　　　　　　　—박남철, 「인식의 힘」 전문*

*참고: 박남철, 「인식의 힘」, 『용의 모습으로/박남철 비평시집 I 』, 청하, 1990, 24쪽.

　그렇게, 그렇게, 대통령도 다시 바뀌고, 역시 짐작했던 대로 바뀌어가고, 1993년 3월부터 1993년 12월 초까지, 나는 일주일에 1박 2일씩의 간격으로 서울에서 춘천을 왔다 갔다 하는 강원대학교 국문학과의 시간강사 노릇을 하고 있던 도중에, 1993년 12월 7일 저녁 무렵에, 나는 '카페 오페라'에서 '춘천 여자'를 만나버리고 말았던 것이었다. 그러니까, 내 인생의 두번째 휴헐처, 아니, 좀더 정확하게 말해버리자면, 춘천은 내 인생에서 첫번째의 '육신적인 휴헐처'가 되어주었던 장소인 셈인 것이다.

　('춘천 여자'도 실은 '춘천 사람'인 것도 아니었다. 그냥 춘천에서 만났으니까 '춘천 여자'가 되어주었던 사람일 뿐이었던 것이다. 남편이 '자기가 봐도 예쁘던 젊은 여자'와 딴살림을 차려버리자, 그녀는 애원을 하다시피 양해를 구해오는 '부산의 갑부집 아들'인 남편과 단호하게 이혼을 해버리고 난 뒤에, 낯선 춘천으로 날아와서 7, 8년 동안 열심히 '새명동' 상가에서 '뱅뱅 대리점'을 하여, 중고등학생들의 '교복 자율화' 덕분에 어떻게 돈을 좀 벌게 되어, 고향인 웅상읍으로 가는 대로 변에다 수억원짜리 땅도 사두고 소양로2가동에 새로이 지어진 38평짜리 '신동아파트 613호'도 사서 살고 있었던, 통장에는 항상 1억 5천만원 이상의 현금이 고여 있기도 했었던, 그녀는 혼자서는 너무나도 외롭고 쓸쓸해서, '카페 오페라' 바로 앞 건물의 여관에다 이미 방을 잡아두고 있던 나를 2차 술을 마시자는 핑계로 그녀 자신의 승용차에 실어 바로 그날로 그녀 자신의 아파트로 데리고 가버리던 것이었다.)

글쎄…… 그렇게, 그렇게, 그럼 내가 그때, '자발적인 납치'를 당했었다는 것일까?*

*참고 1: 박남철, 「장안사」, 『자본에 살어리랏다』, 창작과비평사, 1997, 64쪽에서 65쪽 사이.// 참고 2: ―, 「고흥반도 위에 뜬 달 / 2」, 앞에 적은 책, 105쪽에서 106쪽 사이

진경춘천산수도 眞景春川山水圖

벤자민나무 그늘 아래
가부좌 틀고 앉아
안개에 아련히 젖은
황금의 햇빛이 그 사이로 내려쪼이는
춘천 시가지를 내려다본다.
녹음은 무성하고 캠프 페이지는 고요하다.
벤자민나무는 푸른 분 속에 서서
벌거벗은 채로 카페트 위에 깐 얇은 요 위에
가부좌 틀고 앉은 나를 고요히 내려다보고 있다.
오늘은 6월 7일 --- 시간강사의 일도 작파해버렸다.
다만 이렇게 고요히 앉아 춘천 시가지 사이의
캠프 페이지 사이의 녹음을
멀리 동양화로 젖어 있는 산줄기들을
바라다볼 뿐이다. 벤자민나무 그늘 아래
가부좌 틀고 앉아 낮게 깔린 시가지를
내려다볼 뿐이다. 시간도 인환도 없이
6층 아래 내 배경에서는 7층석탑이 서 있으리라.

―박남철, 「벤자민나무 그늘 아래서」 전문*

보물 제77호 춘천 7층석탑

그리하여, 춘천은 산과 물의 도시였다.

나는 처음에는 춘천에 있던 '水鄕詩'라는 시 동인회의 이름을 잘 이해하지는 못했었다. 하지만, 서울의 도봉면허시험장에서 일주일 만에 운전면허증을 따서 '춘천 여자'의 백색 '캐피탈'을 몰고서 춘천 일대를 드라이브해보곤 하면서 춘천이 왜 산과 물의 도시인지를 서서히 깨달아나갈 수가 있었던 것이다. 의암댐이며, 춘천댐이며, 화천댐이며, 그리고 소양강댐이며…… 그리고 그 소양강댐 밑의 너무나도 맛있던 그 막국수 집 하며!

춘천은, 다시 말해서, 먼저 '물의 도시'이기 때문에 '산과 물의 도시'가 될 수가 있었던 것이다. 이 나라의 어느 도시인들 산 없는 도시야 있을 수가 있을 것인가만, 하지만, 역시 산만 있는 도시는 결코 '산의 도시'가 될 수가 없듯이, 먼저 '물의 도시'가 되어야만 '산과 물의 도시' 또한 성립이 될 수가 있는 노릇이었던 것이다. 그리고 나서 나는 다시 춘천이 우리 남한 사회에서는 유일한 '산과 물의 도시'임을 깨닫게 되는 동시에, 또한 우리 남한 사회에서 유일한 '자연의 수도首都'임을 또한 동시에 깨달을 수가 있었던 것이다.

아아아, 그래요, 그래요, 그래요…… 산은 산이요, 물은 물이 맞지요! 오, 이 위대한 동어반복이여!

나는 이때쯤 '나는 너다!'라는 명제가 틀려버린 명제임을 또한 서서히 깨달아나갈 수가 있었던 것이다. 그리하여, 나는 문득 어느 날, 1994년 8월 8일, '신동아아파트 613호'에서 '나는 나다!'라는 수천 년에 걸친 인류사적인 명제 또한 자각해낼 수가 있었던 셈인 것이다.*

*참고 1: 박남철, 「물아일체론비판」 "킬리만자로의 표범"」, 『바다 속의 흰머리뫼』, 문학과지성사, 2005, 27쪽에서 32쪽 사이.//참고 2: ─, 「정리 I/II」, 『창작과비평』 2007년 겨울호, 213쪽에서 218쪽 사이.//참고 3: ─, 「사자후: 진리함수에 대한 부정」, 『현대시학』 2008년 6월호, 237쪽에서 261쪽 사이.

그리하여, '山是山, 水是水!'라는 이 위대한 말씀은, 2006년 3월 어느 날, 인터넷상에서, 벼락같은 충격을 받으며, 그 미숙하기 짝이 없던 번역의 『금강경金剛經』을 단숨에 읽어버린 뒤에, 거의 2년이 넘도록 『금강경』의 우리말 정본을 궁구해본 뒤끝에서야, 최근에 들어서야 겨우, 성철 스님이 처음으로 한 '말씀'도 아님을 확연히 잘 공부해볼 수 있게 되었던 것이다.

'山是山 水是水!'의 이 위대한 말씀을 처음으로 발설해놓은 사람은 중국의 황벽희운(黃檗希運, ?~850) 선사인 것이다. 『임제록』의 주인공인 임제의현(臨濟義玄, ?~867) 스님의 스승인 바로 그 황벽희운 스님 말이다.

그리하여, 그에 뒤이어 다시, 임제종 황룡파의 청원유신(靑原惟信, ?~1117) 선사가 상당 법어로써 내놓은 이 위대한 명제의 논리적 확장이 바로 '山是山, 水是水, 山不是山, 水不是水, 山只是山, 水只是水!' 였던 것이고.

그리하여, 다시 이를 이어받아서, 우리나라에서는, 고려 말의 그 와중에서도 경한(景閑, 1299~1375) 스님이, 황벽 스님의 원본 명제를 고구, 변형한 사자후를 또한 토해내주셨던 것이다.

箇維那房, 箇典座房, 山是山, 水是水, 僧是僧, 俗是俗!

그러니…… 이 경한 스님이 또 누구셨던가? 바로 세계 최초의 금속활자본으로서 현재 프랑스 국립도서관에까지 소장되어 있는 『직지直指』〔불조직지 심체요절佛祖直指心體要節〕를 쓰신 바로 그분, 백운 화상白雲和尚이 아니셨던가?

그러니…… 그래요, 그래요…… 그래서, 춘천은 이제 확연히 산은 산이고, 물은 물인 도시라는 것이요, 그러니…… 그래요, 그래요, 그래요…… 그래서, 이제는 내 마음속의 영원한 '정신적인 휴헐처'인 도시이기도 한 셈이라는 것이다.

박남철 1953년 경북 포항 출생. 경희대 국문과와 동대학원 졸업. 1979년 『문학과지성』으로 등단. 경희문학상, 불교문예작품상 수상. 시집 『지상의 인간』 『반시대적 고찰』 『자본에 살어리랏다』 『바다 속의 흰머리뫼』 등이 있다.

춘천,
그 쓸쓸했던
젊은 날의 비망록

이순원(소설가)

돌아보면 누군들 그러하지 않으리.

청춘이란 원래 그 시절을 다시 맞이할 수 없는 사람들에겐 곧잘 꽃으로 비유되기도 하지만 스스로에겐 더없이 춥고 습한 계절처럼 느껴지기 마련이다. 영혼은 지레 지쳐 있지 않으면 방황하기 십상이다.

뒤돌아 생각하는 것만으로도 숨이 막히는 '유신암흑'의 한 중간으로부터 '5공철권'의 한중간에 이르기까지, 춘천에서 보낸 내 청춘의 시간들 역시 그러했다. 나이로 보면 스물에서 그 일곱까지, 이제 오십을 넘긴 나이에 다시 돌아보면 어느 한 순간인들 꽃봉오리가 아니었던 시간이 있으랴만, 당시로선 차라리 얼룩이라 불러도 좋을 내 20대의 7할을 그곳 춘천에서 보냈다.

물론 나만 그랬던 것은 아닐 것이다. 새삼 30년 가까이 되어가는 기억 저편의 빛바랜 사진첩을 열어보는 일은 누구에게나 은밀하고도 아름다울 것이다. 당시로선 더없는 어둠처럼 느껴졌어도 흐를 만큼 시간이 흐른 다음 돌아보면 그것이 바로 내 인생의 가장 꽃다운 시절이 아니었나 여겨지는, 한 장 한 장 그 시절의 어떤 추억의 물증과도 같은 사진이 내게도 꽤 여러 장 있다.

지금도 나는 이따금 지난 시절의 앨범을 꺼내 혼자 가만히 내가 지나온 시간들을 바라볼 때가 있다. 그런데 같은 20대 초반의 사진을 바라보는데도 거기에 흥미로운 구분 하나가 있다. 지금 보면 마치 그날이 그날 같은 1977년과 1978년에 찍은 사진이 그러한데, 대학 1학년 때인 1977년의 사진은 대부분 독사진이거나 남자들과 같

이 찍은 흑백사진인 데 비해 1978년 이후의 것은 그때 막 대중화되기 시작한 컬러사진 속에 제법 여러 명의 얼굴 다른 여자들의 모습이 보인다.

내 오랜 사진 속에 모습을 같이하고 있는 그녀들이 지금은 어디서 무얼 하는지 나는 모른다. 더러는 군대에 갈 때 이미 소식을 모르게 되고, 또 더러는 졸업 후에도 얼마간 서로 소식 정도는 알고 지내다가 차츰 하나하나 아주 모르는 사람들이 되지 않았나 싶다.

그런데 2학년 때인 1978년도에 찍은 컬러사진을 보노라면 아마 그때쯤 내가 잠재적으로 이성을 그리워하기 시작했던 시절이 아닌가 하는 생각이 든다. 대학 교정에서 찍은 사진이든 아니면 공지천 둑에서 찍은 사진이든 여러 명이 찍은 단체사진 속에서

공지천 야경

도 나는 꼭 여자 옆에 서 있거나 틀림없이 그 무렵의 유행이었을 단 넓은 바지를 입고 뭔가 잔뜩 멋을 부리고 있는 모습을 보여주고 있다. 불량기라기보다는 이제 막 이성교제의 첫발을 내디딘 한 젊은이의 악의 없는 모습을 나는 그 시절 사진을 통해 바라보고 있는 것이다.

잔디밭 야외수업조차 미리 허락을 받아야 가능했던 유신 군부독재 아래 질식할 것 같은 상황 속에서도 늘 어떤 식으로든 자신을 드러내 보이고 싶어했던 현시욕과 그런 그 시절, 시작부터 이미 쓸쓸한 이별을 예감할 수밖에 없었던 내 첫사랑의 우울함까지도 나는 사진을 통해 바라보는 것이다.

강릉 집을 떠나 춘천에서 혼자 보낸 그 시절, 한 가지 그 사진마다 변함없는 것이 있다면 어깨 아래까지 길게 늘어뜨린 내 장발의 모습이다. 그때는 왜 얼굴 절반을 가리고도 남도록 머리를 기르고 했던 것인지.

이젠 철 지난 유행의 한 자락이 되고 말았지만, 지금도 나는 전철에서나 버스 안, 혹은 카페 같은 곳에서 어깨 밑까지 길게 머리를 늘어뜨린 20대의 장발을 보노라면 왠지 모르게 문득 문득 내 자신의 춘천 시절을 떠올리곤 한다.

그 시절 우리에게 장발은 단순한 유행 그 이상의 무엇이었다. 때로는 그것이 우리 세대에 대한 기성세대의 어떤 우려의 한 상징과도 같은 표적이기도 했지만, 실상 그 시절 우리들의 장발은 기성세대들이 우려하는 바대로의 퇴폐의 한 징후와는 거리가 먼 것이었다. 바다 건너로부터 수입된 것이긴 하지만, 원산지에서의 그것과 우리의 그것은 근본부터 달랐다.

　그곳 젊은이들에게 그것은 가히 퇴폐라 이름하여도 무방할 넘치는 자유의 확인이었는지 모르지만, 얼마간 맹목적이긴 했어도 아니, 맹목적일수록 우리에게 그것은 그 머리카락 길이만큼도 안 되는 자유에 대한 갈증의 한 집단적 표현이었던 것은 아닌지.

　그러니까 그 시절 우리에겐 마음대로 머리를 기를 자유조차 허용되지 않았던 것이다. 우리의 키 작은 독재자는 왜 그토록 우리의 머리카락까지 국가적으로 관리하려 했던 것인지. 그 시절 장발에 대한 그의 혐오를 나는 혐오했다.

　바다 건너로부터 수입되어 언젠가는 우리 스스로 목 위로 걷어올리고 말 어느 한 기간 동안의 유행임에 틀림없었지만, 어쩌면 그 시절 장발이야말로 기성세대에 대해서거나 그 자유에 대해서까지 악착같이 단속하려 드는 군부독재의 공권력에 대해 우리가 취할 수 있었던 유일한 몸으로서의 반항이었는지 모른다.

　고등학교를 졸업함과 동시에 우리는 너나없이 머리를 길렀고 그것으로 20대로의 편입을 위한 우리들의 성인 의례를 대신했다. 때로는 그것의 길이로 저마다 추구하는 분방함의 양을 쟀으며 가슴에 품고 있는 반항의 무게를 저울질하곤 했다. 자의로나 타의로거나 머리 자름을 그나마 얼마 되지 않는 자유의 제약으로 생각했으며, 뻗대기의 포기 아니면 길들임을 생각했었다.

　또 때로는 머리가 길다는 이유 하나만으로도 남들 앞에 우쭐거리기도 했는데, 지금도 나는 그것이 유행의 첨단에 대한 터무니없는 우월감이었거나 당시 기성세대들이 생각하는 바대로 우리 세대의 공통적 퇴폐 내지 집단의 불량기라고는 생각하지 않는다. 단속 없는 장발 시대였다면 처음부터 우리는 거기에 분방함이며 뻗대기의 의미를 달지도 않았을 것이고, 그것의 길이를 가지고 우쭐거려야 할 이유도 없었을 테니까. 그리고 어쩌면, 보다 일찍 우리 스스로 그것을 목 위로 걷어올렸을지도 모른다.

그 시절 그걸로 가장 신난 벼슬아치들은 대학의 교련 교관들이 아니었나 싶다. 그때로서는 기형적이다 싶게 바짝 치켜 깎은 스포츠머리에 철모를 쓴 이 교련 교관들은 일주일에 한 번 네 시간씩 든 교련시간마다 우리의 장발에 벌점을 매기곤 했다. 나는 한마음 한뜻으로 나라를 지키고 휴전선을 지키듯 우리의 머리가 자라나는 것을 두 눈 부릅뜬 채 지켜보는 것에 묘한 희열마저 느끼던 그들의 무차별 단속 역시 비웃으며 경멸했다. 어떤 형태의 것이든 모든 단속이 완장이며 그걸 즐길 수 있는 자기 존재의 희열이었던 것이다.

지금도 나는 일 년에 몇 번 춘천을 찾는 길에 어쩌다 운교동 파출소 앞을 지나게 되면 나도 모르게 저절로 목이 움츠러든다. 그곳에서 두 번 장발 단속을 당했다. 한 번은 끝까지 머리 자르기를 뻗대다가 끌려가 하루 경찰서 신세를 지기도 했다. 지금 생각해도 참 이상도 한 것이 길거리에서 장발 단속을 하던 중에 붙잡힌 고분고분한 훈방자는 그 자리에서 머리를 잘라버리고, 자르지 않겠다고 뻗대는 사람은 경범죄목으로 경찰서로 끌고 가 그곳에서 하룻밤을 재운 다음 장발인 채로 그대로 내보냈다. 왜 그렇게 하냐니까 그것도 일사부재리의 원칙에 따라 한 가지의 죄목으로 두 번의 처벌을 할 수 없기 때문에 유치장에 재운 자는 그냥 내보내는 것이라고 했다. 그것도 우리에겐 법의 희극이자 청춘의 희극이었다.

또 한 번은 길거리에서 경찰 매복조에 걸리듯 갑작스럽게 붙잡혀 순식간에 들이미는 가위에 싹둑, 하고 한쪽 귀 아래 머리를 뭉텅 날린 적이 있었다. 그때 나는 나무에서 지는 꽃잎처럼 아스팔트 바닥에 후두둑 떨어지던 내 머리칼의 비명 소리를 들었다. 교동 하숙집에서 시내로 나가다가 운교동 파출소 앞에서 경찰에게 한쪽 귀를 잡힌 채 느닷없이 들이미는 가위에 나도 모른 새 그렇게 싹둑, 내 청춘을 잘리고 만 것이다.

그러고도 나는 몇 달 그 머리를 깎지 않고 그대로 가지고 다녔다. 한쪽은 귓불이 드러나고, 한쪽은 어깨 아래로 출렁이며 흘러내리는 그 언밸런스의 장발로 1979년 가을을 맞았고, 그 머리가 다시 그렇게 흉하지 않게 모습을 되찾게 되었을 무렵, 우리의 키 작은 독재자가 자신의 수족 같은 부하가 쏜 총에 목숨을 잃었다.

아, 그날……

생각하면 팔호광장에서부터 강원대학 후문까지, 온갖 나무가 물들고 낙엽이 날리던 노란 길이 떠오른다. 그때는 그곳이 대학 정문이었는데, 아침 일찍 하숙집 아저씨가 전하는 독재자의 '유고' 소식을 듣고 나는 아침도 거른 채 서둘러 대학로 길을 따라 학교 정문에 올라가보았다.

향교 돌담길

교문 앞엔 이미 장갑차가 진주해 있었다. 그리고 그곳에 언제까지일지 모를 휴교령 공고가 붙어 있었다. 나는 대학 정문을 지키고 있는 초병들의 싸늘한 총구 앞에 걸음을 멈추고 깊을 대로 깊어가는 가을 빈 교정을 망연한 기분으로 바라보았다.

정녕 저 교정 안에서 우리가 자유의 희망처럼 말끝마다, 또 생각 끝마다 바랐던 것이 바로 이런 식으로 허탈감으로 맞이할 독재자의 '밤새 안녕'과도 같은 유고였던가 싶은 게 도무지 그 유고 소식도, 우리의 걸음을 막는 장갑차도, 그 앞에 초병이 들고 있는 싸늘한 총기도 전혀 현실감이 느껴지지 않았다.

어쩌면 그 허탈감은 우리의 청춘과 우리의 자유와 우리의 일상을 지배하던 키 작은 독재자의 허망한 죽음보다는 어느 날 갑자기 그렇게 마음 안의 증오와 분노의 대상을 잃어버린 내 가슴밭의 빈 자리였는지도 모른다. 나는 오래 거기에 서 있었다.

돌아서 다시 하숙집으로 내려오는 길, 대학로에 하염없이 떨어져 날리던 은행잎들. 문 닫은 닭갈비 집들과 순댓국 집들⋯⋯

그런 가운데서도 여전히 목청 크게 들려오는 학군단 친구들의 충성! 소리들⋯⋯

쓸쓸하고 쓸쓸하여라, 내 청춘의 기억들.

가을잎 찬바람에 흩어져 날리면
캠퍼스 잔디 위엔 또다시 황금물결
잊을 수 없는 얼굴 얼굴 얼굴 얼굴들
우우우우 꽃이 지네 우우우우 가을이 가네

지금도 나는 어느 자리에서나 송창식의 이 노래가 들리면 저절로 걸음이 멈춰지고 내 청춘의 하염없던 그 시절, 춘천이 생각난다.

춘천, 그 쓸쓸했던 젊은 날의 비망록

이순원 1957년 강원도 강릉 출생. 강원대 경영학과 졸업. 1988년 『문학사상』으로 등단. 동인문학상, 현대문학상, 이효석문학상, 한무숙문학상, 허균작가문학상, 남촌문학상 수상. 소설집 『말을 찾아서』 『은비령』 『첫눈』, 장편소설 『수색, 그 물빛무늬』 『19세』 『나무』 등이 있다.

보이지
않는 곳이
미래다

이문재 (시인)

제대병은 난감했다. 군복을 벗어놓을 데가 없었다. 갈 곳이 없었다. 8월 10일, 한여름 날 오전. 그날부터 나는 군인이 아니었다. 이듬해 봄, 복학해야 할 휴학생이었다. 그러나 홀가분하기는커녕 나침반을 잃어버린 항해사처럼 방향감각을 상실하고 있었다. 제대병은 민간인이 되지 못하고 있었다. 몇 주 전부터 여기저기 수소문을 하지 않은 것은 아니었다. 선배들에게 전화를 하거나 편지를 띄웠다. 곧 제대하는데, 어디 학비 좀 벌 데 없을까요……

제대하는 날, 졸업한 여자 동기 둘이 나의 전역을 축하하겠다며 연락을 해왔다. 대학로로 달려오라는 것이었다. 하지만 나는 가진 것이 없었다. 내무반 후배들이 전역 기념으로 건네준 금반지 한 개가 전부였다. 내가 민간인 신분으로 제일 먼저 찾아간 곳은 금은방

이었다. 후배들이 선물한 금반지를 되팔았다. 당장 차비와 술값이
필요했다.

아마 술을 많이 마셨을 것이다. 지금은 유명한 소설가가 되어 있
는 친구, 그리고 한때 시조를 잘 썼던 친구와 셋이 대학로에서 만났
는데, 무슨 말을 주고받았는지 기억이 나지 않는다. 아마 나는 연신
술만 들이부었을 것이다. 내가 술에 받쳤던 것은 미래, 그것도 가까
운 미래 때문이었다. 앞이 보이지 않았다. 누군가 '보이지 않는 곳
이 미래다'라고 했는데, 그렇다면 나는 과거와 현재는 없고 온통 미
래만 있었다. 미래, 그러니까 가능성만 있는 사람이 가장 가난한 사
람이라는 사실을 그때 알았다.

아직 대학생 티를 벗지 않은, 갓 졸업한 여자 동기생들이 얼마간
의 여비를 쥐여줬을 것이다. "집에는 왜 안 가니?"라고도 물어보았
을 것이다. 그랬다. 나는 집으로 가지 않았다. 가야 한다는 생각조
차 나지 않았다. 그 이유를 문장으로 만들기가 힘들었다. 그러고 보
니 논산훈련소에서도 '집 생각'이 나지 않았다. 휴가 때에도 학교
근처에서 어슬렁거리다가 귀대하곤 했다. 나는 고아가 아니었지만,
나의 무의식은 영락없는 고아였다. 내가 '가난하고 외롭고 높고 쓸
쓸할 때'에도 고향집이나 가족이 불끈, 힘이 되어준 적이 거의 없었
다. 열등의식에서 멀지 않았을 나의 고아의식의 발원지는 늙은 부
모였으리라. 내가 태어났을 때, 아버지는 쉰한 살이었고, 어머니는
마흔셋이었다. 나는 늙은 부모가 자랑스럽지 않았다. 황해도 피란
민인 늙은 아버지와 말수가 지나치게 없는 만득이의 사이는 실로
무심한 것이었다.

입대하기 전, 나는 학교 연극부를 떠나 기성극단에서 망치질(무대장치)을 하거나 조연출을 하면서 연습실과 극장에서 살았다. 신기하게도, 연습실이나 무대에서는 나의 대인기피증과 내성적인 성격이 사라졌다. 하지만 돌이켜보면 나는 연극을 흠모한 것이 아니었다. 사람들을 따라다녔던 것이다. 고아처럼 자란 나에게 연극하는 선배들은 형이나 누이 이상이었다. 기성극단에서 만난, 나보다 열 살이나 많은 선배는 그때까지도 대학생이었다. 1970년에 입학했는데, 1979년에도 졸업을 하지 않고 있었다. 키가 작았지만 커다란 극장을 쩌렁쩌렁 울리는 성량을 보유한 배우였을 뿐 아니라, 작품 분석 능력이 남다른 연출가이기도 했다. 제대하기 며칠 전, 그 선배한테서 연락이 왔다. "춘천에 가봐라. 내가 말해두었다."

춘천. 아, 청량리역과 경춘선, 대성리, 북한강…… 대학교가 서울 동북부에 있었으므로, 동북부 지역 대학생들에게 경춘선은 단합대회나 야유회의 다른 이름이었다. 기차는 곧 춘천행 기차였다. 경춘선을 탄다는 것은 일상으로부터, 학교로부터, 나 자신으로부터 탈출한다는 것이었다. 그러니 경춘선은 늘 '사건'이었다. 지금도 청량리역(민자 역사를 짓는다고 흉물스런 공사현장으로 변해 있지만) 앞을 지나칠 때면, 맥박 수가 달라진다. 춘천은 나에게 외국 도시였고, 경춘선은 국경을 넘는 열차였다. 그 춘천으로 가보라는 것이었다. 춘천, 그것도 카페(지금은 '유물'처럼 들리지만, 당시만 해도 카페는 이국정서가 물씬한 '박래품'이었다)에서 아르바이트를 하면서 가을과 겨울을 보낼 수 있다는 것이었다. 카페 주인은 당시 서울 연극계에서 무대미술로 이름을 날리던 분이었는데, 춘천으로 내려가 카페를 열었다는 것이었다.

1982년 여름, 나는 갓 등단한, 그러나 시인이라는 자의식이 거의 없던 얼치기 시인이었고, 시보다는 연극에 관심이 더 많던 스물세 살 어리숙한 청년이었다. 학교 앞에서 하룻밤을 묵고 경춘선에 올랐다. 북한강을 거슬러 올라가며, 나는 약간 들떠 있었다. 드디어 새로운 미래에 한 발 들여놓는 것이었다. 갑자기 미래가 커졌다. 풍요로워졌다. 청춘이 조금 익어가는 것 같았다. 남춘천역에 내려본 것은 그때가 처음이었다. 역전은 썰렁했다. 바로 앞이 미군헬기장이어서 그랬을 것이다. 상가가 형성되어 있지 않았다. 역사 왼쪽에 늘어서 있는 사창가마저 없었다면, 남춘천역은 세상의 끝에 있는, 화물 전용 역사처럼 보였을 것이다. 오후 늦게 카페를 찾아갔다. 손님들이 없을 때가 좋을 것 같았다. 2층에 자리잡은 카페는 어둑신했다. 주인이 마침 출타중이어서, 나는 자대에 처음 배치된 신병처럼 어찌할 바를 몰랐다. 다시 밖으로 나가기도 그렇고, 한구석에 죽치고 앉아 있기도 어색하기 그지없었다.

카페 주인은 저녁 늦게야 나타났다. 작은 체구에 눈빛이 반짝거렸다. 베레모를 썼던가. 나는 누구누구 선배의 소개를 받고 왔다며 꾸벅 인사를 했다. 그런데 주인은 반기는 기색이 아니었다. 당장 내가 해야 할 일들에 관한 지시사항이 이어질 줄 알았는데, 주인은 별다른 말이 없었다. 나를 소개해준 선배에 대한 안부도 묻지 않았다. 그날 밤, 나는 대걸레를 들고 바닥을 청소한 다음, 카페에 딸린 작은 방에서 잤다. 다음날 오전에도 주인은 별다른 말이 없었다. 그렇다고 카페 주인에게 캐물을 수도 없었다. 서울에 있는, 나를 소개해준 선배에게 전화를 걸어 어찌된 일이냐고 물어볼 수도 없었다. 나의 업무는 기다리는 것이었다.

그날 오후, 나는 카페를 빠져나와 무작정 북쪽을 향해 걸었다. 강의 냄새가 나는 듯했다. 다다다다— 미군 헬기가 남동쪽에서 북서쪽으로 저공비행하고 있었다. 멀리 왼쪽으로 남춘천역이 보였다. 그 뒤가 강, 소양강이었다. 8월 중순의 평일 늦은 오후, 소양강가에는 아무도 없었다. 나는 소양강가에 앉았다. 내 스물세 살이 강가에 앉았다. 막연한 미래가 강물을 내려다보고 있었다. 소양댐에서 흘러온 강물은 가능성만 자욱한 청춘 앞에서 왼쪽으로 큰 커브를 그리고 있었다. 소양강은 의암댐에서 잠시 머물렀다가 북한강, 한강으로 이름을 바꾸며 서울을 지나 김포반도의 어깨에서 임진강과 합

200
201

보이지 않는 곳이 미래다

류할 것이었다. 강의 앞날, 강물의 지도는 저렇게 선명했지만, 나의 앞날은, 당장 나의 그날 저녁은 모호하고 불안했다. 대체 주인은 왜 아무런 말도 하지 않는 걸까⋯⋯ 박재삼의 시 「울음이 타는 가을 강」을 주절거렸을 것이다. 햇빛이 기울면서 수면 위에서 난반사했 다. 잘게 부서지는 빛들이 한 줄기 강물 위로 길을 만들었다. 눈이 부셨지만, 나는 눈을 감지 않았다. 수면 위로 난 빛의 길은 마력적 이었다. 길로 올라서라고, 나를 부르는 것 같았다. 나는 강물 위를 걸을 수 있을 것 같았다. 수면에서 튀어오른 여름 저녁해의 황금빛 이, 빛의 길이 내 몸을 관통하고 있었다. 소양강가에서 나는 울지 않았다.

그날 밤, 카페 주인이 나를 불렀다. 미안하지만, 일자리가 없다

는 것이었다. 내게 아르바이트 자리를 주려면, 지금 일하고 있는 학생을 내보내야 한다는 것이었다. 나는 괜찮다고, 그러지 마시라고 했다. 다음날 아침 기차로 떠나겠다고 말했다. 미래가 갑자기 사라져버린 것이었다. 소양강은 아래로, 동쪽으로 흐르고 있을 것이었지만, 제대한 지 채 나흘째 되는 휴학생은 갈 곳이 없어지고 말았다.

결국 나는 그해 가을과 겨울을 '천하의 백수'로 지냈다. 춘천에서 다시 서울 학교 앞으로 와서, 방학중에도 고향으로 가지 않은 친구 자취방에 며칠 머물다가 대구로 내려갔다. 대구에서 시 쓰는 친구와 포장마차를 하기로 한 것이었다. 대구시 남구 대명동 국민은행에서 단돈 천원을 입금해 온라인 통장을 만든 다음, 또 선배들에게 손을 벌렸다. 며칠 만에 20여 만원(그때 등록금이 50만원이었으니, 상당한 거금이었다)이 들어왔다. 친구와 나는 리어카와 그릇, 카바이드 따위를 마련하고, 대명초등학교 담에다 포장마차를 차렸다. 꼼장어를 굽고, 닭발도 구워냈다. 대구의 문인 선배들이 찾아와 매상을 올려주었다. 하루에 5만원을 벌면 절반 이상이 고스란히 남았다. 우리는 이미 부자였다. 하지만 포장마차는 보름을 넘기지 못했다. 공터에 놓아둔 포장마차를 누가 훔쳐갔고, 포장마차 바로 앞에 늘어선 술집 주인들이 우리를 경찰에 신고한 것이었다. 학교 근처에서는 포장마차를 할 수 없다는 것을 두 젊은 시인은 전혀 모르고 있었던 것이다.

이듬해 학자금 융자를 받아 복학했다. 다시 학교로 돌아왔지만, 역시 머물 데가 없었다. 강의실이나 연극부실로 기어드는 것도 하루이틀이지, 방이 절실했다. 나만의 방. 그러나 제대하면 조금 나아질 것 같았던 집안 형편은 더 나빠져 있었다. 그러다 마음씨 좋은 카페 주인을 만났다. 자기 카페에서 아르바이트하고 잠도 자라는 것이었다. 카페 이름이 '라르고'였다. 라르고는 나에게 춘천이나 마찬가지였다. 대학교 3학년을 나는 학교 앞 '춘천'에서 다녔다. 졸업할 때까지 나의 '학부모'는 여럿이었다. 라르고 주인 부부를 비롯해, 나를 위해 도시락을 두 개씩 싸오던 친구들, 언제나 술값을 내주던 선배들, 가끔 용돈을 쥐여주시던 교수님들⋯⋯

대학을 졸업하고, 그 이듬해 결혼했고, 그 이듬해 한 아이의 아버지가 되었다. 딸아이가 말을 하기 시작하던 어느 날, 선배한테서 연락이 왔다. 제대할 때 춘천으로 가보라고 했던 그 선배가 춘천으로 이사했다는 것이었다. 이사만 한 것이 아니라, 강원대 후문 쪽에 카페를 차렸다는 것이었다. 카페 이름이 '돌은 움직이지 않으려고 얼마나 애쓰는 것일까'. 내 첫 시집에 실려 있는 시의 제목이었다. 선배네 카페는 '돌까'로 불렸다. 열아홉 자에 달하는 풀네임을 다 부르기가 힘들었던 것이다. 나는 춘천 '돌까'에 자주 갔다. 하지만 남춘천역이나 소양강가에는 가지 않았다.

지금도 그 자리에 있을까. 육림극장 바로 옆에 있던 '비탈에 선 카페'. 스물세 살 여름, 나는 비탈에 서 있었지만, 쓰러지지 않았다. 내가 비탈에서 꼿꼿하게 서 있을 수 있었던 것은 선배와 친구들 덕이었다. 그러나 선배와 친구들이 나에게 베푼 은혜를 나는 오랫동안 잊고 있었다. '은혜는 돌에 새겨라'라는 프랑스 속담이 있다. 은혜를 잊기 쉽다는 경고이리라. 몇 년 전, 오래 다니던 직장에서 명예퇴직을 한 직후, 나는 또 비탈에 서 있었다. 그때 선배와 친구들의 도움이 없었다면, 나는 비탈에서 쓰러졌을지도 모른다.

나에게 춘천은 두 개의 이미지이다. '비탈에 선 카페'와 소양강. 돌아보면 얼마나 많은 비탈이 있었던가. 그러나 비탈에 설 때마다 나는 춘천을 떠올렸다. 소양강가에 앉아 있던 스물세 살 여름, 오랫동안 내 기억의 가장 깊은 곳에 봉인되어 있는 한 장면을 머릿속에 그리곤 했다. '보이지 않는 곳이 미래'라는 말을 나는 자주 중얼거린다. 그리고 젊은 시절의 사랑보다, 선배와 친구 사이의 우정이 훨씬 더 강하고 오래간다는 사실을 절감하고 있다. 나에게는 우정이 '사회안전망'이었다.

그 시절로부터 30년 가까이 흘러왔다. 이제는 가능성이 많이 줄어들었다. 가능성 즉 꿈만 있는 사람도 가난하지만, 꿈이 없는 사람처럼 가난한 사람도 없다. 앞이 보이지 않을 때, 내가 가파른 비탈에 서 있다고 느낄 때, 나는 소양강을 떠올리며, 보이지 않는 곳을 오래 응시한다. 그러다보면 보이지 않는 곳이 조금 환해진다. 그러면 또 비탈에 서 있을지 모를 선배나 친구, 후배 들을 생각한다. 그러다보면 삶이 조금 견딜 만해진다.

이문재   1959년 경기도 김포 출생. 경희대 국문과와 동대학원 졸업. 김달진문학상, 소월시문학상, 지훈문학상, 노작문학상 등 수상. 현재 경희사이버대 문창과 교수로 재직중. 시집 『내 젖은 구두 벗어 해에게 보여줄 때』 『마음의 오지』 『제국호텔』 등이 있다.

청평사에 세 번 갔다
세 번 다 아니 갔으면
더 좋았을 것이다

한명희 (시인)

하나

춘천. 내게 춘천은 어떤 곳인가. 춘천은 로또에 인생을 건 것까지는 아니지만 요행 정도는 바라고 있었던 후배 소영이가, 로또 명당이 춘천에 있다는 신문기사를 들고 와 나를 억지로 거기까지 함께 찾아가게 했던, 그래서 결국은 나까지 로또를 사게 만들었던 곳이다. 경북 점촌이 고향인 대학 선배가 맨날 통일호만 탔지 무궁화호는 너 때문에 처음 타본다면서 내밀던 기차표에 씌어 있던 역 이름이 춘천이기도 하다. 또 춘천은 내가 한때 연정을 품었던 사진작가가 집다리골 휴양림 근처에 별장을 지었는데 의암호에서 그곳에 이르는 길이 그렇게 아름다울 수 없다고 몇 번을 얘기해서 혹시 나

를 데려가려나 싶어 지도책 펴놓고 그게 어디쯤에 있는지 몰래 찾
아보기도 했던 곳이다. 결국 한 번도 그놈의 별장에는 가지 못했지
만 의암댐에서부터 청평댐으로 이어지는 길이 우리나라에서 가장
아름다운 길이라고 믿고 있는 그런 곳이 바로 춘천이다.

그리고 또 춘천은 어떤 곳인가. 춘천인지 뭔지도 모르고 그냥
'남이섬'인 줄만 알고 따라갔던 그 문제의 섬, 배가 끊기면 서울로
못 돌아온다는 걸 알고는 잠시 긴장했지만 남은 떡 줄 생각도 하지
않았던, 그래서 한편으론 안도했고 한편으론 살짝 자존심이 상했던
그런 곳이다. 시외버스가 공지천 부근에 가까워질 무렵 오른편으로
보이던 '멍텅구리'라는 간판 이름이 하도 예뻐서 내가 언젠가 카페
를 내면 그 이름을 '멍텅구리'라고 하리라고 작정했던 곳이다. 대
학원 시절, 1년간 미국에 연구교수로 가 있었던 지도교수가 한국에
돌아와서 대학원 제자들을 데리고 '귀국 여행'을 갔던 곳이다. 매
서운 춘천의 겨울 날씨 덕분에 웃지도 못하고 반쯤은 언 얼굴로 기
념사진을 찍은 곳이다. 이 일들이 일어난 곳이 바로 춘천이다.

어디 그뿐인가. 춘천은 역시나 춘천인지 아닌지는 관심도 없이
그저 '강촌'이라고만 알고 졸업여행 삼아 여자 넷이 갔던, 가는 기
차에서는 분명 여자 넷이었는데 돌아오는 기차에서는 남자 셋이 보
태졌던, 그래서 결국 그 여자 중의 하나인 유미경과 남자 중의 하나
인 방계옥이 결혼을 하게 된 곳이다. 중도 유원지에 조교 단합대회
를 가서 애매한 이유로 참가자 중 가장 큰 상으로 삼단찬합을 받았
던 곳이기도 하다. 그것도 상이라고 받을 땐 대단히 기뻤으나 쓰자
니 딱히 쓸 기회도 없고 버리자니 아까운, 그러나 또 부피를 많이

차지해서 늘 거치적거리던, 그래서 그 삼단찬합을 볼 때마다 저절로 중도 유원지가 떠올랐던 그런 곳이다. 운전면허 따자마자 차를 뽑고는 도로주행 연습한답시고 후배 지홍이를 불러내서 운전대는 지홍이에게 맡기고 나는 그저 하염없이 강이나 바라보았던, 그래서 약속이 있다는 지홍이를 몇 시간이나 늦게 만들었던 그런 곳이다.

또 앞서 얘기한 소영이와 순전히 춘천의 골목길에 반해서 이 골목 저 골목 돌아다니다 성당도 만나고, 병원도 만났던, 병원 뜰에 누워서 서로의 흰머리를 뽑아주기도 했던, 몇 년이 지난 지금도 만나면 그때 거기가 어디쯤이었을까 얘기하는 그런 곳이다. 이런저런 인연들이 쌓여서 그랬던지 어째서 그랬던지 전혀 비자발적으로, 그러나 매우 고맙게도 직장을 옮기게 된 곳이고, 그래서 그 덕분에 칠전동에 세컨드 홈을 얻어 일주일에 두 번은 숙식을 하게 된 그런 곳이다. 그 집이 마침 닭갈비 집 2층에 있어서 닭갈비 집 손님이 많은 날엔 새벽까지 빠지지 않는 냄새 때문에 잠을 설치게 되는, 그래서 내가 다시 닭갈비를 먹나봐라 했다가도 한두 주쯤 안 먹으면 다시 닭갈비가 그리워지는 그런 곳이다. 강촌의 엠티촌으로 학생들과 엠티를 갔다가 남의 논에 차를 처박고는 찌그러진 차보다 망가뜨린 논보다 학생들이 볼까봐 더 마음을 태웠던 그런 곳이다.

그러나 무엇보다 내게 춘천은 세 번을, 그것도 다른 남자와 세 번을 갔으면서도 결국은 한 번도 가보지 못한 청평사가 있는 그런 곳이다. 내 10대, 20대, 30대의 찌질한 연애를 대변하는, 그래서 별로 꺼내어 펼치고 싶지 않은, 그러나 내게 춘천을 얘기하라면 그 얘기부터 하지 않을 수 없는 그런 청평사가 있는 곳, 그곳이 바로 춘천이다.

"청평사에 가자." 첫번째 남자가 나에게 청평사 행을 제안했을 때, 나는 그것이 경기도 청평의 어디에 있는 곳인 줄로만 알았다. 그러나 기차는 청평을 지나고도 한참을 더 달려 경춘선의 종착역에 닿았고, 거기서는 또 길을 물어물어 버스를 타야 했다. 그것이 끝이 아니었다. 다시 소양댐에서 배를 타야 했던 것이다. 뭐 배를 타는 것은 나쁘지 않았고 소양댐의 경치는 너무나 황홀했지만. "나 다음 주에 군대 간다." 선착장에 배가 닿았을 때 그는 들릴 듯 말 듯 그렇게 말했다. 배를 내리고 난 후는 시간이 어떻게 흘러갔는지 모른다. 배를 같이 내렸던 사람들은 어디로 사라져버렸는지 보이지 않고 사방은 온통 눈뿐이었다. 그도 나도 말을 잃었다. 아니 내가 아무 대답을 못 한 것인가. 눈밭에 앉아서 그는 곱은 손으로 한참 동안 기타를 쳤다. 그의 기타 소리가 소양호와 눈 덮인 오봉산 위로 멀리멀리 퍼져나갔다. 그러나 그뿐 우리는 우리가 탔던 바로 그 배를 타고 바로 돌아왔다.

남동생이 춘천의 102보충대에서의 훈련을 거쳐 양구에서 군생활을 하게 되었을 때 나는 한두 달에 한 번씩 남동생을 면회 갔다. 서울에서 춘천까지 기차를 타고, 기차역에서 다시 소양댐까지 버스를 타고, 소양댐에서 양구까지 배를 타는, 그리고는 부대까지 다시 버스와 택시를 타는 긴 여정을 남동생이 병장이 될 때까지 계속했다. 시외버스를 타면 한 방에 양구에 닿을 것을 그런 불편함을 감수한 것은 소양댐에서 청평사 입구까지 잠시 탔던 배에 대한 기억 때문

이었을 것이다. 소양댐에서 양구까지의 뱃길은 너무나 아름다워서
배에 타고 있는 한 시간이 못 되는 시간은 늘 너무나 짧았다. 그러
나 쾌룡호가 청평사 쪽을 지날 때면 나는 그쪽을 제대로 쳐다보지
못했다. 마치 그가 거기에 군복을 입고 서서 원망의 눈길로 나를 보
고 있기라도 한 듯이.

"우리 춘천에 안 갈래요?" 전화기 저편에서 두번째 남자가 말했
다. "춘천 어디요?" 만약 그가 청평사라고 말하지 않았으면 나는
가지 않았을지도 모른다. 그러나 그는 분명히 말했다. 청평사요. 그
래서 우리는 근무를 하다 말고 시외버스를 탔다. 그도 나처럼 깨어
진 그릇을 다시 이어붙이고 싶은 심정은 아니었을까? 그러나 한 번
엎질러진 물을 주워 담을 수 없는 것처럼 한 번 벌어진 관계를 이어

붙이는 것 역시 불가능했다. 그리고 우리는 20대 후반과 30대 초반의 나이에 맞게 조급하고 불안했다. 선착장에 배가 닿고 10분 넘게 걸어도 청평사는 나오지 않았고 나는 도저히 참을 수 없는 기분이 되어 말했다. "부탁이 있어요." "말해요. 어떤 부탁이든 다 들어줄 테니까. 대신 후회하지 않을 말만 해요." 우리 둘은 다 모험을 하고 있었다. 동전을 던져 앞이 나오느냐 뒤가 나오느냐에 따라 앞길을 정하는 그런 모험. 나는 동전의 앞이 나오든 뒤가 나오든 상관없다는 심정으로 말했다. "여기서부터는 각자 가요." 내가 던진 동전은 그것이었다. 그리고 나는 그를 선착장에 둔 채 혼자 배를 탔다. 그가 쫓아와주길 바라는 마음과 다시는 보지 않았으면 하는 마음이 복잡하게 교차했다.

"춘천요." 세번째 남자가 차에 시동을 걸면서 어디로 갈까 하고 물었을 때 나는 그렇게 대답했다. 춘천요. 청평사에 가요. 그날은 하루 종일 비가 내려 물의 도시 춘천을 물속에 완전히 가두고 있었다. 우리 두 사람의 관계도 물속처럼 답답했다. 나는 어떻게든 물 밖으로 뛰쳐나가고 싶었다. 어떤 식으로든. 배에서 내려 20여 분을 걸었을까? 가게들이 이어지기 시작했고 곧 등산로가 나올 모양이었다. 그러나 길은 금방 두 갈래로 갈라졌고 나는 어느 쪽으로 가야 청평사가 나오느냐는 의미로 그를 쳐다보았다. 그가 불쑥 한 가게로 들어갔다. 그리고 막걸리와 도토리묵을 시켰다. 그는 무작정 마셨다. 나는 30대 후반의 독신이었고 이 세상의 어떤 일도 수용할 마음의 준비가 되어 있었다. 한 시간쯤 지났을까? 그가 말했다. "돌아가자." 바깥은 여전히 비가 내리고 있었고 우리는 갔던 길을 그대로 되돌아와야 했다.

셋

나는 청평사에 세 번 갔다. 세 번 다 아니 갔으면 좋았을 것이다. 갔다고도 할 수 없고 안 갔다고도 할 수 없는 그 청평사에. 춘천으로 직장을 옮긴 지 3년이 되었지만 아직도 청평사에는 가보질 못했다. 올해는 가을이 다 가기 전에 남편과, 그리고 이제 혼자서도 제법 잘 걷게 된 푸른이와 청평사에 가볼까 한다. 소양댐에서 배를 타고 가도 좋을 것이고 배후령 고개를 넘는 육로를 택해도 좋을 것이다.

청평사에는 상사뱀 전설이 얽힌 3층석탑이 있다고 한다. 남자 (뱀) 편에서 보자면 너무나 안타깝고 애절한 얘기고 여자(공주) 편에서 보자면 너무나 기막히고 속상한 얘기다. 사연은 원나라 순제 때로 거슬러 올라간다. 순제에게 공주가 있었는데 몸에 상사뱀이 붙어 떨어지지를 않았다. 공주를 짝사랑하던 청년이 죽어 상사뱀이 된 것이다. 이 뱀을 떼기 위해 공주는 영험 있는 사찰을 돌며 기도를 했는데 그 끝에 청평사에까지 오게 되었다. 그 뒤의 얘기는 여러 가지로 나뉜다. 청평사에 와서 목욕과 가사불사를 한 후에 상사뱀이 떨어져나갔다고도 하고, 공주가 개울물에 목을 축이는 사이 뱀이 저절로 떨어져나가 죽었다고도 한다. 또다른 이야기에 의하면 상사뱀이 밥을 얻으러 간 공주를 찾아 절 입구에 들어섰다가 쏟아지는 뇌성벽력과 폭우에 맞아 죽었다고 한다. 어떤 쪽이든 공주의 몸에서 상사뱀이 떨어져나갔다는 소식을 들은 순제가 3층석탑을 지었다는 것으로 마무리되고 있다.

청평사의 '청평'은 '맑게 평정되었다'는 뜻을 지니고 있다고 한다. 청평사에 가서 서울과 춘천을 오가느라 조금은 찌들어진 나의 마음도 맑게 평정시켜야겠다. 그리고 죽어 뱀이 되어서도 사랑의 끈을 놓을 수 없었던 청년의 원혼도 달래주어야겠다. 한 남자의 온전한 사랑을 받았으니 행복했다고 해야 할지, 원치 않는 사랑을 받았으니 불행했다고 해야 할지 알 수 없는 그 공주의 넋도 위로해야겠다. 그리고 지금은 어디서 무엇을 하고 있는지 알 수 없는 나의 세 남자들의 행복도 빌어주어야겠다. 물론 나의 남편과 아이의 건강과 행복을 가장 먼저 빌어야겠지. 지금쯤은 소양댐에서 양구에 이르는 뱃길도 무척 아름다울 것이다.

한명희 1965년 대구 출생. 서울시립대 국문과와 동대학원 졸업. 1992년 『시와시학』 신인상에 당선되어 등단. 2003년 시와시학사 젊은시인상 수상. 현재 강원대 스토리텔링학과 교수로 재직중. 시집 『시집 읽기』 『두 번 쓸쓸한 전화』 『내 몸 위로 용암이 흘러갔다』, 산문집 『삶은 조심스럽게, 문학은 거침없이』 등이 있다.

춘천,
마흔아홉 가을에서
스물셋 봄으로

하창수(소설가)

하나

그때, 춘천은 봄이었다.

세상 어디는 봄이 아니었을까만, 스물세 살의 내가 맞닥뜨린 그 봄은 기가 막혔다. 품이 맞지 않던 녹색 군복과 뒤꿈치를 줄기차게 깨물어대던 딱딱한 군화는 접어두자. 더플백을 깔고 앉아 건빵을 우걱우걱 씹으며 경춘선 열차의 흔들리는 차창 밖으로 내다보던 북한강 푸른 물빛도, 꽃 피던 들판도, 맞닿아 있으면서도 더 가까이 다가가려 안달이 나 있던 연인들의 손과 어깨도, 그들의 날아갈 듯한 입성도, 다 접어두자. 내 푸르른 청춘의 기를 결정적으로 꽉 막아버린 것은 춘천역 광장에, 시베리아 강제노역장으로 끌고 가기라도 할 듯, 음산하게 도열해 있던 군용트럭들이었다.

"트럭에 올라탄다, 실시!"

"실시!"

경상도 저 아랫녘 바닷가 출신의 한 청년과 춘천의 첫 만남은, 그렇게 좀은 안타깝고 쓰라렸다. 1982년 5월, 맑고 화사한 어느 토요일 정오였다.

'103보(지금의 102보)'에서 이틀을 머물다 전방으로 떠나며 "두고 봐라. 제대하면, 나, 춘천 쪽으로는 오줌도 안 눈다!" 했던 건 종로에서 뺨 맞은 놈이 한강 가서 분풀이하는 것에 다름아니었다. 그랬던 내가……

그로부터 꼭 10년이 흐른 뒤, 오줌을 안 누기는커녕 아예 이삿짐을 꾸려 춘천으로 내려와 살게 될 줄이야!

둘

다 아는 사실이지만, 춘천은 여름은 무지하게 덥고 겨울은 매섭게 춥다. 비슷한 동네가 대구인데, 둘 다 산으로 둘러싸인 분지인 탓이다. 고등학교와 대학을 다니면서 10여 년을 대구에서 살아본 덕에 그 혹독한 날씨의 '세례'를 톡톡히 받았던 내가 90년대 초 갑자기 불어닥친 전세금 폭등에 떠밀려 서울에서 춘천으로 왔으니 내 인생의 태반은 땀띠가 가실 날 없는 무더운 여름과 코끝이 떨어져 나가는 겨울의 두 도시에서 보낸 셈이 된다.

문배마을 가는 길 — 검봉산

춘천으로 이사를 왔을 때는 30대 중반으로 넘어가는 나이였다. 뱃살이 두둑해질 때이기도 했거니와 종일 의자에 앉아 있는 터라 운동 부족에 과다 체중, 뭔가 특단의 조처가 필요한 때였다. 후평동 아파트 뒷산(애막골)에 약수터가 있기는 했지만 학교 근처 사는 놈이 만날 지각한다고 내 게으름은 좀체 고쳐지질 않았다. 그 덕에 바지들은 죄다 허리가 끼어서 입지를 못했고, 셔츠의 윗단추는 아예 채워지지가 않았다. 온전히 '40대'를 맞기가 만만치 않아 보였다.

그때 '눈을 들어 하늘을 보니' 거기 시퍼런 산들이 '은총'처럼 시립해 있었다. 요산樂山이 뭔 소리인지를 알 까닭이 없어 산에 한 번 오르지 않은 채 10대와 20대를 보낸 대구에서와는 달리, 춘천에선 미당의 어떤 시를 빗대 말하자면 '8할이 산행'이었다.

구곡폭포가 있는 강촌의 검봉산을 오른 것이 산행의 시발이었다. 사실, 고개 너머 문배마을의 산채비빔밥 먹는 재미가 없었다면 그 시작이 얼마나 뒤로 미뤄졌을지 장담할 수가 없다. 염불보다 잿밥이었다. 춘천 초입에 있는 삼악산은 의암댐 쪽에서 올라 등선폭포 쪽으로 내려가는 재미가 쏠쏠하여 산행의 '초짜'에겐 친절한 선생과 같았다. 그 산을 오르면서 산행의 가나다를 익혔다. 삼악산은 그야말로 아무 때나 갔다. 몸이 찌뿌드드하면 갔고, 마음이 심란하면 갔고, 별 할 일이 없으면 갔다.

소양댐과 청평사를 안고 있는 오봉산에 빠져든 것은 배후령에서 오르기 시작해 정상에서 청평사로 떨어지는 깎아지른 벼랑을 타고 내리는 짜릿함 때문이었다. 정상에서 첫눈을 맞았던 어느 늦가을의 떨림을 잊을 수가 없다. 바위는 젖어 미끈거렸고, 밧줄을 거머쥔 맨

손은 얼어서 감각이 없었다. 홍천 방향의 원창고개에서 시작해 신남으로 넘어가는 금병산은 춘천이 낳은 소설가 김유정의 삶이 서린 곳으로, 불쑥 치고 올라가 화라락 내려가는 '번개등반'의 묘미가 남달랐다. 김유정의 생가 터에 지어진 문학관도 금병산 볼거리의 하나다. 차를 타고 화천으로 30분쯤 달려가야 만날 수 있는 용화산은 엄밀히 말해 춘천의 산은 아니지만 춘천의 어디에서나 그 위용을 바라볼 수 있으니 춘천의 산이라 못할 바도 아니다. 실제로 용화산을 오르는 것은 시간으로 따지면 삼악산이나 오봉산 산행보다 더 걸리는 것도 아니다. 용화산을 오르면 북쪽의 화악산에서 남쪽의 치악산까지 다 내다볼 수가 있어 그 야말로 도랑 쳐서 가재 잡는 꼴이다. 날씨만 좋으면 동쪽으로 설악산 대청봉도 볼 수 있고, 금강산까지 보인다는 말은 '뻥'이 아니다. 겨울이면 더 장관인 눈 내린 대룡산은 등산화 끈을 조이는 내 가슴을 언제나 설레게 했다. 과장을 좀 하자면, 감기라도 단단히 걸려 있다면 금상첨화다. 예닐곱 시간을, 느랏재에서 쉴 틈 없이 몰아쳐 원창고개에 다다를 때쯤이면, 감기는 뚝 끊어졌고, 연단煉鍛을 거친 몸은 금강체金剛體라도 된 양 더 단단해져 있는 것이다.

춘천을 둘러싼 산들은 여름엔 더위를 겨울엔 추위를 몰아오는 주범이지만, 그 안으로 저벅저벅 걸어가는 자에겐 더없이 큰 시혜자에 다름아니다.

나와 물과의 인연은 정말 떼려야 뗄 수 없는 인연이다. 성이 물河이니 그 인연은 타고난 것이라 할 텐데, 태어난 곳도 동해의 바닷가 마을이다. 여름이면 바닷물 속에서 보내는 시간이 집에서 지내는 것보다 많았고, 허연 살이 발갛게 타다간 끝내 흉하게 벗겨지기 십상이었다. 겨울이면 바닷물이 허벅지를 차오르는 데까지 들어가 발뒤꿈치로 바닥을 문질러 조개를 주워 올리느라 추운 줄을 몰랐다. 하지만 유년 시절을 바다에서 보내는 동안 어지간히 이골이 났던지 내 속맘은 늘 내륙 깊은 곳을 동경했다. 그리고 춘천. 나는 물을 비켜나지 못했다. 거실 밖으로

나와 물과의 떼려야 뗄 수 없는 인연 속 '의암호'

의암호가 훤히 바라보이는 지금의 아파트로 옮겨와 산 것이 어느새 15년에 이른다. 이쯤 되면 물이 나요, 내가 물이라고 해도 지나치지는 않으리라.

"비 오시는 날 의암호로 오라!"

의암호 호숫가에서 십수 년을 산 나는 감히 의암호의 사계를, 낮과 밤을, 맑은 날과 흐린 날과 비 오는 날과 눈 내리는 날을 모두 안다고 자부한다. 그중에서 나를 가장 감동시킨 의암호는 비 오는 날의 모습이고, 사람의 번잡한 마음을 차분히 가라앉혀주는 비 떨어지는 호수의 풍광만큼 춘천을 춘천답게 만들어주는 것도 달리 없다는 게 내 생각이다. 이 생각을 담아 쓴 내 어떤 글을 본 누군가는 실제로 비 오는 날 청량리에서 기차를 타고 와 의암호를 보았노라며 내게 이메일을 보낸 적이 있었다. 그는 디지털카메라로 찍은 비구름과 안개가 자욱하게 깔린 의암호의 사진을 함께 보내주었는데, 그 아름다운 풍광은 한동안 내 컴퓨터의 바탕화면이 되어주었다.

춘천이 '물의 도시'라는 데는 이견이 없다. 지명부터 '봄春의 내川'고 보면 물을 떼고 춘천을 얘기하는 건 가능한 일이 아니다. 그러나 물과 뗄 수 없다는 사실은 물이 부과하는 그 폐해까지 감당해야 한다는 뜻이기도 하다. 물가의 농토는 비옥하지만 언제든 범람하여 농사를 망칠 수 있다는 사실로부터 늘 자유로울 수 없듯이. 안타깝게도 춘천은 수시로 "나, 물의 도시 맞아?"라고 스스로의 정체를 묻는다. 의암호 곁에 십수 년을 사는 동안 여름철 장마 때면 연출되는 '황토 호수'는 참으로 참혹하다. 누렇게 뜬 호수의 얼굴은 급기야 비 오는 날의 그 아름다운 풍광에 깊이 매혹되었던 서울의 한 '춘천 폐인'마저 시름에 빠뜨리고 말았다. 그는 내게 "누렇게 변해버린 호수를 보는 내내 슬프고 우울했다"는 이메일과 그 우울의 풍경을 찍은 사진을 보내주었고, 나는 답장을 쓰지 못했다.

호수가 누렇게 떠 있는 동안, 하루에 몇 번쯤은 꼭 거실 밖으로 눈길을 돌려 의암호를 지그시 바라보던 나는 아예 창밖으로 눈길을 주지 않았다. 큰물이 다시 지나가자 흙탕물의 농도는 더 짙어갔다. 마음을 다잡고 서울의 '그'에게 답장을 쓰기 위해 인터넷에 접속을 할 때면 나는 딴 세상에 존재하는 '물의 도시'를 찾곤 했다. 베네치아에서 피렌체로, 암스테르담으로. 그러다 퍼뜩 정신을 차리면 녹조가 든 의암호가 눈앞을 가렸고, 부유물이 떠다니는 공지천의 거뭇한 물 위에 낚싯대를 드리운 조공들의 무표정한 얼굴이 떠올랐다. 슬그머니 창밖으로 고개를 돌리니 다시 비가 내리고 있었다. 비 내리는 의암호로 오라 했던 때의 내 자부심은 자괴감으로 변해 있었다. 그날 나는 서울의 그에게 "춘천은 물의 도시가 아닙니다"라고 쓰지 못했다. 대신, "물의 도시는 지금 공사중입니다. 공사가 끝나는 대로 편지를 드리겠습니다. 비 오는 날, 다시 놀러 오시라고요. ㅋㅋ"라고 흰소리를 흘렸다.

"천하의 모든 좋은 것은 물과 같다上善若水"는 노자의 말은 언제나 옳다. "물에서 배워라! 물은 생명의 소리, 존재하는 것의 소리, 영원히 생성하는 것의 소리다" 했던 『싯다르타』의 헤르만 헤세도.

넷

　이 글을 쓰고 있는 지금, 춘천은 가을이다.

　세상 어디는 가을이 아닐까만, 마흔아홉 살의 내가 마주한 이 가을은 좀 처연하다. 의암호 호숫가를 한가로이 거니는 내 헐렁한 '추리닝 패션'과 걸을 때마다 이제 좀 그만 끌고 다니라고 불평하듯 투덜거리는 슬리퍼는 접어두자. 비 오시는 날 하염없이 빗줄기가 떨어지는 호수를 아파트 베란다 밖으로 내다볼 때의 '이유를 알수 있는' 쓸쓸함과 자정 무렵이면 들려오는 호숫가 벤치에서 드잡이하는 술꾼들의 고함 소리도, 늦은 밤 '야자'를 마치고 돌아오는 고3짜리들의 긴 그림자도, 그 긴 그림자 뒤편에서 뿜어내는 소양2

교 아치의 화려한 불빛도 접어두자. 마흔아홉의 내 사위어가는 심기를 결정적으로 처연의 바닥으로 끌어내리는 것은 그 다리를 처음 건너왔던 26년 전, 징벌처럼 아름다웠던 봄날이다. 다시 거기로 갈 수 없어 안타깝지만, 다시 돌아간다 해도 여전히 그 다리를 건널 수밖에 없을 거라는 기막힌 사실이, 쉰 고개를 넘어가는 사내의 가슴을 꾹, 밟아버린다.

추억에 밟힌 사내의 가슴 위로, 호숫가 키 작은 나무에서 떨어져 날린 단풍잎 한 장, 내려앉는다.

2008년 10월, 괜히 옷깃을 여미게 하는, 안개 자욱이 내린 수요일 아침이다.

하창수 1960년 포항 출생. 1987년 『문예중앙』 신인문학상에 중편 「청산유감」이 당선되어 등단. 1991년 한국일보문학상 수상. 소설집 『지금부터 시작인 이야기』 『그들의 나라』 『함정』, 장편소설 『돌아서지 않는 사람들』 등이 있다.

제3부

춘천으로
이르는
마음의 여정

오세영

최동호

박정애

함정임

조성기

강영숙

신달자

오탁번

김다은

최수철

잃어버린
무언가가
있을 것 같은

오세영 (시인)

젊은 날, 불면증을 심하게 앓았던 나는 그것이 습관화되어 이후 지금까지 깊은 잠에 들어본 적이 별로 없다. 쉽게, 편하게 혹은 오랫동안 잠들어본 적도 없다. 그래서 잠들기 전엔 항상 불안했다. 어떻게 잠을 불러들이나 혹은 오늘도 잠을 못 이루면 어떻게 하나 하는 불안감 때문이다. 그같은 불안감이 오히려 의식을 긴장시켜서 잠을 멀리 내쫓는 것 또한 물론이다. 그럴 때마다 나대로 마음의 긴장을 푸는 일종의 자기최면을 여러 가지 방식으로 걸어본다. 예컨대 하나 둘 셋…… 하고 숫자를 세어본다든지, 지금까지 내가 가본 산사—절 이름을 지역에 따라 순차적으로 기억해본다든지, 옛 고등학교 동창생들의 이름을 마음속으로 한 명씩 불러본다든지 하는 것 등이다.

그래도 잠이 안 올 경우가 있다. 이제 마지막 카드를 써먹을 차례이다. 우리나라 지도에서 끝음절이 같은 지명을 하나씩 헤아려 보는 것이다. 예컨대 끝음절이 '성'으로 된 지명으로는 '장성' '횡성' '보성' '화성'…… 등이, '산'으로 된 지명으로는 '울산' '선산' '논산'…… 등이 있다. 이같은 시도로도 잠을 청하지 못하면 이제 자포자기의 상태에서 끝음절이 '천'으로 되어 있는 지명들을 찾아본다. 그리고 그곳에 얽힌 추억이나 영상들을 머릿속에 가만히 떠올려보면 의외로 슬며시 잠들게 되는 때가 많다. 평소 드라이브나 여행을 좋아하는 나는 국내 어디든 가보지 않은 곳이 별로 없으니까……

그렇다. 끝음절이 '천'으로 된 지명을 남도 끝자락부터 외어보자면 물론 '사천' '여천' '순천' '합천' 등으로부터 시작될 것이다. 그것이 중부권의 '영천' '예천' '진천'을 거쳐 마지막으로 강원 경기 지역의 '포천' '연천' '홍천' 등지에 이른다. 아, 그리고 여기 그 정점에 '춘천'이라는 지명이 있는 것이다. 무언가 아련하고, 그립고, 아름답고, 조금은 슬퍼지는 춘천, 내 잃어버린 젊은 날의 소중한 그 무엇이 지금도 여전히 옛 모습을 간직한 채 나를 기다리고 있을 것만 같은 춘천, 그래서 눈이라도 내리는 날이면, 혹은 내 가슴에 촉촉이 봄비라도 내리는 날이면 일상을 접고 문득 달려가보고 싶은 그 춘천.

'춘천' 하면 무엇보다 여성적인 이미지가 떠오른다. 그것은 '부산'이나 '울산'과 대비시킬 경우 더 그러하다. '부산'이나 '울산'이 산업단지, 노동, 물류, 자본 등과 같은 것에 친화성을 띤 도시라면

춘천은 분명 자연생태, 교육, 문화, 예술과 같은 것에 친화성을 띤 도시이기 때문이다. 부산이나 울산에서 파업, 투쟁, 재해 등이 일어 난다면 몰라도 춘천에서 그러한 일들을 예상한다는 것은 상상하기 어렵다. 그 대신 춘천에서는 안식과 탐미가 있어야 할 것 같다. 낭 만과 사랑이 있어야 할 것 같다. 화해와 상생이 있어야 할 것 같다. 그런데 이 모두는 여성성이 지닌 덕목들이 아니던가. 그래서 서울 의 모든 사랑에 빠진 젊은이들은 한 번쯤 춘천에서의 데이트를 꿈 꾸는지 모른다. 소양 호반에서, 등선폭포에서, 김유정역에서 아니 명동의 닭갈비 집에서……

우리말로 풀이해도 '봄의 시내' 즉 '춘천'은 그 지명조차 여성적 이다. '봄이 여성, 가을이 남성의 계절女想春 男思秋'이라는 말이 있듯 봄은 원래 여성적이기 때문이다. 아름답고 감성적이기 때문이다. 새 생명이 움트는 계절이기 때문이다. 사랑을 유혹하는 계절이기 때문이다. '개울' 즉 '시내'는 또 어떠한가. 폭풍우가 몰아치는 대 양이라면 몰라도 때로는 곰살맞게, 때로는 우아하게, 때로는 아름 답게, 때로는 넉넉하게, 때로는 편안하게 대지를 가로질러 속삭이 듯, 노래하듯 흐르는 강물은 분명 여성적이다. 동양의 음양사상 역 시 마찬가지이지만 원형 상상력에 있어서도 남성을 상징하는 불과 달리 생식력을 지니고 있는 물은 본래 여성이다. 그래서 그런지 춘 천에 얽힌 내 사적인 추억 역시 여성과 관련되어 있다.

전라도 시골 태생으로 60년대 초반에 상경, 대학에 유학을 하던 내가 처음으로 춘천을 찾았던 것은 간신히 학부를 졸업하고 대학원 졸업반에 적을 두던 때였다. 지금 같다면 아마 대학 신입생 시절의 소위 엠티나 미팅에서 있을 수 있는 일일 것이나 그 시절만 해도 학생들의 경제 사정이 어려웠고 서울 춘천 간의 교통 사정도 불편해서 나로서는 쉽게 다가갈 수 있는 도시가 아니었던 것이다. 그 무렵 나는 한 여학생을 사귀고 있었는데—지금 생각해보면 그것을 사랑이라고까지 말할 수는 없으나—우리들은 막연히 이성애적 감정에 몰두해서 간간이 만나 서울의 뮤직홀이나 극장 같은 데를 드나들곤 했다.

그러던 어느 초겨울날이었다. 그 시절의 소위 명문대라는 것이 자주 그러하듯 그날 역시 오전 강의가 예고 없는 휴강이어서 나는 그 여학생을 불러내 영화를 보기로 하였다. 당시 서울에는 흘러간 영화를 하루에 수 편씩 재탕 상연하는 2류 극장들이 있었다. 1회 표만 사서 들어가면 시간이 허락하는 한 이 모든 영화들을 원하는 대로 볼 수 있는 방식의 영화관이었다. 요즘처럼 딱히 젊은이들이 즐길 수 있는 장소가 없었던 시절이었으므로 이같은 방식의 영화관은 휴강으로 갑자기 할 일이 없어진 대학생들이 그 다음 강의를 기다리며 시간을 때우는 데 여간 편리한 유희공간이 아니었다. 극장 주들도 아마 학생들의 이같은 상황을 감안해 그런 아이디어를 짜냈을 것이다.

그날 그 시간대의 영화는 마침 〈의사 지바고〉였다. 나는 물론 이 영화를 전에 본 적이 있었다. 그러나 마땅히 시간을 메울 방법도 없고 비록 재탕 영화라 하지만 그 영화를 처음 감상할 때의 감동이 너무도 선명하게 남아 있었던 터라 나는 그 여학생과 함께 이 영화를 다시 보기로 작정을 하고 표를 끊었다. 워낙 명작이라서 그랬던지 다시 본 영화라도 참 좋았다. 전에 느꼈던 감동이 고스란히 되살아났다. 특히 후반부에서 자신의 운명을 예감한 지바고(오마 샤리프 분)가 사랑하는 까닭에 그녀의 전도를 위해서—거짓으로 재회의 약속까지 연출하며—라라(제럴드 채플린 분)를 멀리 떠나보내는 장면이 가슴을 울렸다. 썰매에 실려 가물가물 멀어져가는 그 모습을 한 번이라도 더 보려고 지바고가 별장의 옥탑방까지 올라가 창에 가득 서린 성에를 맨손으로 걷어내려 애쓰는 장면에 이르러서는 거의 울고 싶을 지경이었다.

그러나 그 무엇보다 인상에 남는 것은 라라의 썰매가 지평선 너머로 아스라이 사라져가는 그 시베리아 벌판의 하얀 설원이었다. 라라가 떠나버린 그 순백의 공간, 슬픔과 허망과 회한과 자책이 한가지로 어우러져 정지된 그 백색의 무의미한 공간. 이 영화를 만든 영미인英美人들은 슬픔을 푸른색(블루blue)이라 한다지만 아니다. 내게 그것은 정녕 백색이었다.

어떻든 영화는 끝이 났고 우리는 새삼스레 감동을 주체하지 못한 채 극장의 출구를 막 나섰다. 그런데 아, 바깥 세상의 기적! 거기에도 눈이 내리고 있었던 것이다. 우리는 순간 누가 먼저라 할 것도 없이 이심전심으로 금방 본 영화의 장면들 가운데서 바로 그 시베리아의 설원을 다시 생각해내었다. 그리고 갑자기 오후에 있을 강의 같은 것은 뇌리에서 까맣게 지워버렸다. 이 눈발을 맞고 우리는 어딘가로 떠나야 할 것이었다. 그러지 않는다면 우리는 이미 우리가 아니었던 것이다. 거리를 헤매든, 공원에 오르든, 뮤직홀을 찾든, 아니라면 학사주점으로 달려가든…… 그런데 문득 내 입에서

공지천 야경

이런 소리가 불쑥 튀어나왔다. 미리 생각한 것이 아니었다. 누가 가
르쳐준 것도 아니었다. 나도 모르게 나온 말, "우리 춘천에 가자!"

이렇게 발설해놓고 보니 확실한 기억은 없지만 언제였던가 그녀
와 만났을 때 같이 춘천에 한번 놀러 가자고 말했던 것도 같았다.
그녀도 같은 기분이었을까. 돌아보자 그녀 역시 고개를 끄덕이는
것이었다. 그리하여 우리는 마치 바쁜 사업이라도 벌이는 사람들처
럼 청량리역으로 쏜살같이 달려갔고 드디어 춘천행 완행열차에 몸
을 실었다. 우리가―아니 최소한 내가 실로 처음으로 춘천을 만나
는 순간이었다.

열차는 청평을 지나 마석을 지나 북한강을 끼고 천천히 달렸다.
그런데 이 무슨 초치는 일인가. 이미 청평에서부터 흐지부지하기

시작하던 눈발이 가평에 들면서부터는 아예 그치고 마는 것이 아닌가. 차창 밖으로 보이는 풍경은 이제 설경과는 아무 관련 없는 초겨울의 헐벗은 산천이 강을 따라 삭막하게 전개되고 있었을 뿐이었다. 그러나—서로 내색은 하지 않았지만—실망한 우리들의 속마음을 아는지 모르는지 열차는 결국 신동역(김유정역)을 거쳐 드디어 춘천역에 닿았고 우리들은 떠밀리듯 역전을 빠져나왔다. 역시 춘천은 눈꽃 한 송이 없었다. 우리들은 갑자기 허탈해졌다. 망연히 역전을 가로지르는 자동차 길을 따라 걷기 시작했다. 기차가 왔던 역방향이었다. 오면서 차창 밖으로 보니 철로가 호수의 경치가 좋아 보였기 때문이다.

한참을 걷자 커다란 하천이 나왔다. 공지천이었다. 그런데 그 하천은 온통 안개에 휩싸여 있었다. 겨울안개, 마치 하얀 망사를 펼쳐놓은 듯한 그 유액질의 기체들은, 대지는 겨울에도 결코 죽지 않는다는 것을 증명이라도 해 보이려는 것처럼 우리들에게 무엇인가를 열심히 속삭이고 있었다. 그것은 분명 눈으로 듣는 숨소리였다. 우리는 그 숨소리를 들으려 제방을 따라 자꾸자꾸 안개 속을 헤쳐 나아갔다. 그러자 그 허망한 공간에 한 채의 소박한 양옥이 불쑥 나타났다. 찻집이었다. 우리는 마치 혼령의 유혹에 빠지기나 한 것처럼 그 속으로 빨려들어갔다.

기분이 그래서 그랬겠지만 그 찻집의 커피 맛은 일품이었다. 그러나 우리는 싸한 그 카페인 덕분으로 비로소 제정신을 찾을 수 있었으니 이를 어찌하랴. 시계를 보았다. 벌써 오후 6시. 아차! 이래서는 안 될 시간이었다. 아직 야간 통행금지제도가 시행되고 있었던 시절인지라 시간을 계산해보니 당장 출발하지 않으면 외박이 뻔했기 때문이다. 물론 양갓집 숙녀에게 그런 민망한 일을 겪게 해서는 도리가 아니었다. 우리는 갑자기 현실로 돌아와 허둥대기 시작했다. 그리고 부랴부랴 귀갓길을 서둘렀다.

일은 이것으로 끝났다. 서울로 돌아온 이후 우리는 서로 다른 길을 걸었다. 결혼이라는 현실적인 문제에 부딪혔고 더이상 교제를 지속해서는 아니 될 상황도 생겼다. 그리하여 덧없이 헤어지고 만 것이다. 그러나 지금도 가끔 나는 이런 생각에 빠져본다. 그때 우리가 서울행 기차를 놓쳐 춘천에서 하룻밤을 묵을 수밖에 없었다면 우리들의 행로는 어떻게 되어 있을까.

'춘천'이라는 지명은 물론 물이 많은 지역인 까닭에 붙여진 명칭일 것이다. 실제로 춘천은 물의 고장이다. 북한강, 소양강 같은 큰

강이 있는가 하면 공지천 같은 작은 개천도 많고 특히 의암호, 춘천 호, 소양호 같은 큰 호수가 어머니의 품처럼 넉넉히 둘러싼 곳이다. 물은 여성 상징이니 앞서 지적한 것처럼 춘천은 여성적인 도시이다. 생각해보라. 눈 녹아 계곡의 물들이 졸졸 흘러가서 강물이 되고 그 출렁이는 강물에 어리는 봄꽃들의 아름다운 웃음소리를! 그래서 그런지 춘천에 가면 무언가 마음이 편안해진다. 너그러워진다. 순수해진다. 아름다워진다. 그리하여 나는 가끔 생각해본다. 서울처럼 각박하고, 이기적이고, 모질고, 경쟁적인 사람들로 들끓는 공간의 지척에 춘천같이 순결한 도시가 자리잡고 있다는 것은 우리 국토가 우리에게 내려준 얼마나 큰 축복인가를.

언제인가 이른 봄에 춘천을 찾은 적이 있었다. 마침 의암호변 검와리 산책로를 걷고 있었는데 석양이었다. 그때 문득 눈을 들어 호수 위 시내 쪽을 바라보니 그 너머 원경으로 하얗게 눈에 덮인 부용산, 사명산 봉우리들의 반짝이는 노을과 그 정경을 고스란히 반영한 수면의 그림자가 그림처럼 아름다웠다. 그 순간 이런 생각을 했다. 의암호 둔치에 노오란 유채꽃들이 피어 있다면 그 만개한 노오란 꽃과 호수의 파란 물빛과 부용산 능선의 하얀 설경과 석양의 연분홍빛 노을이 한데 어울려 어떤 선경을 자아낼 것인가.

오세영 1942년 전남 영광 출생. 서울대학교 국문과와 동대학원 졸업. 1965~68년 『현대문학』 추천으로 등단. 소월시문학상, 정지용문학상, 만해상 문학 부문 대상, 시협상 등 수상. 현재 서울대 명예교수로 재직중. 시집 『시간의 뗏목』 『봄은 전쟁처럼』 『문 열어라 하늘아』 『무명연시』 『사랑의 저쪽』, 연구서 『20세기 한국시 연구』 『상상력과 논리』 『우상의 눈물』 『한국 현대시 분석적 읽기』 『문학과 그 이해』 등이 있다.

춘천 그 아름다운 이름

최동호 (시인·문학평론가)

춘천은 나에게 아름답고 그리운 도시 이름이다. 대학 시절 경춘선은 낭만이 가득 찬 청춘 열차였다. 주말마다 많은 대학에서 신입생을 몰고 가서 행하는 환영회는 거의 경춘선 주변에서 이루어졌다. 열차를 가득 메운 청년 남녀 학생들의 노랫소리가 토요일 오후 경춘선을 달리고 있을 때 한국의 미래가 그들의 힘찬 노랫소리에 실려 있었다. 처음 나의 반경은 강촌을 넘어서지 못했다. 대부분 강촌 이내의 거리에서 행사를 치르기 때문이다. 강촌에서 춘천까지의 거리는 얼마 되지 않지만 아주 멀게 느껴졌다. 강촌에서 춘천으로 나가기 위해서는 막국수가 필요했다. 요선터널 부근의 막국수가 맛있다는 소문이 퍼지고 막국수를 먹으러 가자는 유혹이 일단 우리들을 춘천으로 불러들였다.

그러나 내가 춘천까지 가게 된 데는 남다른 사연이 있었다. 우선 대학원 시절의 막막한 미래를 생각할 때 그리고 논문이 잘 나가지 않아 길이 막힐 때 나는 홀로 춘천행 기차를 탔다. 기차가 가 닿는 한 종점에서 나는 내가 갈 길을 생각해보았다. 잠시 기차를 기다리는 시간 또는 춘천역에 막 도착한 기차가 하얀 입김을 뿜어내며 서 있는 장면을 목격하면서 내가 찾으려 하는 길이 무엇인지를 생각해보기도 했던 것이다.

역문을 나서면 미군부대의 시멘트 벽이 보였고 때로는 헬리콥터가 이륙하기 위해 프로펠러를 돌리고 있는 광경을 목격하기도 했다. 우선 이 차단감이 낯설고 특이하게 다가왔다. 특별히 아는 사람이 없던 시절 시내버스를 타고 들어가 시가지를 배회하다가 돌아오는 것이 고작이었지만 그래도 춘천을 한번 둘러보고 돌아오면 정서적으로 안정되었다. 그 이유를 뭐라고 설명하기는 어려웠다. 서울과는 다른 이국적 풍경 때문이라고 생각한 적이 있었지만 지금 돌이켜보면 그곳에서 만났던 사람들의 표정에서 느낄 수 있는 구수한 인간미 때문이 아니었을까 한다. 막국수의 맛처럼 입맛을 달콤하게 끌어당기는 것은 아니지만 무덤덤하면서 그러나 심심한 대로 길게 여운이 남는 그러한 인간미가 그들에게 있었다. 그런 까닭에 막연하기는 하지만 춘천에 가면 무언가 풀리지 않는 문제가 해결될 것 같은 기대로 떠나게 되고 아무 해결책 없이 돌아와도 춘천은 언제나 다시 가보고 싶은 그리운 곳으로 나의 기억 속에 각인되어 있다.

군대를 다녀오고 대학원에 다닐 무렵인 1973년 소양댐이 완공
되었다. 장마철에 거대한 폭포처럼 물을 방류하는 소양댐 사진을
보고 많은 젊은이들이 춘천을 찾았다. 당시 국내에는 그만한 구경
거리가 없었다고 해도 과언이 아니다. 소양댐으로 형성된 거대한
댐 주변의 풍경을 구경하고 어디선가 민물고기 향어 회를 먹는 것
이 유행이었다. 우리들의 호기심을 자극하는 것은 그것만이 아니
었다. 소양댐에서 배를 타고 청평사라는 절에 갈 수 있다는 것이
바로 그것이다. 댐 건설로 인해 길이 사라지고 그 길을 작은 배로
연결한다는 것이 우리들에게는 새로운 관심거리였다. 아마도 1975
년 어느 여름날 동료 교사들과 소양댐에 갔던 우리는 거기에서 머
물다 돌아오는 것으로 만족할 수 없어 배를 타고 청평사까지 건너
가보기로 했다.

청평사의 회전문은 당태종의 공주와 상사뱀에 얽힌 이야기로 유
명한 설화를 가지고 있어서 더욱 우리들의 호기심을 자극했다. 실
제로 보면 뭐 그런 이야기가 있었겠느냐 싶었지만 어떻든 결혼을
앞두고 있었던 젊은 우리들은 설화로 전해지는 그 이야기에서 말로
하기 어려운 매력을 느꼈다. 청평사에 도착한 우리들이 그날 무엇
을 어떻게 했는지는 기억이 잘 나지 않는다. 다른 사람들처럼 절 주
변을 구경하고 주막집에서 술을 먹었을 것이며 노래를 불렀을 것이
다. 기억을 떠올려보면 은은한 달빛이 있었다고 기억되는데 다른
친구들이 모두 저녁을 먹고 아마도 노래를 부르고 흥에 겨워 있을

때 나는 강가로 내려가보았다. 달빛에 물든 강물을 가까이 보고 싶었기 때문이었을 것이다. 강가에 몇 척의 작은 배가 정박중이었다. 그 배를 타고 어디론가 멀리 떠나고 싶었다. 갑판에 누워 달빛에 흔들리는 강물을 따라 흔들리고 싶었다. 번거로운 소음이 싫었기 때문일 터이며 또한 나 혼자 조용히 달빛을 구경하고 싶었기 때문일 것이다. 사위가 모두 조용한데 강물에 몸을 맡기고 있는 작은 배가 미풍에 흔들리고 있었다. 나도 달빛을 보면서 배와 한 몸이 되어 조용히 흔들리고 있었다. 무한히 평화롭고 편안했다. 어느 누구도 신비로운 이 순간에 나는 내가 지금 지구의 한 중심이자 우주의 한 중심에 있다고 느꼈다. 말이 필요 없었다. 누구와 말하고 싶지도 않았다. 그저 미풍에 흔들리는 그대로 배와 한 몸이 되어 흔들리고 있을 뿐이었다. 달빛에 온몸을 적시고 있었다. 나를 휘감고 있는 알 수 없는 어떤 속박이 있었다면 이 순간만은 그로부터 완전히 자유롭다는 느낌을 가졌다. 이러한 경험은 처음 있는 일이었다. 달빛 때문이었는지 모르지만 나로서는 신비로운 기분에 처음 빠져드는 체험이었다. 이 경험은 나에게 오랫동안 지워지지 않는 기억으로 남아 있었다. 이후 생이란 무엇인가 생각할 때마다 이때의 달빛이 떠올랐다. 나는 이 경험을 그때 함께 갔던 어느 누구에게도 말하지 않았다. 당시 나는 내심 진로와 선택의 문제로 상당히 복잡한 상황에 처해 있었다. 현실이 어려울 때마다 이때 배에서 느꼈던 자유와 평안이 나를 지켜주었다고 해도 과언이 아니었다.

그러나 쓸쓸하게 가을이 오고 또 겨울이 다가왔다. 겉으로는 평온해 보여도 내적으로는 심히 고독했다. 내가 나갈 길은 잘 보이지 않았다. 잘 쓰고 싶었지만 시는 끝내 내 손에 잡힐 것 같지 않았다. 박사과정 진학을 결심하고 공부에 전념하리라고 다짐한 어느 겨울 날 청평사에 함께 갔던 동료선생이 나에게 좋은 사람을 소개해주겠다고 했다. 돈암동 네거리에 있는 '초야'라는 이름의 다방에서 만나기로 했다는 것이다. 그런데 정작 만나기로 한 사람은 한 시간이 넘도록 약속 장소에 나오지 않았다. 크게 기대를 한 것은 아니었지만 실망감이 스쳐갔다. 막 자리를 일어서려고 하는데 문제의 여성이 언니와 함께 뒤늦게 나타났다. 유쾌한 기분은 아니었지만 소개해주는 사람의 체면을 생각해서 이야기를 조금 나누어보았다. 상대방도 크게 기대하지는 않았던 것 같았다. 그러나 깔끔한 용모에 단정한 자세가 조금 마음에 들었다. 그의 관심을 끌어보고 싶었던 탓인지 버스를 타고 광화문으로 가자고 했다. 지금은 사라져버렸지만 당시 광화문에서 가장 큰 서점이었던 도서전시센터에 가서 서가에서 내 첫 시집을 뽑아 선물을 했다. 내성적인 성격을 지닌 나로서는 지금 생각해보면 다른 어느 때보다 크게 용기를 보였던 것 같다.

그리고 봄날은 쏜살같이 지나갔다. 박사과정에 입학하여 새벽부터 밤늦게까지 뛰어다녀야 하는 고단한 나날들이었다. 기말 리포트도 다 쓰지 못한 어느 여름날, 방학이 다가와 우리들은 춘천 소양호로 바람을 쐬러 갔다. 아마 예전의 기억 때문인지도 모른다. 청평사어느 계곡에 도달하여 흐르는 물에 발을 담그고 맑은 하늘을 바라보았다. 우리는 해맑은 미소를 주고받았다. 나는 달빛 속에서 내가 느꼈던 것과 유사한 감정을 밝은 햇빛 속에서 다시 느꼈다. 그가 김달진 선생의 막내딸이라는 사실은 후에 안 일이지만 김달진 선생이 내 시집을 읽어보시고 그 사람은 아주 진실한 사람이라고 말씀하셨다고 했다. 물론 그때 나는 열정을 가지고 최선을 다하고 있다는 것 외에는 손에 잡히는 구체적인 것은 아무것도 가진 게 없었다.

아마도 그는 내가 가진 진실과 열정을 좋아했던 것 같다. 그후 우리는 대략 3년 동안 만남을 가졌지만 처음 만났을 때 가졌던 초심을 잃지 않았다. 서로 사이가 좋지 않은 일이 있을 때 가끔 김달진 선생이 "그 사람 내가 보기에 좋은 사람인데"라고 막내딸에게 말씀하셨다고 한다. 청평사 계곡의 맑은 물과 푸른 하늘이 지금도 가끔 떠오른다. 아마도 우리들의 인연의 실마리는 춘천 그리고 청평사로 이어지는 곳에 있었던 것이 아닐까 한다. 청평사의 회전문이 나에게 인상적이었던 것은 우연의 일치인지도 모르겠다. 이렇게 멀고 가까운 인연들로 인해 '춘천' 하면 멀리 있지만 그러나 아주 가깝게 부를 수 있는 이름으로 다가오는지도 모르겠다.

춘천이 좀더 구체적으로 다가온 것은 당시 경신학교 야간 동료 교사이자 지금 강원대학교에 있는 서준섭 선생의 약혼식 사회를 맡아 춘천을 다녀온 다음이다. 결혼 전이던 나로서는 조금 망설여지는 바가 없지 않았지만 야간학교 교사를 함께하며 고락을 같이하던 것을 생각해 흔쾌히 그 사회를 맡기로 하고 1978년 가을 어느 토요일 오후 춘천으로 향했다. 물론 여기에는 약간의 호기심이 작동한 것도 사실이다. 약혼식이라는 것을 어떻게 하는가 보고 싶기도 했고 신부가 어떤 사람인가 알고 싶기도 했다. 사진을 찍을 사람이 없다고 해 내 동생까지 대동하고 갔던 약혼식은 소박하기는 했지만 조촐하고 가족적이었다. 이들의 약혼을 오랫동안 나는 부러워했다.

나보다 연하인 그가 먼저 약혼을 했는데 나는 아직 뭘 하고 있는가 하는 생각이 들기도 했다. 물론 당일은 약혼식 날이었기 때문에 융숭한 대접을 받고 즐겁게 놀다 돌아왔다.

춘천이 나에게 구체적으로 느껴지기 시작한 것은 그때부터이다. 그 이전에 춘천을 찾았을 때 나는 어디까지나 지나가는 이방인에 불과했던 것이다. 창밖으로 바라보는 풍경 속에 춘천이 있었다. 춘천에 뿌리내리고 살고 있는 사람들로 인해 춘천은 나에게 삶의 실감으로 자리잡기 시작했다. 1980년 2월에 남보다 조금 늦게 청평사를 함께 갔던 그와 3년여의 만남 끝에 결혼했다. 소양호의 물은 청평사로 향하는 길을 끊어지게 했지만 인연의 끈은 물길로 이어져 사람과 사람을 만나게 했는지도 모른다.

1980년대 이후 아내와 함께 나들이 겸 춘천을 가끔 방문하게 되었다. 멀리 가지 않더라도 낯선 도시에 새로운 정서를 맛볼 수 있는 곳이라는 생각뿐만 아니라 내가 만났던 사람들과의 어떤 인연의 줄기들이 살아 있다는 느낌도 있었기 때문이다. 여기에는 막국수가 늘 곁들여졌다. 춘천 하면 떠오르는 구수한 맛이 막국수이다. 그리고 막국수처럼 진실한 냄새가 나는 사람들이 그곳에 있었다.

대학 조교 시절부터 알고 지내던 한림대학교의 오춘택 선생 그리고 춘천의 시인 이영춘, 이은무 선생과 더불어 나중에 김유정 마을의 촌장이 된 전상국 선생 등 모두가 '춘천' 하면 서준섭 선생과 더불어 떠오르는 인물들이다. 모두가 진실하고 내면의 아름다움을 지닌 분들이다. 한 번 만난 이후 변함없는 우정을 보여주는 분들이라 나에게 각별한 의미를 가지는 분들이라 해도 과언이 아니다. 도시가 있고 사람이 있는 것이 아니라 사람이 있고 도시가 있다는 말이 나는 옳다고 생각한다. 도시를 만드는 것도 사람이고 도시를 완성하는 것도 사람이다. 물론 그 사람들 또한 춘천의 어름다운 자연환경과 깊이 관련되어 있을 것이다. 인연이 인연을 만든다고 할까. 춘천은 강촌으로부터 시작된 내 대학 시절의 낭만과 아내와의 인연을 떠올리게 하는 아름답고 그리운 이름이다.

최동호 1948년 수원 출생. 고려대 국문과와 동대학원 졸업. 1979년 중앙일보 신춘문예로 등단. 김환태평론문학상, 편운문학상 수상. 현재 고려대 국문과 교수로 재직중. 시집 『아침책상』, 『딱따구리는 어디에 숨어 있는가』, 『공놀이하는 달마』, 평론집 『현대시의 정신사』, 『불확정시대의 문학』, 『한국 현대시의 의식현상학적 연구』, 『평정의 시학을 위하여』, 『삶의 깊이와 시적 상상』, 『하나의 도에 이르는 시학』, 『디지털 문화와 생태시학』, 『현대시사의 감각』, 『진흙 천국의 시적 주술』 등이 있다.

문배마을,
외할머니
품속 같은

박정애 (소설가)

어떤 풍경 속에 한 점으로 깃들이는 나를, 내 영혼이 물끄러미 바라볼 때가 있다. 그때의 풍경은 대개 처연하거나 쓸쓸하면서도 한없이 깊고 끝없이 아늑하다. 쪽빛 하늘과 울긋불긋한 단풍이 그윽이 어우러진 우리나라 가을 풍경. 며칠 전에도, 나는 그런 풍경 속을 걸으며 내 몸에서 스르르 빠져나와 나 자신을 고즈넉이 바라보는, 흔치 않은 '쉼'의 기회를 얻었다. 산 높고 골 깊은 강촌 봉화산 임도에서.

그런데 내 귀한 적막을 와장창 깨뜨리며 웬 우주인 같은 사람들이 떼 지어 횡허케 달려갔다. 뭔가 했더니 산악자전거 타는 사람들이다. 강촌의 숲길은 굴곡이나 경사가 산악자전거 타기에 딱 좋댔다.

그래, 뭐, 내 적막이 소중한 만치 저 사람들의 스피드도 소중한 것이고. 정말이지 나 혼자 즐기기엔 너무 아까운 경치가 아닌가.

문득 지난봄, 지구 반대쪽 나라 페루에서 주고받았던 대화 한 토막이 떠올랐다. 큰돈과 시간을 들여 그 머나먼 나라를 갔으니 당연히 고산병조차 달게 여기며 저 유명한 잉카인들의 공중도시 마추픽추에도 갔더랬다. 기차역에서 낡은 셔틀버스로 갈아타곤 그 버스로 도랫굽이를 열세 개나 돌아야 한다고 했다. 버스는 구불텅구불텅 용케도 산정으로 올라갔고, 길 좌우로 펼쳐진 산세는 아찔할 정도로 험준했다.

"야, 대단하다!"

"우와, 멋진걸!"

일행은 탄성을 연발했다. 내 생각에는, 마추픽추는 몰라도 이 정도 산세와 산길에 그다지 감동할 일은 없을 듯했다. 게다가 나는 어떤 기시감을 느끼고 있었다.

"저는 이 구절양장에다 높직높직한 산봉우리들을 보니까 봉화산임도가 떠오르는데요? 인물만 따지면 여기보다 봉화산 쪽이 외려 낫지 않아요? 여기는 워낙 태양과 가까운 곳이라 그런지 나무들도 어째 배배 꼬인 게 시들시들, 꾸들꾸들하잖아요. 봉화산, 검봉산에는 쭉쭉탄탄, 늘 푸른 잣나무들이 울창해서 염천炎天 대낮에 가도 단박에 눈이 시원해지잖아요?"

"거기가 어딘데요?"

"아니, 강촌 봉화산, 모르세요? 춘천에서 십몇 년씩이나 사셨다면서요?"

산악자전거로 강촌 숲길을 달리는 사람들

"몰라요. 만날 집하고 사무실만 시계추처럼 오가니까."

"그럼 검봉산 등성마루에 있는 문배마을도 모르시겠네요? 마음만 먹으면 점심시간에도 다녀올 수 있는 거리인데…… 가볍게 산책하듯 등산도 하고 맛난 토속음식도 먹을 수 있고……"

"나는 그런 데는 안 가요. 기백만원씩 내야 되는 데만 가지."

물론 농담이었고 진짜로 배꼽 빠지게 웃기도 했으나, 근래 우리나라 여행 패턴의 한 맹점이 살짝 드러나는 순간이기도 했다. 품 안의 보석을 즐길 줄 모르고 바다 건너 먼 데로만 빠져나가는……

남의 나라 유적지를 찾아가는 그 덜컹거리는 버스 안에서 나는 생뚱맞게도 문배마을에 얽힌 추억들을 되새김질하며 미소 지었다. 문배마을 가는 길이 구곡폭포 매표소를 지나 3, 40분 등반하는 코스부터 봉화산이나 검봉산을 거치는 서너 시간 코스까지 다양한 까닭에 내 추억의 모양새도 가지가지다. 봉화산에서 딸아이가 뜯은 진달래꽃 예닐곱 잎으로 꽃지짐 부쳐 먹었던 어느 봄날. 문배마을 생태연못을 한 바퀴 돌면서 뜯은 쑥으로는 쑥떡도 해 먹었더랬지. 검봉산에서 길을 잃고 헤매다 된비알에서 미끄러져 등판이며 엉덩이에 온통 흙물을 들였던 어느 장마철. 걷기 싫어하는 어린 조카가 수백 번이나 낸 짜증을 달래고 달래며 올라갔던, 그때만큼은 문배마을도 꽤나 멀다고 느꼈던 어느 늦여름. 그 녀석, 언제 힘들어했나 싶게 연못 주변 도랑에서 올챙이 떼를 쫓으며 까르륵까르륵 웃어댔지. 봉화산 정상에서 이정표를 잘못 해석하는 바람에 문배마을로 못 가고 꽤나 먼 가정리 마을로 내려가버린 날, '가도 가도 왕십리往十里' 시 구절이 머릿속에서 아롱거리다 못해 뱃속에서 꼬르륵거리던 그날, 다리

아프고 배고프고 목말라 죽겠다는 두 아이의 원망에 얼굴을 못 든 이 엄마, 결국 항복하고 그 산골에 더블요금으로다 콜택시를 불렀더랬지. 서울 출판사에서 편집자들이 온다기에 강촌역에 내리라 하고는 허위허위 문배마을로 올라가 문배술 서너 잔에 불콰해진 얼굴로 출판 계약을 두 건씩이나 맺었던 일. 그 편집자들, '도랑 치고 가재 잡는다더니 업무도 보고 산행도 즐겼다'며 무진 좋아했더랬지. 다리 아픈 친정어머니를 내 차에 모시고— 원래 문배마을 주민들 말고는 자동차를 가지고 올라갈 수 없는데, 장애인 탑승차량만은 예외로 인정해주기에—봉화산 임도를 오르며 당신의 팔자타령을 수굿이 들어주었던 어느 가을. 어머니의 한 시절에 산은 넘을수록 높아지고 물은 건널수록 깊어졌다는데, 우리 모녀의 행로는 우묵 낮아지며 외할머니 품속 같은 문배마을로 들어갔었지……

이 모든 추억들은 내가 춘천에 터 잡고 산 지 3년이 채 못 되는 기간에 만들어졌다. 그만치 나는 문배마을이 좋다. 우선 뒷산처럼 만만해서 아무 때나 아무런 옷차림, 아무런 신발로라도 척 나설 수 있는 곳이라서 좋거니와 뒷산처럼 심심한 풍경이 아니니 더욱 좋다. 산자락에 덩그러니 자리잡은 구곡폭포는 김수영의 시에서처럼 '곧은 절벽을 무서운 기색도 없이 떨어지는 고매한 정신'보다는 아홉 굽이 열 굽이 돌고 도는 우리네 인생사의 새옹지마를 웅변하는 듯싶어 좋다. 게으르고 준비성 없는 내 천성에, 김밥이며 물이며 오이며 귀찮게 챙기지 않아도 산마루에서 나를 기다려주는 꿀맛 같은 밥상이 있어 좋다. 느릿느릿 산을 오르다, 등판에 땀이 배고 적당한 시장기가 느껴질 때쯤 나타나는 '깔딱고개'. '고지가 바로 저긴데

예서 말 수는 없다'는, 질곡의 역사를 이겨내고 나라꼴을 이만치라
도 번듯이 세워놓은 겨레의 맨주먹 정신을 터럭 한 올만큼이나마
우리 아이들한테 맛보일 수 있는 이 깔딱고개가 나는 좋다. 깔딱고
개를 넘으면 바로 '웰컴 투 동막골' 분위기의 오붓한 분지마을이 보
인다. 예전에는 화전가옥 10여 호가 있었고 그 집 아이들이 20리 산
길을 걸어 남산국민학교(지금의 남산초등학교)를 다녔다는데, 지금
은 그저 오가는 등산객을 상대로 산채비빔밥과 토종닭 요리를 파는
예닐곱 채의 농가식당과 들깨, 배추, 상추 따위 푸성귀를 기르는 밭
만 몇 뙈기 남아 있을 뿐이다. 억새와 명아주, 피, 쇠뜨기 들의 차지
가 된 묵은 논밭은 저마다 묵연히 세월을 품고 있다.

　시장이 반찬이라 그런지 재료가 신선해서 그런지 문배마을 음식

분지마을

은 다 구뜰하니 입맛을 돋운다. 내 촌스런 구미에는 문배마을 산채 음식이 호텔 뷔페식보다 맛난 듯싶다. 목구멍에 착 감기는 맑은 단맛의 문배술은 또 어떻고? 게다가 가격까지 요즘 유행하는 말로 '착하니' 금상첨화다. 좁쌀 누룩에 수수밥을 섞어 발효시킨 중요무형문화재 문배주는 엄청 비싼 고급 소주인 데 비해, 찹쌀과 누룩으로만 빚은 문배마을 문배술은 흔한 동동주 값 정도면 부담 없이 즐길 수 있다. 둘 다 달콤쌉쌀한 문배 향을 풍기지만, 붕어빵에 붕어가 없는 것처럼, 문배는 제조과정에서 전혀 쓰이지 않는다.

기왕 문배 이야기가 나왔으니 말인데, 내 유년 시절의 이루지 못한 갈망들은 거지반 문배 향내에 싸여 있다. 그놈의 문배나무가 하필 내 고향집 앞마당이 아니라 앞집 뒷마당에 있었기 때문이다. 사각사각 씹히는 달고 시원한 참배를 실컷 먹을 수 있는 요즘에야 누가 줘도 안 먹을 그 문배를, 기름하니 못생기고 딴딴하여 잘 씹히지도 않는 그 문배를, 그 시절의 나는 왜 그리도 먹고 싶었던지. 하지만 문배나무는 언제나 닿을 듯 닿을 듯 닿지 않는 거리에서 사라질 듯 사라질 듯 사라지지 않는 향내만을 풍기며 저만치 서 있었더랬다.

강원도에서도 문배는 꽤 났었나보다. 강원도 민요 중 〈처녀풀이〉를 들으면, 무릎댐이 처녀는 문배 장사로 나가고 우두리 처녀는 참배 장사로 나갔단다. 앳된 처녀들이 배 광주리 이고 장사하러 나서는 정경이란, 상상만 해도 짠하다. 우리 어머니 팔자타령처럼 강원도 처녀들에게도 사는 일은 넘을수록 높아지는 산처럼 건널수록 깊어지는 물처럼 모질고도 지독한 어떤 것이었을까.

무릎댐이는 아니지만 문배마을에도 문배나무가 많았다는 설이

있다. 문배마을이라는 이름도 거기서 유래되었다고 하고. 그게 진짜든 아니든, 문배마을 묵정밭에 문배나무가 그득 심겨 봄에는 배꽃 향기를, 여름과 가을에는 과실 향기를 산 너머까지 드날렸으면 좋겠다.

한편에서는 또, 강촌 태생으로 구한말 춘천의병장을 지낸 습재 이소응 선생의 한시 「문폭유거文瀑幽居」를 근거로 문배마을 지명의 유래를 찾는다. 구곡폭포의 다른 이름인 문폭文瀑을, 습재 선생은 '숨어 있기 좋은 골'로 묘사한다.

이곳에 문폭이 있으니 此地有文瀑
깊어서 숨어 있기 좋으리라 窈窕何其幽

골 안은 맑은 날에도 천둥소리 우람하며 洞裏晴雷殷

물보라는 햇살 받아 무지갯빛으로 번지네 日下丹霞浮

시의 후반부는 문배마을에 대한 서경敍景이다. 문폭의 근원을 따
라 가보니 산으로 둘러싸여 거룻배 모양을 한 마을이 있더라는 말
씀. '웰컴 투 동막골'이 따로 있을까. 산 아래에서야 전쟁이 나든
말든 그저 화전이나 일궈 먹고살던 순한 백성들이 바로 예서 살았
을 성싶은 것을.

물줄기 쫓아 끝까지 가보면 逐流到窮源

한 마을 있어 너른 밭두둑 펼쳐지네 有村開平疇

샘물은 달고 토지는 기름지며 泉甘而土肥

둥그레 둘러친 산이 마치 거룻배 같구나 山環似巨舟

이 지점에서 문배마을의 지명이 '문폭文瀑의 배후背後'로 추리되는 것이다.

그러나 한낱 행객에 불과한 나로서는, 이런들 어떠하며 저런들 어떠하리, 문폭의 뒷마을도 좋고 문배 향 나는 골도 좋을 따름이다.

다만 바라느니 문배마을이여. 산 아래 강촌의 청춘이 제아무리 시끌벅적 요란스럽더라도 부러워하지 말기를, 고단한 인생길에 다리쉼 한 번 편안히 하다 갈 수 있는 곳으로 오래도록 남아 있기를, 외할머니 품속 같은 그 깊은 아늑함을 잃지 말기를……

박정애 ㅣ 1970년 경북 청도 출생. 서울대 신문학과와 인하대 대학원 국문과 졸업. 1998년 『문학사상』 신인공모에 당선되어 등단. 2001년 한겨레문학상 수상. 현재 강원대 스토리텔링학과 교수로 재직중. 소설집 『춤에 부치는 노래』, 장편소설 『물의 말』 『강빈』, 동화책 『뚱땅나라에서 온 친구』 『친구가 필요해』 등이 있다.

춘천,
호수로 가는
세 갈래 길

함정임 (소설가)

파로호 가는 길

오래전, 춘천의 한 작가에게 편지를 쓴 적이 있다. 그때 춘천은 나에게 자칫 빠지면 헤어날 수 없는 늪처럼 위험한 공간이었다. 당시 내가 흠모하는 영혼들은 그곳에서 왔거나 그곳으로 갔다. 하여 나에게 춘천이란 그 자체로 한 편의 작품이었고, 두고두고 탐독의 대상이었다. 춘천의 무엇이 나를 사로잡았을까. 지금은 희미한 옛사랑의 그림자를 거느린 아득히 멀고, 그래서 고즈넉이 깊은 곳이 되었지만, 그때 나에게 춘천이란 매혹과 두려움을 동시에 품고 있는 블랙홀이자 황홀경이었다. 당시의 편지를 열어보면 당시 춘천에 대한 나의 열중과 지향성을 감지할 수 있다.

춘천은 뭐랄까, 발음이 주는 화려한 낙천성 뒤로 정지한 채 썩어가는 무시무시한 부식성腐蝕性을 은폐하고 있었습니다. 거대한 여자의 음기를 상기시켜 음탕한 안개를 끊임없이 피워올리는 호수가 그것을 말해주고 있었지요. 안개에 지친 사람들은 몽유병자들처럼 도시를 떠나고 안개를 정복한 자들만이 도시를 지키고 사는 것이라는 추측은 단지 얄팍한 상상력이 지어낸 허구였을까요. (졸고, 「부네의 호수」, 『문예중앙』, 1992)

발음이 주는 화려한 낙천성과 동시에 부식성을 은폐하고 있는 호반의 도시 춘천. 나에게 편지를 쓰게 한 주인공은 오정희 선생이었고, 그녀의 작품 이력에서 후기작 중의 하나인 중편 「파로호破盧湖」가 발표된 지 2년쯤 지난 때였다. 막 첫 소설집을 출간했던 나는 여름이면 프랑스로 떠나게 되어 있었고, 여름이 시작될 무렵 선생이 살고 있는 춘천으로 향했다. 아니, 춘천으로 향했으되 춘천을 가운데 두고 철저히 우회했다. 흠모하는 대상에게 가까이 다가가지 못하는 극심한 낯가림과 수줍음으로 깊은 산중 '단애의 끝'으로 달려간 것이었다. 오정희 선생이 춘천으로 거처를 옮긴 이후 한동안 춘천, 하면 오정희 선생의 소설 주인공들이 응답을 하곤 했다. 그중 내 부름에 가장 가까이 다가온 것이 「파로호」의 주인공 부네였다. 나는 부네를 오정희 선생의 분신으로 여겼고, 또한 나의 분신으로 여겼다. 나에게 오정희 선생의 존재는 작품 이상이었다. 그런데 오정희 선생이 춘천으로 내려간 10년 동안 공교롭게도 지면에서 그녀의 소설을 찾아보기 힘들었다. 어떻게 된 것일까. 무엇이 선생의 작품을 꿀꺽 삼켜버리는 것일까. 선생의 침묵이 길어질수록, 춘천, '안개를 끊임없이 피워올리는 호수'의 속성에 혐의를 두기 시작했다. 안개에 지친 사람들은 몽유병자처럼 도시를 떠나고 안개를 정복한 자들만이 도시를 지키고 사는 것이라는 상상력이 발동한 것이었다. 그러면 오정희 선생은 춘천을, 안개를 정복한 것일까. 아니면 호수가 오정희 선생을 꼼짝 못 하게 하는 것일까. 선생은 춘천에서 무엇으로 살고 있는 것일까. 증폭되는 의문에 대한 해답이 「파로호」에 담겨 있었다.

　　"세상이, 삶이 몇 개의 아름답고 단아한 문장으로 설명될 수 없다는, 또한 자신에게는 그것을 깨뜨릴 파괴적 에너지가 없다는 자각

ⓒ심창섭

이 (오히려 두려움이 아니었을까) 어렴풋이 들어서면서 쓰는 일에 자신을 잃었다. 열망도, 욕망도, 문학을 인생이 향유할 수 있는 아름다움 중의 한 몫으로 즐기리라는 자족감 속에 자연스레 사그러들었다고 믿었다. 그러나 마치 벙어리의 소리치려는 충동처럼, 혀가 굳어가는 안타까움과 같은 뒤늦은 열망의 정체는 무엇일까. (…) 잃어져가는 말에 대한 복수일까, 사랑일까. 사람들은 누구나 자기의 인생을 특별하다고 생각하고 허접쓰레기 같은 넋두리들을 끊임없이 늘어놓고 나아가 글을 쓰겠노라고 생각하지. 그래, 뭘 쓰려고 하지?"(오정희, 「파로호」)

무엇을 쓸 것인가. 혼신의 힘을 다하는 것도 모자라 제 살을 깎

듯 어렵게 첫 소설집을 낸 신인 소설가이자 문예지 편집장이었던
나에게 찾아온 것은 뜻밖에도 소설쓰기에 대한 회의와 문단에 대한
환멸이었다. 너무 일찍 종착지에 도달한 기분이 그럴까. 나는 오히
려 서울에서 뚝 떨어져 춘천에 뿌리내리고 살고 있는 선생이, 선생
의 고뇌와 침묵이 가슴 깊이 사무쳤다. 어떻게든 선생의 실체, 작품
의 내부를 확인하고 싶었다. 그런 다음에야 떠나도 떠날 수 있을 것
같았다. 파로호를 다녀온 소감은 이랬다.

호수는 낮고 고요하게 깨어 있었습니다. 특별히 무엇을 기대해
서 벼랑 끝에 선 것이 아니었음에도 내 마음은 허허로이 물가를 맴
돌았습니다. 강펄엔 전국 각지에서 달려온 자동차들이 불규칙하게
매달려 있을 뿐 낚시꾼들은 어느 구석으로 숨어들었는지 보이지
않았습니다. 텅 비어 있는 차들은 손가락으로 툭 치기만 해도 호수
속으로 미끄러져 들어갈 것 같았습니다. 새 한 마리 날지 않는 적
막한 호수를 향해 연달아 몇 개의 돌을 던져보았습니다. '막연하고
추상적인 느낌'이 이물질처럼 턱밑까지 차올라 돌을 던지지 않고
는 견딜 수 없었습니다. 마치 뿌윰한 달걀의 막 속에 들어앉은 듯
한 '이상한 친숙감'이 도리어 거부감을 불러왔습니다. '텅 빈 충만
함'을 깨뜨리고 싶은 파괴욕이 나로 하여금 돌연한 돌팔매질을 시
킨 것이지요. (「부네의 호수」)

파로호는 수많은 밤의 번뇌와 다짐, 절망과 방랑으로 치닫던 불
안정한 나에게 눈을 부릅뜨고 응시하고 있는 오정희 선생과 등가였

고, 청춘의 긴 우회로를 거쳐 도달한 호수는 내 생에 잊을 수 없는 한 폭의 풍경으로 남아 있다. 춘천에 다녀온 며칠 뒤 나는 모든 것을 뒤로하고 프랑스로 떠났다.

소양호 가는 길

여름이 시작될 무렵 프랑스로 떠났다가 겨울이 끝날 즈음 서울로 돌아왔을 때 나를 반갑게 맞아준 사람은 공교롭게도 춘천 출신의 선배 작가 최수철이었다. 강남의 한 음식점에서 나와 최선배, 그리고 지금은 저세상으로 가고 없는 채영주 선배가 모였는데, 최선배는 그 만남을 위해 춘천에서 달려온 것이었다. 셋은 묘하게 동질적이면서 현저히 이질적인 면모를 가지고 있었고, 그것이 적당한 거리에서 서로를 잡아당기는 매력으로 작용하고 있었다. 채선배는 그즈음 티베트와 네팔, 말레이시아를 거쳐 싱가포르를 여행한 뒤였고, 나는 파리를 근거지로 유럽 본토를 돌아보고 온 뒤여서 서로 색다른 세상에 대해 들려주는 이야기로 시간 가는 줄을 몰랐다. 유럽은 물론이고 훗날 이집트 기행서를 쓸 정도로 여행 애호가였던 최선배였던지라 후배들의 주유기周遊記에 적극적으로 가담했다. 밤이 깊었고, 최선배는 서울의 거처로 나는 분당의 집으로 그리고 채선배는 대림동(이었던가)의 오피스텔로 갈라지려는 순간 최선배가 술기운에 약간 고양된 목소리로 춘천으로의 겨울여행을 제안했다. 이미 2년여 동안 우정을 이어온 나와 채선배는 기꺼이 우리의 여행담에 동참하며 아낌없는 애정을 보여준 최선배의 초대에 응하지 않을 어떤 이유도 갖고 있지 않았다.

이듬해 2월, 채선배와 나는 구의동 시외버스터미널에서 버스를 타고 춘천으로 향했다. 봄이 멀지 않은 겨울 끝자락의 여행이었다. 경춘가도를 달리는 내내 나와 채선배는 평소와는 다르게 입을 열지 않았다. 2월의 축축한 흐린 하늘 아래 버스는 강을 따라 달렸고, 검문소를 지나 긴 다리를 건너자 곧 춘천이었다. 이미 몇 차례 춘천에 간 적이 있었으나, 도무지, 그날의 그 길은 잡힐 듯 잡히지 않는 안개들의 입자처럼 속절없이 나를 긴장시켰다. 경춘가도를 달리는 내내 나는 나대로 채선배는 채선배대로 춘천과 관련된 추억을 반추하느라 여념이 없었던 것이었다. 반년간지였던 『오늘의 소설』의 텍스트 대담자로 오정희 선생을 만나러 갔던 일, 계간 『문예중앙』의 '작가에게 보내는 편지' 란의 대상 작가 작품으로 선생의 작품 공간인 파로호를 쓰기 위해 파로호에 갔던 일, 또 대학 시절 잠깐 사귄 남자친구의 연애 프로젝트에 걸려들어 공지천까지 흘러왔던 일들이 어제 일인 양 선명하게 떠올랐다. 그 시절로부터 나는 얼마나 멀리 와 있는 것일까. 되돌아보기가 차마 두려운 것은 대상으로부터의 거리가 아득히 멀어진 반면 추억의 깊이는 헤아릴 수 없이 깊어진 것.

그날, 그리고 그날 밤, 그리고 그 다음날 최선배가 나를, 아니 우리를 어디로 이끌었던가. 아련한 기억 속에 오롯이 잡히는 몇 개의 인상적인 장면이 있다. 최선배의 본가인 것으로 알고 있는 교동의 이층집, 세모꼴의 고미 다락방 서재. 춘천이라는 도시가 어떤 형상을 가지고 있는지 몰라도 나는 교동(향교가 있는 경주 계림숲 옆 교동의 고가古家에서 나는 여름을 나곤 했었다)이라는 지명의 특성을 어느 정도 알고 있기에 그곳을 춘천의 근원지로 여기고 있을 뿐이다. 최선배의 집과 어울려 있는 마을의 길과 집들은 기억 속에서 모두 지워지고, 알라딘의 요술램프처럼 책으로 빼곡히 들어찬 세모꼴 다락방에서 보낸 몇 시간이 내게 전설처럼 남아 있다.

다음날, 누구의 제안이었는지, 아마 암묵적인 이심전심으로, 우리는 배를 타고 소양호를 건넜다. 누구나 그러하듯이, 춘천! 하면 소양호를 부르고, 소양호! 하면 청평사를 부르는 여행의 관습을 우리 누구도 거스르지 않았던 것. 하늘이 뿌옇게 흐렸던가, 파랗게 맑았던가. 확실한 것은 바람이 불었고, 나는 갑판 위에서 추운 줄도 모르고 온몸으로 호수의 바람을 맞았다. 무엇에 그토록 골똘했던가. 지나고 보니 아무것도 아니었던 것을 그때는 나름 심각했었다. 배에서 내려 청평사로 오르는 길, 최선배가 황금우물 이야기를 들려주었다, 내용은 다 날아가고 없지만, 그 길목에서 나는 기시감既視感에 사로잡혀 현기증을 느꼈다. 심장이 뛰었다. 그러나 묵묵히 걸었다. 청평 산장에 이르러 펄떡펄떡 튀어오르는 빙어를 안주 삼아 나무탁자에 앉아 소주를 마셨다. 심장이 불타듯 뜨거워졌다. 춘천에서는 어디를 가나 호수와 만났다. 공지천이었던가, 중도였던가, 소양호 근처였던가. 지난밤 우리는 춘천의 어느 호숫가에 서서 한동안 말이 없었다. 겨울이 가고 있었고, 봄이 오면, 아니 봄이 가면 나와 채선배는 각자 결혼을 할 것이었다.

호수로 가는 하나 아닌 길들

내 심층에 자리잡은 춘천을 온전히 이야기하기 위해서는 르네 샤르의 시 구절을 빌려와야 한다. '추억을 완성하기 위하여'…… 그리고 벌거벗은 마음으로 여기저기 떠돌아다니던 영원한 이방인 보들레르의 탄성에도 귀를 기울여야 한다. '나는 천 년을 산 것보다 많은 추억을 가지고 있다.'……춘천은 호수의 도시, 그곳에 도달하기 위한 길들은 하나 아닌 세 갈래, 네 갈래, 그 이상의 길들이 있다. 그러나 나는 또다시 바흐만의 소설 제목을 본떠서 '호수로 가는 세 갈래 길'이라 명명한다. 추억을 완성하기 위한 수많은 갈래의 길은 모두 세 갈래의 길 위에 있을 뿐이다.

춘천을 떠나기 전 최선배는 우리를 차에 태워 삼악산인지, 부용산인지, 아니 구절산인지 지금은 이름을 잊어버린 어느 산 중턱으로 데리고 갔다. 차에서 내려 최선배가 가리키는 대로 내려다보니 춘천이 한 손에 잡힐 듯이 저 아래 놓여 있었다. 아! 나는 바다를 처음 보았을 때처럼 나도 모르게 탄성을 질렀다. 나는 오정희 선생이 살고 있는 후평동이 어디쯤인지, 또 채 스무 시간도 지나지 않았는데 마치 먼 꿈의 장면인 양 아득하기만 한 최선배의 세모꼴 다락방 서재가 있는 교동은 어디쯤인지, 또 대학 시절 불나방처럼 덤비던 남학생을 따라 오고야 말았던 공지천이 어디쯤인지 눈으로 더듬었다. 그리고 찰랑찰랑 발치에서 물결 흔들리던 지난밤의 호수는 어떤 형상인지, 또 춘천을 에돌아 구만리를 달려 파로호까지 갔던 지난해 여름의 길들은 어떤 형상인지 눈으로 따랐다. 직장상사이자 시인인 최승호 선생에게 밤낮으로 듣고 또 들었던 이야기가 춘천 이야기였다. 또 그의 친구이자 사진가인 이두영 선생이 결혼선물로 내놓은 것이 '안갯속 중도의 나무 풍경'이었고, 나는 그것을 10년 넘게 서재에 걸어두고 살았다. 그뿐인가, 20년 지기 문우인 문학평론가 박철화로부터, 또 그의 고교 동창이자 나와도 안면이 깊은 서울대 스페인어과 교수 김현균 선생으로부터 나는 얼마나 오묘한 춘천의 냄새를 맡았던가. 습하면서도 야성적인, 또 화려하면서도 웅숭깊은…… 춘천, 그러고 보니 춘천은 나에게, 보들레르의 고백처럼, '천 년을 산 것보다 많은 추억'을 선물하고 있었다. 서울로 돌아오는 길, 어제와 같이 하늘은 흐리고, 차는 다리를 건너고 검문소를 지나, 강을 따라 달렸다. 돌이켜보니 그날 춘천으로의 겨울여행은 나의 마지막 청춘 여행이었다.

함정임 1964년 전북 김제 출생. 이화여대 불문과와 한신대 대학원 문예창작과 졸업. 1990년 동아일보 신춘문예로 등단. 현재 동아대 문예창작과 교수로 재직중. 소설집 『이야기, 떨어지는 가면』, 『밤은 말한다』 『동행』 『당신의 물고기』 『버스, 지나가다』, 장편소설 『행복』 『춘하추동』, 산문집 『하찮음에 관하여』 『나를 미치게 하는 것들』 등이 있다.

그리움의
진액이
녹아 있는 공간

조성기 (소설가)

어디로 가는지 몰랐다. 보충대로 가서 신병 훈련을 받는다는 통고만 들었다. 그 보충대가 전방과 가까운 곳에 있다는 사실은 알았다. 논산훈련소에서 풀려나와 기차간에 실린 신병들은 훈련소 있는 동안에 못다 잔 잠을 보충이라도 하듯 거의 모두 곯아떨어져 있었다. 나도 몰려오는 잠결에 몸을 맡기고 어지러운 꿈을 꿔가면서 과연 보충대는 어디에 있는지 내가 최종적으로 배치될 부대는 어디인지 은근히 불안에 젖었다.

어둑할 무렵 보충대 운동장에 짐짝들처럼 부려졌을 때의 그 막막함과 삭막함이라니. 눈더미들이 군데군데 눈에 띄는 겨울 운동장의 딱딱하고 차가운 감촉으로 인하여 나는 최전방 지역에 떨어진 줄 알았다. 바로 앞쪽에 제법 험준한 산악들이 보이고 그 산허리를 가로질러 희멀건 길이 불길한 운명의 전조처럼 구불구불 뻗어 있었다. 그 길을 아마도 군용트럭들의 헤드라이트 불빛인 듯한 빛덩어리들이 천천히 올라가고 있었다. 나는 그 트럭들이 전방 고지에 근무하는 사병들의 급식 재료를 싣고 가는 부식차량일 거라고 생각했다.

가혹한 보충대 훈련이 끝나고 자대로 배치될 시점에 이르러 신병들은 최전방으로 배치되면 어쩌나 불안에 떨었다. '인제' 가면 언제 오나 '원통'해서 못 살겠네. 최전방인 인제나 원통 지역으로 배치되지 않기를 모두 마음으로 빌었다.

배치 통고가 있는 자리에서 내가 춘천으로 배치된다는 무슨 선고문 같은 음성을 들었을 때, 그 '춘천'이라는 말의 울림이 얼마나 감미로웠던지. 춘천, 봄 시내. 봄처녀 제 오시네 새 풀옷을 입으셨네, 그 노래가 저절로 입가에 흥얼거려지는 듯했다.

알고 보니 보충대도 최전방 지역이 아니라 춘천 외곽 지대에 있었다.

춘천시 우두동에 있는 공병여단 본부로 와서 하급부대 배치를 또 기다려야만 했다. 대기병들은 깊은 산골짜기에 위치한 중대로 배치될까 노심초사하며 한결같이 본부 중대로 배치되기를 바랐다. 나는 깊은 산골짜기에 위치한 그 중대로 배치된다는 통고를 받았다. 삽날 세 개가 다 닳아야 비로소 제대할 수 있다는 그 노무자(?) 중대.

그 중대로 실려갈 날만을 기다리고 있던 어느 날, 자그마한 병장

군인교회. 나는 회색빛 군대 건물에 수용되어 있으면서도 춘천의 푸른 자연 속에 방목되고 있는 기분이었다.

한 사람이 내무반으로 들어섰다. 가슴에는 '군종'이라는 마크가 달려 있었다.

"신자들 있으면 손을 들어봐요."

군대에 와서 그토록 부드럽고 공손한 어조는 처음 들어보았다. 더군다나 졸병들에게까지 존댓말을 쓰다니. 나를 비롯한 몇 명이 번쩍 손을 들었다. 그 병장은 손 든 대기병들의 명단을 일일이 확인하고 나갔다.

나중에 그 병장은 나를 따로 불러 통성명을 나누었다. 그 병장은 나의 인적사항을 이미 알고 있었다. 1971년 신춘문예 단편소설 부문에 당선된 나의 소설 제목까지 꿰고 있었다. '만화경萬華鏡'.

그 병장은 제대를 얼마 앞두고 자신의 후임자를 찾고 있는 중이어서 나를 군목에게 적극적으로 추천해주었다. 나는 깊은 산골짜기 중대로 가서 3년 동안 삽질만 할 뻔했다가 그 병장의 도움으로 공병여단 군인교회 군종병으로 복무할 수 있게 되었다.

그 병장은 그 무렵 문단에 이미 등단해 있던 정호승 시인(소설가)이었다. 그때는 정호승씨가 나에게 얼마나 고마운 배려를 해주었는지 미처 헤아리지 못했으나 세월이 지날수록 감사하는 마음이 더욱 생겨난다.

군인교회는 부대 바깥에 위치해 있었기 때문에 그 근방 마을의 민간인들과도 비교적 자유롭게 접촉할 수 있었고 특별한 외출증도 없이 소양강가를 거닐 수도 있었다. 마을 중심에 있는 민간인 교회와 자매결연 비슷한 것을 맺고 있었기에 종종 그 교회에 가서 봉사하는 날이면 근처 우두산에 올라 소양댐 주변의 풍광을 바라보기도 했다.

나는 회색빛 군대 건물에 수용되어 있으면서도 춘천의 푸른 자연 속에 방목放牧되고 있는 기분이었다. 군인교회 근방을 좀 자유롭게 다닐 수 있는 자유에 불과했지만 그 예외적으로 주어진 적은 시간들이 나에게는 엄청난 자유요 특권으로 여겨졌다.

나는 소양강가 풀밭에 앉아 멍하니 강물을 바라보면서 그리운 여인과 가족들을 떠올리는 일이 잦았기 때문에 그 강물이 그리움의 진액처럼 여겨지기도 했다. 그리움의 색깔은 강둑 풀밭의 초록과 강물의 희푸른색이 고루 섞인 것이었다.

춘천은 나에게 인간을 그리워한다는 것이 어떤 것인지 절절히 알게 해준 공간인 셈이다.

군대를 제대하고 춘천을 떠난 후에도 그리움의 대상, 아니 장차 그리워하게 될 대상과 만나게 되면 문득 춘천을 함께 다녀오고 싶은 충동을 느끼곤 했다. 아침에 출발하여 저녁에 돌아오는 하루 코스로 그 대상과 함께 실제로 춘천을 다녀온 적도 몇 번 있었다. 어떤 때는 그 대상과 단둘이 가는 것이 곤란한 경우는 그 대상이 속해 있는 동아리와 함께 가기도 했다.

대상들이 바뀌어도 춘천으로 향하는 내 정서는 거의 변함이 없었고, 춘천 구석구석을 둘러보다가 돌아오는 때의 정서도 어슷비슷했다. 소양강물을 그리움의 진액으로 여겼던 군대 시절의 그 정서로 언제나 돌아가 있는 것이었다.

그러니까 대상 자체가 중요한 것이 아니라 군대 시절의 그 정서가 나에게는 더욱 중요한 것이 되었고, 그 정서를 되살려 다시 맛보기 위해 동행 대상을 택했다고도 할 수 있었다.

춘천 중앙시장 앞에서 소양댐 가는 버스를 타고 산길을 고불고불 올라가면서 댐의 높이를 가늠해보고 정류장에 내려서 가없이 펼쳐진 소양호수를 바라보노라면 인간의 공법工法에 새삼 감탄하게 된다. 빙어회 가게를 지나가다보면 고양이들이 플라스틱 대야에 담긴 빙어들을 주인 몰래 재빠르게 집어 먹고 있는 광경을 목도하기도 한다.

배를 타고 소양호수를 가로질러 청평사 가는 산길로 접어들면 어느덧 세상을 멀리 떠나온 느낌이 든다. 그러다가 이윽고 청평사에 도착하여 대웅전 앞에 서면 그 지붕과 뒷산 너머로는 더이상 아

무엇도 존재하지 않는 듯한 기묘한 기분에 사로잡힌다. 그야말로
세상 끝에 서 있는 절정감이 밀려온다. '무無'의 황홀감.

사실 나는 춘천에서 '무'가 될 뻔한 사건이 있었다. 군종병으로
복무할 때 늘 노리던 물건이 하나 있었다. 군목의 오토바이였다. 물
론 부대에서 지급되는 군용품이었다. 군목은 수시로 군종병들에게
오토바이를 타지 말라고 주의를 주었다.

금기는 위반충동을 불러일으킨다고 했던가. 한번은 군목이 출장
을 간 사이에 내가 오토바이를 몰고 춘천 시내로 나가보았다. 뒤에
는 부대 위생병을 태우고 있었다. 위생병은 시내에 볼일이 있어 내
가 모는 오토바이를 빌려 탄 것이었지만 나는 정작 딴 볼일이 없었
다. 그냥 오토바이를 몰고 시내로 나와보고 싶은 마음밖에 없었다.

소양교를 지나 춘천가도를 달리는 기분은 말로 다할 수 없이 상
쾌했다. 그러다가 바람에 날리는 군모 챙을 한 손으로 붙잡으려고
하는 순간, 이미 위생병과 나는 4차선 아스팔트 도로에 나가떨어져
있었다. 오토바이 역시 아스팔트 한가운데에서 나자빠진 채 헛바퀴
를 돌리고 있었다.

나는 나가떨어지면서도 본능적으로 고개를 뒤쪽으로 돌려보았
다. 뒤에서 달려오는 차량이 있으면 위생병과 나는 즉사할 확률이
백 프로에 가까웠다. 그 도로는 평소에는 군용차량들이 무섭게 질
주하는 곳이었다. 하지만 바로 그 순간, 이 세상의 모든 만물들이
일제히 '얼음 땡' 하며 멈춰선 것만 같은 그 순간, 뒤를 돌아본 내
시야에는 자동차 한 대 보이지 않았다. 도로가 굽어지는 제법 먼 지

점까지 정적만이 흐르고 있을 뿐이었다. 그 한순간의 적요를 나는 평생 잊을 수가 없다. 그 텅 빔과 적요는 나에게 구원이요 생명이었다.

위생병과 나는 육신이 아픈 것은 돌아볼 여유도 없이 급히 오토바이를 일으켜세워 길가로 끌고 나갔다. 그러자 기다렸다는 듯이 차량들이 줄지어 기운차게 달려오기 시작했다. 나는 그 거칠고 두터운 검은 차바퀴들 밑에 위생병과 나의 육신이 연쇄적으로 짓뭉개지는 환영을 보았다.

그 이후 나는 바퀴 달린 물건에 대한 공포증, 좀더 정확히 말해 바퀴 달린 물건을 모는 것에 대한 공포증이 생겼고, 지금까지 운전면허가 없는 이유도 그 공포증과 관련이 있지 않나 싶다.

10여 년 전에 처제의 남편이 시골에서 동네 친구가 모는 오토바이를 타고 출근을 하다가 버스와 충돌하여 그 자리에서 친구와 함께 즉사했다는 소식을 들었을 때나, 몇 달 전에 지인의 대학생 아들이 친구가 모는 오토바이 뒤에 타고 가다가 역시 친구와 함께 즉사했다는 소식을 들었을 때에도, 나는 춘천 소양강 근처 그 아스팔트 도로의 텅 빔과 적요를 또 떠올리지 않을 수 없었다.

춘천가도에서의 그 사건은 나에게서 영영 운전대를 앗아갔지만 운전면허에 연연하지 않고 대중교통을 주로 이용하며 부지런히 걸어다니는 습관은 내 건강의 비결이 되고 있다. 춘천이 내 인생에 준 특이한 선물인 셈이다.

무엇보다 춘천은 내가 군대에서의 경험을 소설화하여 『라하트

춘천은 나에게 인간을 그리워한다는 것이 어떤 것인지 절절히 알게 해준 공간이다.

하혜렙』이라는 장편으로 제9회 '오늘의 작가상'(민음사 제정)을 받고 문단에 재데뷔하는 데 디딤목 역할을 해준 공간이라 할 수 있다.

춘천에서 보낸 세월이 다시금 창작활동을 하도록 인생의 방향을 크게 바꿔주었고, 그 공간에 내 청춘의 귀중한 시간들이 녹아 있으므로 춘천은 이미 나에게 어떤 '원형原型'이 되어 있다고 해도 과언이 아니다. 시공을 초월하여 끊임없이 재생하려는 경향을 지닌 원형.

이제는 그리움의 대상과 함께 춘천으로 가는 것이 아니라 누군가가 그리워지면 춘천으로 가야 하리라. 아니, 춘천에 가면 그동안 잠재되어 있던 그리움의 대상들이 소양강가의 아지랑이처럼 아른아른 떠올라오리라.

조성기 — 1951년 경남 고성 출생. 서울대 법대 졸업. 1971년 동아일보 신춘문예로 등단. 오늘의 작가상, 이상문학상 등 수상. 현재 숭실대 문예창작학과 교수로 재직중. 소설집 『왕과 개』 『통도사 가는 길』 『우리는 완전히 만나지 않았다』 『실직자 욥의 묵시록』, 장편소설 『라하트 하혜렙』 『야훼의 밤』 『욕망의 오감도』 『우리 시대의 사랑』 『굴원의 노래』 등이 있다.

트랙

강영숙(소설가)

　지난여름 아이들을 데리고 춘천에 간 첫날, 우리는 밥만 먹고 곧
바로 의암빙상장으로 갔다. 전국 고교 아이스하키 대회의 준결승전
이 열리고 있어서 스케이트는 신지도 못했지만 구경하는 것만으로
도 너무 신이 났다. 말로만 듣던 하키 명문 고등학교의 경기여서 그
런지 관객들도 많았다. 그 다음날에는 결승전이 열리기로 되어 있
었기 때문에 스케이트를 신으려면 하루를 더 기다려야 했다. 시내
에서 이런저런 볼일을 본 다음날 우리는 집으로 가지 않고 또 빙상
장으로 달려갔다. 에어컨이 없는 친척집으로 바로 가기보다는 빙상
장에 가서 더위를 식히고 싶었기 때문이었다. 지난겨울에도 사실
우리는 빙상장에 가기 위해 춘천에 갔고 크리스마스와 연말 휴가를
빙상장에서 다 보냈다.

우리 가족은 내가 중학교 1학년 때 춘천에서 서울로 이주했다. 아버지는 춘천으로 군 입대를 하게 되면서 태생지인 대구를 떠났고 춘천 출신 여자와 결혼했다. 삼대독자인 아버지를 따라 대구의 가족들이 다 춘천으로 이사했고 춘천에 정착하고 싶어했다. 그러나 무슨 이유에서인지 우리 가족은 춘천에 정착하는 데 실패했고 다시 대구로, 서울로 흩어졌다.

남산에 있는 숭의여중으로 전학을 간 나는 수업이 끝나면 빙상부 아이들이 연습중인 체육관 입구에 서서 시간을 보냈다. 성적은 하루아침에 바닥을 기었고 자존심은 큰 상처를 입어 말할 수 없이 힘이 들던 때였다. 빙상부 아이들은 오른쪽과 왼쪽에 긴 막대가 붙어 있는 미끄러운 깔개를 깔아놓고 실제로 스케이트를 타는 것과

똑같은 폼으로 체력운동을 했다. 폼 교정을 받고 야단을 맞고 또 훈련을 하고, 그걸 보고 있으면 금세 해가 저물었다. 키가 크다는 이유로 육상이나 배구 등 어린 시절 내내 운동선수로 불려 다녔지만 내가 정작 제일 좋아했던 건 아이스 스케이트였다.

작가가 되고 아이 둘을 낳고 아주 한참이 지나서야 나는 춘천의 매력을 발견하게 된 것 같다. 그전 같으면 자동차를 몰아 중도 건너편 길을 드라이브하거나 어릴 적 피아노를 치며 놀았던 춘천교대 마당에 가보는 게 다였다. 의암빙상장에 처음 갔던 날, 검은 제비처럼 유니폼을 빼입고 한 팔을 높이 치켜들며 커브를 돌고 있는 가냘픈 몸매의 초등학교 선수들을 본 순간 왈칵 눈물이 나려고 했다. 처음엔 컵라면이나 아이스크림을 사 먹는 일에만 흥미를 느끼던 아이

의암빙상장

들도 스케이트를 신은 지 며칠이 지나자 더이상 넘어지지 않았고, 집에 가자고 해도 갈 생각을 안 했다. 방학이 되면 춘천에 와 집중 지도를 받고 싶다면서 우선 근사한 옷과 스케이트부터 사달라고 졸랐다.

어릴 때는 인위적으로 물을 대어 얼린 논에서 스케이트를 탔다. 유도 선수 출신이었던 아버지는 방학 때만 되면 나를 업어 스케이트장까지 데려다주었다. 무남독녀라 안 그래도 버릇이 없는데 매일 업고 다닌다며 투덜거리던 엄마의 목소리가 아직도 귀에 쟁쟁하다. 아버지는 스케이트 끈을 단단히 매어주고 출발선에 서게 한 다음 내 엉덩이를 세게 때리면서 "앞으로 가라!"고 소리를 질렀다. 자전거 타는 법을 가르쳐줄 때도 아버지는 그런 식이었다. 갑자기 자전거 몸체에서 손을 떼고는 "달려!" 하고 소리를 쳤다.

해가 질 때까지 친구들과 지치도록 스케이트만 탔다. 추위도 모르고 배가 고픈 줄도 모르고 오로지 두 다리의 안정된 자세와 자연스런 커브와 정지 동작을 어떻게 하면 멋지게 연결할 수 있을까만 고민했다. 때로 스케이트장에서의 갈등이 장외로도 이어져 땅 위에 서조차도 서로 멋진 폼을 만들어보겠다고 시간 가는 줄을 모르고 시뮬레이션 동작에 열을 올렸다. 물론 지금은 절대로 그 어린 시절의 동작이 나오지 않는 둔중한 몸이 되어버리고 말았지만 그 날렵함과 가벼움은 늘 동경의 대상이었다.

1970년대 말 춘천 분위기가 어떠했는지 잘 기억이 나지 않지만 왠지 우리 집 주변에는 갈등이 많았던 것 같다. 그중 가장 기억에 남는 것이 아버지가 정치판 사람들과 어울렸다가 엄청나게 맞고 들어온 일이었다. 백 킬로그램이 넘는 거구에 단 한 번도 싸움에서 밀린 적이 없는 아버지가 맞고 들어오자 정작 자존심이 상한 건 엄마였다. 몸보다 좀 큰 듯한 양복을 입은 사람들이 우리 집으로 잔뜩 몰려와서는 종합선물세트와 노란 바탕에 나비 모양이 그려진 내 원피스 한 벌을 놓고 갔다. 그들이 돌아가고 난 후 아버지는 이상하게 외출을 잘 안 했다.

그러거나 말거나 나는 겨울이 오기만 기다렸고 겨울이 오는 즉시 스케이트장으로 달려갔다. 그러던 어느 날, 서울에서 전학 온 한 남자애가 스케이트의 지존으로 떠올라 우리 동네의 그 누구도 따라잡기 어려운 실력을 선보였다. 더 기분 나쁜 건 그애가 신고 있는 스케이트가 외국에서 사온, 좀 특이한 흰색 가죽이라는 점이었다. 결국 검은색 스케이트를 신는 나와 몇몇 친구들은 자존심이 상해 동네 스케이트장을 떠나기로 결심했다. 그리고 우리는 버스를 타고 지금은 아파트가 들어선 공지천 스케이트장으로 출퇴근을 하기 시작했다.

내가 살던 동네에서 공지천까지 자동차로 몇 킬로미터나 될까. 이쪽과 저쪽 세상은 판이하게 달랐다. 일종의 문화충격이라고 말할 수 있을 것 같은데 우선 공지천 스케이트장에는 먹을 게 많았다. 떡볶이와 오뎅 심지어 붕어빵에 아이스크림까지, 모두들 스케이트는 안 타고 뭘 사 먹는 데만 열중했다. 게다가 스케이트를 타러 오는 사람들의 패션이 남달랐다. 평상복 위에 엄마가 손뜨개로 뜬 모자와 장갑만 착용한 우리는 너무나 촌스러웠다. 희고 긴 목도리를 둘둘 휘감은 여자애들의 눈부신 분홍색 파카와 누빈 바지는 보고만 있어도 눈이 시렸다. 게다가 우리에겐 준엄한 연습 현장이었던 스케이트장은 서울에서 놀러 온 대학생 커플들의 연애질 장소로 이용되었던 것이다. 스케이트장은 개장하자마자 사람들로 넘쳐나 스피드를 낼 수도 없었고, 운이 좋아 시합이 있는 날에나 가야 고수들의 폼을 구경할 수 있었다. 그즈음 나는 살짝 스케이트에 흥미를 잃었고 친구들과도 사이가 멀어졌다.

아버지가 하는 일이 꼬이는 건지 세상이 그랬던 것인지 5학년이 되면서 우리 집에서는 고함 소리가 자주 들렸다. 그리고 나는 또 키가 크다는 이유로 이번엔 학교 대표 배구선수 팀에 끼게 되었다. 배구는 스케이트에 비하면 팀워크가 중요한 운동이어서 조금은 제멋대로인 내 성격과 잘 맞지 않았다. 또 훈련을 할 때는 근사하던 폼

이 막상 공이 날아오면 폼이고 뭐고 다 무너지고 공을 받아 넘기기에 급급했다. 나는 그 순간의 무너짐이 싫었다. 게다가 시합에서 이겨도 때리고, 져도 때리고 맞기도 지겨웠다. 그러면서도 왜 그런지 스케이트장엔 다시 가고 싶지 않았고 스케이트에 관한 몽상만 키워갔다. 5학년 2학기 때는 잠깐 멀리뛰기 선수도 했는데 공중에서의 순간 체공과 착지 동작이 매력적이어서 배구보다는 참을 만했다. 에드거 앨런 포가 멀리뛰기를 잘했다는 글을 어디선가 읽고 대문호와 나 자신을 동일시하느라 흥분한 적도 있었다.

분지라서 그런가. 춘천은 겨울만 되면 너무 추웠다. 1978년인지, 79년인지 확실히 기억나지는 않지만 어느 날 늘 같이 스케이트를 타던 남자 동창 녀석이 집에 찾아왔다. 그리고 무슨 중요한 전언이라도 되듯 심각하게 말했다.

너 이영하 알아? 한국 최고의 스피드스케이팅 스프린터! 그 이영하가 공지천에 온대.

지금은 공무원이 된 그 친구는 그 말을 전하고 점퍼 주머니에 손을 찌른 채 집으로 돌아갔다. 나는 거짓말하면 안 된다고 소리를 질렀지만 이영하에 관한 몽상이 그날 밤부터 시작됐다. 그리고 그 겨울, 매일같이 공지천에 갔다. 집안은 어떻게 돌아가든 상관없었고 세계주니어선수권대회에서 우승을 했다는 그가 스케이트 타는 모습을 딱 한 번이라도 보는 게 유일한 소원이었다.

사실인지 아닌지는 알 수 없지만 몇 년 전 뉴스에서, 나에게는 전설이었던 이영하가 무슨 비리에 연루된 걸로 의심을 받고 있다는 기사를 본 적이 있다. 도무지 믿을 수 없는 일이었지만 내 전설도

나이를 먹어가고 있는 중이라는 생각이 들어 굉장히 슬펐던 기억이
난다.

해가 쨍쨍 내리쬐고 바람은 칼 같던 그해 겨울, 나는 공지천에서
이영하를 봤다. 무슨 대회였는지는 잘 모르겠지만 사람들이 모두
다 "이영하다"라고 소리를 질렀다. 대열에 서 있는 선수들은 동네
에서 보던 선수들과는 몸이 달랐다. 커다란 키와 긴 팔다리, 허리
아래 올라붙은 탄탄한 엉덩이, 더이상 팽창할 수 없을 만큼 팽창한
허벅지 근육과 그로 인해 더 잘록해 보이는 무릎, 그 아래로 뻗어내
려간 단단한 종아리 선은 단순하고 아름다웠다. 이영하는 그 대열
에서도 단연 최고였다. 흰색 유니폼 위에 그려진 푸른색의 선명한
라인 때문에 그는 실재하지 않는 비밀스런 존재처럼 보였다. 선수
소개 타이밍에서 한 팔을 번쩍 들어올려 환호하는 그의 얼굴을 나
는 멀리서도 바로 볼 수 없었다.

스케이트에 묻은 눈을 털고 자세를 가다듬고 총소리가 들리고
선수들은 출발했다. 관중들은 일제히 호흡을 멈춘 채 환호성조차도
지르지 못했다. 나는 가만히 서 있었지만 금세 저만치 앞서 나가는
이영하의 폼을 내 몸속에 영원히 새겨넣고 싶었다. 그를 만난 건 내
인생 최초의 기적이었다.

지난여름에는 드디어 빙상장 직원에게 이영하씨의 안부를 물었
다. 인터넷에서 찾으면 금세 나올 일이지만 그렇게 하고 싶지 않았
다. 어느 대학의 체육학과 교수를 하고 있다는 말에 조금은 안심도
되고 조금은 싱겁기도 했다. 어쩌면 그날 흰색 유니폼 위에 파란 줄

이 간 옷을 입었던 그 선수는 이영하가 아니었는지도 모른다. 이영하가 공지천에 왔는지조차도 사실은 확실치 않다. 그러나 그날 나는 분명 이영하를 봤다.

내가 스케이트를 좋아하는 이유는 기본적으로 스피드 운동이기 때문이지만 그 속엔 매우 시적이라고 표현할 수 있는 느린 동작도 포함되어 있기 때문이다. 모든 복잡한 생각을 단순한 동작 속에 가두고 가능한 멋지고 폼 나게 스피드를 내는 것, 어느 순간 그런 태도가 내 삶의 지향성이 되어버리고 말았음을 나는 뒤늦게 깨달았다. 더불어, 머리는 좋지 않지만 스케이트 덕분인지 튼튼한 허벅지는 덤으로 갖게 되었다.

강영숙 1966년 춘천 출생. 서울예대 문예창작과 졸업. 1998년 서울신문 신춘문예로 등단. 2006년 한국일보문학상 수상. 소설집 『흔들리다』 『날마다 축제』와 장편소설 『리나』가 있다.

나의 생에도
춘천으로 가는
길이 있다

신달자 (시인)

춘천가도는 아름다웠다. 거리에는 봄기운이 여린 햇살과 함께 나무 주변들을 돌고 있었다.

차는 부드럽게 달렸다. 어린아이가 분에 넘치는 예쁜 장난감을 받았을 때의 만족감이랄까 꿈꾸어보지도 못한 막연한 이상적 정점에 다다른 것 같은 기분이 그 순간순간들을 설레게 했다.

자가용이 부를 나타내기도 했던 시절의 느긋한 만족감이 차창으로 불어오는 바람과 섞이고 있었다. 호기심과 불안이 약간씩 겹쳐지기도 했지만 가장 뚜렷한 감정은 제법 두꺼운 흥분과 야릇한 기쁨이라고 해도 좋았다.

"아 좋다"라고 나는 말했다 그러나 운전석 옆에 앉은 나의 자리는 편하다고는 할 수 없었다. 그것은 좌석의 불편함이 아니라 심리적 불편이 더 컸다. 조심스러운 자리라고 할까, 털썩 주저앉을 만한 자리는 아니었다. 그 약간의 조심스러움과 어렵게 느껴지는 분위기에서 나의 어깨는 조금 딱딱해져 있었을 것이다. 그러나 나의 긴장된 몸과는 달리 자동차는 유연하게 달리고 있었다. 그래 아주 유연하게……

나는 그 자리에서 운전석과 운전석 옆의 거리가 매우 가깝다는 것을 알았다. 앞을 보고 가지만 바로 옆의 한 존재는 너무 크게 거기 있었다. 자동차의 공간이 우주의 공간으로 확장되어 있었고, 그 순간 모든 세계는 정지된 채 그 자동차만이 살아 움직이고 있었다. 그건 그랬다, 결코 의심할 수 없는 일이었다.

그렇다. 우주를 한 사람으로 축소할 수 있다는 것이 바로 이런 것이구나 하고 나는 생각했다. 그런 나의 감정이 저 혼자 익어가면서 나는 자리가 영 편하지 않았다. 서로 고개를 돌리면 민망할 정도로 얼굴이 가까워지기도 하는 그 거리쯤에서 나는 그 자동차에서 내리고 싶은 충동을 처음으로 느끼기도 했다.

가슴이 조밀한 조직처럼 당겨지고 누가 악기를 뜯는 것처럼 쿵쿵거리는 리듬까지 나는 너무 부담스러웠다. 그러나 그 부담스러움을 느긋하게 수습할 수 있게 만드는 것이 있었는데 그것이 음악이었다.

"쇼팽이야."

거기서 그쳤으면 좋았을 걸 그는 듣는 곡의 정확한 설명을 덧붙였다.

"피아노 소나타 제2번 b단조 작품 143번이야, 이 곡 알지?"

나는 쇼팽이야, 라고 할 때까지는 아 그래요, 하고는 아는 척 앉아 있었다. 그러나 그 곡의 세밀한 설명까지 덧붙이자 나는 서서히 주눅이 들기 시작했다. 나는 다시 차에서 내리고 싶었고 난감한 분위기를 수습할 그 어떤 능청도 내겐 없었다. 쇼팽의 피아노 소나타는 계속 흐르고 차창에는 막 새잎이 돋아나는 연녹색 새봄순들이 자지러지게 피어나고 있었다.

모르는 것을 모른다고 한다는 것이 얼마나 어른스러운지 얼마나 사람다운지 얼마나 마음 가벼운 것인지 나는 알지 못했을까. 나는 잠시 어지럼증을 느꼈다. 쇼팽의 소나타 그리고 차창 밖의 새봄 풍경 그리고 우리가 달리고 있는 곳은 춘천가도라는 아름다운 곳…… 나는 물론 처음 가보는 곳이었고 처음으로 아름다움이 절박할 수 있다는 생각을 했고, 나는 그 아름다움 앞에서 초라한 내 상처들이 만져져 울고 싶었다.

왜 울고 싶은 것도 이렇게 화려한지 나는 마음이 절정으로 가고 있는 위태로움과 즐거움과 그리고 확실하게 난감한 나의 시간들 앞에 아주 간단하게 그 차에서 내리고 싶은 마음만이 절실했다.

너무 화려한 의상을 입고 조명을 받으며 무대에 오른 것 같은 어울리지 않는 어색함이 또한 나를 괴롭히기도 했다.

그때 차창으로 비치는 교회 하나가 눈에 들어왔다. 내가 보기는 그냥 교회였다. 어느 동네에서나 볼 수 있는 교회였다. 다른 교회와 다르다면 십자가가 두 개의 지붕에 달려 있었던 것인데 그는 그것조차 놓치지 않고 말했다.

"쇼팽의 고향 젤라조바 볼라에 가면 저런 교회가 있어. 부로프

교회라고 쇼팽의 어머니 아버지가 결혼을 한 곳이기도 하고 쇼팽이 세례를 받은 교회이기도 하지."

"쇼팽이 세례를 받았나요?"

왜 그렇게 응수하지 못했는지 나는 다시 차에서 내리고 싶어졌다. 그의 말에 나는 대답이 궁하다는 걸 알았고, 나는 아 그래요 몰랐네요, 이런 말을 할 수가 없었다. 나는 처음부터 쇼팽을 잘 알고 있는 것처럼 그와 대화를 시작했던 것이다.

차는 달리고 있었다. 그 다음 곡이 꽝꽝 하는 것이 어디서 듣던 곡이었다.

"이건 잘 알지?"

"네, 차이콥스키……"

"비창이지. 교향곡 제6번 b단조 작품 74번."

무슨 사람이 비창이면 비창이라고 말하면 되지 작품 몇 번까지 말해야 하나, 아아 나는 내리고 싶어, 나는 계속 그런 내리고 싶은 마음의 뇨기를 느끼며 그러나 즐겁고 화사하게 달리고 있었다.

나는 문화적 허영이 남다르다. 그가 적어도 내가 허기를 느끼는 내 인생의 문화적 허기만은 완벽하게 해소해줄 것 같은 신뢰가 차에서 내리고 싶은 마음을 달래고 있었을 것이다. 곡은 다시 바뀌었다.

"이 곡 알지. 멘델스존의 〈한여름밤의 꿈〉이야."

아아, 그는 또 곡 설명에서 그치지 않고, 멘델스존은 은행가인 아버지, 철학자인 조부 아래 자랐으며, 부유했으나 유태인의 후예라는 것으로 인해 고민을 했고, 그러나 비극적인 생애를 보낸 베토벤이나 고난의 모차르트보다 혜택을 받고 성장한 무난한 생애라고 말하고 있었다. 그러나 나는 거의 절반은 다 듣지 못했다.

"춘천엔 자주 갔나요?"

나는 그 말을 멈추기 위해 물었다.

"그럼 자주 갔지. 마음이 답답해지면 이 길을 달리지. 춘천은 출발에서부터 황홀해져. 간다고 생각만 해도 절반은 답답한 것이 해소되는 것 같아. 그럴 때가 있거든. (이런 이야기를 할 때 그의 눈은 마치 젖는 것처럼 우울한 표정을 지었다. 네가 우울하면 내가 위로해주고 싶다. 나는 엉뚱한 생각을 하고 있었다.) 서울을 20분만 빠져나와도 이런 길이 보이지. 저봐! 저 나뭇잎들, 저 새싹이 나오는 것을 눈엽嫩葉이라고 하지. 계집 여에 묶을 속에 둥글월 문에…… 저 눈엽!"

무슨 말을 해도 줄줄이 대답하는 이 사람이 도무지 모르는 것은 뭘까 싶어, 나는 옆으로 고개를 돌려 그의 얼굴을 찬찬히 보고는 얼른 앞으로 시선을 돌렸다.

　"춘천은 뭐가 유명해요?"

　"호수지…… 호반의 도시라고 하잖아. 그러나 나는 춘천에 호수만 있다고 생각하지 않아. 춘천에는 춘천이 있어. 날 이끄는 물줄기가 있지. 춘천을 간다고 생각하면 간다고 생각하는 그 순간부터 춘천이야."

　나는 생각했다. 춘천과 긴밀히 내통한 사연이 있는 사람인지 모른다…… 그는 어느 누구와의 사연으로 춘천에 가고, 나는 어느 날 이날의 사연으로 춘천을 가게 되지는 않을는지. 춘천은 그런 고

리로 사람들을 불러오나봐. 그래서 춘천은 늘 봄인가? 그래, 그러면 어때, 나와는 상관없는 일이다. 나는 춘천 마니아와 함께 춘천을 보고 읽으면 되는 일이다. 그에게 너무 깊이 물들지 말라, 나는 나에게 말하고 있었다.

음악은 다시 브람스에서 드뷔시로 바뀌었고 영락없이 설명이 덧붙여졌다.

"춘천에는 의암댐이 이룬 의암호가 있고 의암호는 소양강과 공지천이 서로 흘러들어 있지."

"공지천이 뭐예요?"

"이황이 한때 그곳에 산 적이 있는데 그곳이 이황의 호를 딴 퇴계동이었대. 그 동네는 공지천을 끼고 있어. 전설에 의하면 이황이 짚을 썰어 강에 던지면 모두 공미리라는 고기로 변했다는 거야. 그래서 공지천이 되었다는 이야기가 있지. 그러나 그것은 뭐 별 의미가 없고…… 우리는 그저 여기 왔을 뿐이야."

나는 그가 '우리'라고 한 말에 순간 깊은 숨을 몰아쉬었다. 그리고 속으로 '우리'라고 발음해보았다.

나는 가는 곳마다 "좋다……" 하고 감탄사를 질렀고, 그는 그런 내 마음을 더욱 탄력성 있는 이야기로 끌어올렸다.

"조선시대 이중환은 『택리지』에서 강을 끼고 있는 이 나라의 고을 중에 이곳을 평양 다음으로 살기 좋은 곳으로 꼽았어. 이제 조금 더 있으면 좋다라는 소리를 멈출 수 없을걸."

그는 자신 있게 말하며 나를 눈웃음으로 슬쩍 바라보았다. 아, 나는 이런 순간에도 얼른 차에서 내려 숨을 고르고 싶은 생각이 솟

구치곤 했다. 춘천가도에 혼자 서서 아아 하고 소리치고 싶은 뜨거운 열락이 내 안에 끓어오르고 있었다.

그 다음으로 그의 차에서 내린 곳은 소양강 고개 나루에 있는 '실비집'이라는 막국수 집이었다.

그는 계속 말이 많아졌다. 호텔 레스토랑하고는 다르지만 춘천에 오면 이 집의 막국수를 먹어야 해. 나는 벽 쪽 가장 편안한 곳에 자리를 잡고 앉았다. 막국수가 나왔고 나는 그것을 어떻게 먹었는지 맛이 어떠했는지 전혀 기억이 없다. 나는 물 위에 떠 있는 풍선처럼 아무 생각 없이 붕붕 떠 있었다.

"한 그릇 더 먹고 싶은 생각이 있나?"

"아뇨……"

나는 손을 흔들었다. 그리고 그는 더 먹으면 숙녀가 아니지……자신은 폭식하는 여자를 보면 어머니 같다고는 생각되지만 숙녀 같게는 느껴지지 않는다라고 말했다.

나는 숙녀가 되어야 하나 어머니 같은 향수를 불러일으키게 해야 하나 순간 망설였지만, 막국수는 더 먹지 않았다. 그 순간 먹는 것은 아무 의미가 없었다.

"코피 마시고 싶지? 벌써 코피 향이 나네."

그는 커피라 하지 않고 늘 코피라고 했다. 커피는 어디 가서 먹을 것인지. 듣기로 그는 커피에 대해 매우 까다롭고 외국여행을 가면 마음먹고 사는 것이 커피라고 했다. 나는 기대가 되었다.

그 시절만 해도 다방이 있었지만 그는 그것을 싫어한다고 들었다.

그가 데리고 간 곳은 공지천 가에 있는 '이디오피아의 집'이었다.

그곳에선 에티오피아 커피를 팔고 있었다. 에티오피아 군인들이 6·25전쟁에 참전한 것을 기념하기 위해 참전기념비와 함께 세운 집이란다. 막국수와 맞먹는 춘천의 명물이라며 그는 내게 아마 잊을 수 없는 맛일 거라고 강조했다.

나는 그날 석 잔의 커피를 마셨다. 마치 독주처럼 커피 향에 취했다. 그 분위기, 그 맛, 그리고 별들이 툭툭 튀어나올 것 같은 그와의 대화들. 나는 커피 석 잔을 시간을 손가락으로 파듯 깊이 음미하며 목으로 넘겼다.

경험이라는 것이 시간 속에 음각된다면 그와의 시간, 춘천이라는 하루 여정의 드라이브는 이제까지 추억의 시간들을 모조리 내쫓고 그 자리에 춘천이 들어앉을 것만 같았다. 서운하지 않았다. 나는 그렇게 생각하고 있었다.

그러면서도 내내 나는 차에서 내리고 싶은, 뇨기 같은 초조감을 느꼈으며, 그런 기분은 감정이 고조될 때 더욱 절실해졌다.

그의 차내 강의는 다시 시작되었다.

"눈 감아봐."

나는 온몸이 굳는 듯한 치명을 느꼈다.

"왜 그렇게 놀라. 눈 감는 걸 무슨 큰 외설로 생각하는 것 같애. 지금부터 눈을 감고 죽지랑이 말을 달리던 우두 벌판을 떠올려봐. 물론 상상이지. 시인이면 그런 상상력쯤에 돛을 달 줄 알아야지. 신라 향가 중에 「모죽지랑가」 알지? 이 노래는 신라가 삼국을 통일하는 데 김유신과 함께 큰 공을 세운 화랑인 죽지랑의 사람됨을 흠모하여 그의 낭도인 득오가 지은 것인데, 죽지랑은 여기서 태어나 어린 시절을 보냈어. 그가 말 타는 법을 익힌 곳이 우두동 우두 벌판이야. 말 달리는 소리가 들리나?"

"우두 벌판이라는 지명까지 실감나는 것 같아요."

그는 더욱 신명이 났는지 아리랑 가락을 흥얼거렸다.

춘천아! 봉의산 너 잘 있거라.
신연강 뱃머리 하직이다.
귀약통 납날개 양총을 메고 벌업산 접전에 승전을 했네.
우리네 부모가 날 기르실 제 성대장 주려고 날 길렀나.

"춘천 아리랑이야. 그 시절 민란이 일어났을 때 불렀던 슬픈 노래지. 아리랑은 늘 우리네 한을 담고 있잖아."

"더 부르세요."

나는 박수를 쳤다. 박수를 치는 내 손을 그의 손이 와서 가볍게 쳤다.

내 박수 소리가 끝날 때쯤 자동차는 소양강 구봉산 휴게소에 가 닿았다. 지금은 카페촌으로 유명한 곳이 되었다는데 그 시절엔 휴게소라는 이름으로 간식과 커피를 팔았다. 우리는 거기서 서울에 가야 겨우 자정 안에 집에 들 수 있을 것이라는 시간을 확인했다. 하루를 같이 살았다. 밥 먹고 커피 마시고 운전석 옆 가까운 거리에서 열 시간 가깝게 춘천에서 동거했다. 그런데 그의 키도 얼굴도 이름도 아무것도 기억나지 않는다. 얼굴 앞에서 확 불을 켠 듯 하루는 그렇게 지나갔고, 나는 지금도 그에게서 내리고 싶어하는 그 뇨기를 붙들고 있다. 생각 같아선 두 팔을 들어올리면 날 수도 있겠다는 마음이 있었다. 좋은 추억이란 날개 같은 게 아닐까. 실제로 겨드랑이가 가렵기 시작했다.

신달자 ─── 1943년 경남 거창 출생. 숙명여대 국문과와 동대학원 졸업. 1964년 『여상』 여류신인문학상에 당선되어 등단. 대한민국문학상, 시와시학상, 한국시인협회상, 현대불교문학상, 영랑시문학상 등 수상. 현재 명지전문대 문예창작과 교수로 재직중. 시집 『봉헌문자』 『아버지의 빛』 『어머니 그 삐뚤삐뚤한 글씨』 『오래 말하는 사이』, 장편소설 『물 위를 걷는 여자』, 산문집 『여자는 나이와 함께 아름다워진다』 『고백』 『너는 이 세 가지를 명심하라』 등이 있다.

미래의
서울,
춘천

오탁번 (시인)

2008년 가을, 현재의 내 주민등록지는 춘천시 퇴계동 1021번지 뜨란채 아파트이다. 세대주는 아내 김은자이고 나는 그 밑의 세대원인데 남자 체면에 여자 밑으로 들어가는 게 뭣하기는 해도 어쩔 수 없이 그렇게 되었다.

아내가 춘천에서 20년 동안 전세 아파트에 살면서 주민등록을 옮겨놓고 있었기 때문에 나는 일찍이 주민등록상으로는 '독거노인'이었던 것인데, 지난해 어느 날 문득 뜻한 바 있어서 주소지를 아예 춘천으로 옮겨놓게 된 것이다.

뜻한 바 있다는 것은, 뭐 대단한 것이 아니고, 서울 도곡동 삼호 아파트에서 30년 가까이 살면서 아들딸 다 키워 시집장가 다 보내고 나니까, 춘천의 한림대학에서 교편을 잡고 있는 아내는 이제 세상사 다 시들해졌는지, 허리 아프네, 논문 쓰네 하면서 서울 발길이 점점 뜸해지는 것이었다.

어느 날, 빈 안방, 빈 아들방, 빈 딸방만 있는 집에 홀로 외롭게 앉아서 티브이에서 아홉시 뉴스를 보고 있을 때였다. 카이스트에서 인공지능 로봇을 제작했다는 뉴스였다. 깜찍하게 생긴 아가씨 로봇이 주인을 알아보고 눈을 깜박이며 인사를 하는 것이 아닌가. 나는 문득 저걸 하나 사다가 현관에 놓아야겠다는 생각이 퍼뜩 들었다. 어두운 빈집에 들어오면서 느끼는 적막감이 바로 해소되겠다 싶은 생각이 든 것이었다. 현관문을 열고 집에 들어설 때마다 눈을 깜박이며 상냥하게 인사를 하는 아가씨가 있으면 오죽 좋겠느냐는 생각이 든 것이었다. 그래서 이튿날 수소문해서 로봇에 관해 알아보았

다. 아뿔싸! 값이 무려 3억원이란다. 또 시제품이어서 살 수가 없다는 것이었다.

아아. 내가 지금 너무 외롭구나. 벼락에 맞은 것처럼 이런 생각이 들었다.

나는 부랴부랴 아파트를 전세 놓고 춘천 아내 집으로 이사를 했다. 부부가 한 이불 속에서는 못 자도 주민등록은 한 군데 있어야 된다는 것을 뒤늦게 깨달았다. 평소에 정년퇴직을 하게 되면 깊은 산속으로 들어가서 암자를 짓고 인간세계와는 절연하고 살겠다고 떵떵거린 것도 다 흰소리였다는 것을 스스로 깨닫게 된 것이었다. 사람은 역시 사람 사이에서 살면서 지지고 볶으면서 살아야 된다는 것을 뒤늦게 절감한 것이었다.

그래서 나는 지금 춘천시민이 되었다. 주민등록을 이전하기 위하여 퇴계동사무소에 갔을 때 나는 말했다. 요즘 지방도시마다 인구를 늘리려고 안달인데 춘천시민이 한 명 늘었으니까 기념품 같은 거 안 주느냐고. 그랬더니 춘천은 그런 게 없단다. 춘천은 도청 소재지여서 배가 불렀는지, 볼펜이나 수건 하나 안 주고 나 같은 모범시민을 공짜로 챙긴 것이다.

내가 춘천시민이 된 것은 앞에서 이야기한 적막감 때문만은 아니었을지도 모른다.

무의식 속에서 어느 날인가는 내가 춘천에 가서 살지 모른다는 생각을 은연중에 하고 있었는지도 모른다. 왜냐하면 춘천에는 '영희 누나'가 살기 때문에!

누나는 오늘의 '나'가 있게 한 분으로 내 시와 글에 여러 번 나와서 알 만한 사람은 다 알고 있을 것이다. 내가 '영희 누나'를 시와 산문에서 하도 여러 번 말했기 때문에 지난 학기 어느 지방대학에서 나온 내 시를 분석한 석사논문에는, '영희 누나'가 나의 시세계의 근저에 항상 원형적 상징으로 작용한다는 지적까지 있을 정도이니 말이다. 가난한 소년에게 꿈을 심어주어 마침내 그 소년이 모든 역경을 극복하고 성공한다는 전형적인 서사구조가 사람들에게 깊은 인상을 주었는지도 모른다. '선생님'이 '누나'가 되는 인간관계가 차라리 시적 변용보다 더 시적이라고 느끼는 사람이 많았는지도 모른다.

벌써 오래전에 쓴 시 「영희 누나」를 한 부분만 옮겨보겠다.

멀리 솟은 천등산 아래 잠든 마을에
풍금을 잘 치는 예쁜 여교사가 왔다
어느 날 하굣길에 개울의 돌다리를 건너며
들국화 한 송이 가리키듯 나를 손짓했다
탁번아 너 내 동생 되지 않을래?
전쟁 때 부모가 다 돌아가시고
오빠도 군대에 가서 나는 너무 외롭단다
선생님이 누나가 되는 정말 이상한 일이
아무렇지도 않은 듯 일어났다
송홧가루 날리는 봄 언덕에서
나는 산새처럼 지저귀며 날아올랐다
누나다 누나다 선생님이 이젠 누나다
영희 누나다 영희 누나다

어쩌자고 스물한 살짜리 여교사가 성도 피도 다른 나를 동생으로 삼고 또 내가 초등학교를 졸업하자 자기 오빠가 사는 원주로 중학교 진학을 시켰던 것일까. 어쩌자고! 누나는 학교를 그만두고 결혼을 하여 춘천으로 떠났고 직업군인이었던 영희 누나의 오빠는 1년 후에 철원으로 부대 이동을 하여 또 원주를 떠났다. 그후 내 어머니가 원주중학교 옆에 방을 얻어서 삯바느질하면서 나를 뒷바라지했다. 스물몇 살밖에 안 된 나이였던 영희 누나, 그저 정 때문에 나에게 중학교 진학의 모티프를 제공해주었던 영희 누나였던 것이다. 내 생애가 이어지는 험난한 길 위에 이정표를 세워준 영희 누나

는 결혼 후에 다시 복직을 하여 춘천과 화천 등지에서 오래 교편생
활을 하다가 은퇴했다.

그 누나가 지금 춘천 사농동 아파트에 살고 있다. 나보다 열 살
많은 일흔여섯 살 된 영희 누나가 살고 있는 곳, 춘천!

나는 충청북도 제천 태생이다. 그러나 원주에서 중고교를 다녔
기 때문에 반은 강원도 사람인 셈이다. 나는 언젠가 술자리에서 이
렇게 말한 적이 있다.

"강원남도 초대 도지사는 바로 나다."

벌써 20년도 더 전에 행정구역 개편안이 발표된 적이 있다. 그때
경기도와 강원도를 남북으로 나누어서 경기남북도, 강원남북도로
나누자는 안이었다. 생활권이 같은 충북의 제천, 단양과 강원도의
영월, 원주, 횡성을 합해서 강원남도를 만들자는 안이었다. 옳거
니! 만일 그렇게만 된다면 강원남도 도지사는 내 차지다 하는 생각
이 퍼뜩 들었던 것이다. 나 말고 충북 제천과 강원도 원주에 지연과
학연이 있는 사람이 어디 있겠는가. 그 당시 정치판이 하도 지역 색
깔에 의하여 좌지우지되는 꼴이 지겨워서 약간은 야지 놓느라고 한
말이었지만 그후 날이 갈수록 아직 태어나지 않은 미래의 정치인으
로서의 나의 꿈을 버린 적이 없는 것 같다. 나는 강원남도가 탄생하
는 그날을 기다리며 은인자중해왔다고나 할까.

내 마음속 상상력의 지도에는 아주 선명하게 강원남도 지도가
그려져 있다.

재작년 봄『현대문학』에 발표한 중편소설「중내북만필」에는 이와
같은 나의 구상이 고스란히 담겨 있다. 충주의 옛 지명은 중원中原이

고 제천은 내제奈堤이며 원주는 북원北原이다. 그러니까 '중내북'은 충주, 제천, 원주를 뜻하는 광역 지방도시를 가리키는 말인데, 언젠가 강원남도가 생기면 델타 지역의 거점이 될 수밖에 없는 핵심적인 도시가 된다. 소설의 주인공인 '나'는 바로 이 세 도시를 근거로 강원남도 초대 도지사가 된 다음 차츰 내가 통치하는 영토를 무력을 사용해서 확장을 하는 것이다. 즉 춘천을 포함한 강원 북부는 물론 휴전선 너머 이북까지 통일하는 것이다.

처음에는 강원남도로 출발했지만 종당에는 독립국가를 선포하여 중앙정부를 무너뜨리고 진정한 단일국가를 건설하는 것을 목표로 삼는 것이다.

식민지 시대에 창씨개명하여 일제의 앞잡이가 되었다가 해방 후에는 잽싸게 흔해빠진 민주주의의 탈을 쓰고 호의호식한 놈들과, 또 민족 주체와 독립투쟁의 혁혁한 싸움을 내세워서 권력을 장악한 후에는 자기 백성을 굶주리게 하며 언필칭 주체사상을 주장하는 사이비 프롤레타리아를 일거에 박살낼 수 있는 진정한 독립국가가 건국되는 것이다. '나'가 통수권자가 되는 '국가'는 일찍이 우리나라 역사에서는 듣도 보도 못한 유토피아가 되는 것이다.

그런 날이 오면 마땅히 춘천은 내가 세운 유토피아적인 국가의 명실상부한 수도가 되는 것이다. 한반도의 지도를 펴놓고 보면 춘천이 바로 국토의 중심이라는 것을 단박에 알 수 있지 않은가. 그러므로 춘천은 미래의 서울이다.

지금 서울과 춘천 간의 철도 복선화공사가 진행되고 고속국도가 놓이고 있지 않은가. 내가 건국할 미래의 국가가 탄생하기 위해서 병력과 군수물자를 수송할 도로를 미리 닦고 있는 것이다. 지금 구상하고 있는 나의 웅대한 계획의 타당성이나 실현 가능성을 논증할 자신은 없다. 또 논증할 생각도 없다. 모든 위대한 역사는 논리적인 기승전결 없이 어느 순간에 폭발하듯 시작되는 것이다. 우주 탄생의 빅뱅처럼!

아내와 영희 누나가 살고 있는 춘천으로 내가 주민등록을 옮기게 된 것도 이와 같은 위대한 순간을 맞이하기 위한 운명적 징조라는 생각이 든다. 미래의 어느 날, 강원남도가 남과 북의 정권을 무너뜨리고 국토를 통일한 다음 새로운 수도를 정할 때 반드시 춘천을 새 수도로 정할 것이다.

아주 가까운 미래의 어느 날, 새로운 국가의 건국을 선포하는 자

리에서, 아주 가까운 과거의 어느 날에 내가 퇴계동 뜨란채 아파트 주민이었고 아주 모범적인 춘천시민이었다는 것을 알게 된 '국민'들의 환호 소리가 벌써부터 쟁쟁하게 들려오고 있다.

오탁번 1943년 충북 제천 출생. 고려대 영문과와 동대학원 졸업. 현재 고려대학교 명예교수와 한국시인협회장으로 재직중. 시집 『겨울강』 『벙어리장갑』 『손님』, 소설집 『처형의 땅』 『저녁연기』 등이 있다.

5월의
엽서 속을
거닐다

김다은(소설가)

춘천에 사는 ㄱ이 엽서 한 장을 보내왔다. 인간도 짐승도 아닌 정체불명의 두 존재가 춤추듯 스케치된 것이었다. 춘천에 놀러 오라는 간단한 제안과, 몇 날 몇 시에 청량리역에서 도깨비 열차를 타라는 구체적인 지시가 적혀 있었다. 당시 나름대로 알아보았으나, 그 시간에 떠나는 기차가 없는 것 같았다. 엽서 위의 괴상한 존재도 그렇거니와 있지도 않은 도깨비 기차를 타고 오라는 ㄱ의 초대는 황당할 수밖에 없었다.

5월이 끝나갈 무렵 정해진 날짜가 슬슬 다가오자 호기심이 동하기 시작했다. 엽서와 기차여행처럼 지극히 아날로그적인 유혹을 시도한 상대방에게 삐리리 전화를 걸어 무슨 일이냐 혹은 그런 기차가 없다는 식의 디지털적인 화답을 하고 싶지 않았다. 그래서 나는 비

숫한 시간대의 기차여행을 떠나기로 결심했다. 짱— 하고 나타나서 도리어 그쪽을 당황하게 만들어주어야겠다고 생각했던 것이다. 내가 춘천에 도착할 즈음, ㄱ이 어디론가 멀리 여행을 가버리지나 않으면 다행이었다.

한데 역에서 깜짝 놀랄 일이 일어났다. 엽서에 적힌 정확한 시간에 춘천행 열차가 기다리고 있었던 것이다. 나는 갑자기 어떤 음모에 휘말린 느낌이 들었다. 내 표는 예약이 되어 있었다. 기차를 타는 사람들은 이 사건의 전후 사정을 아는 듯 들뜬 얼굴이었고, 나를 속이기 위해 한패거리로 움직이는 듯한 인상을 주었다. 어디로 가느냐고 물어도 청평이나 가평이 아니라 한결같이 춘천이라고 대답했다. ㄱ이 아무리 괴짜이기로 나를 놀래키기 위해 열차까지 동원했을 리가 없었다. 남춘천에 도착한 사람들은 홀리듯 대기하고 있는 버스에 올라탔고, 버스는 어디론가 달려가고 있었다. 우리가 도착한 곳은 인공호수 안에 형성된 작은 섬, 위도였다.

위도에서는 국제 팬터마임 축제가 열리고 있었다. ㄱ은 빙긋빙긋 웃으며 나를 맞이했다. 여러 나라 도깨비들이 모였으니 구경 좀 하라고 불렀다고 했다. 엽서 속의 괴물들은 바로 마이미스트들이었다. ㄱ은 나에게 글로 먹고사는 직업이 지겹지 않느냐며 몸으로 표현하는 것을 즐겨보라고 했다. 마임은 말로 표현하지 못하던 시절의 저항 언어이기도 하고 요즘처럼 말이 넘치는 때에 말 이상의 것을 표현해주는 포스트모던적인 언어라고 했다. 기차는 어떻게 된 것이냐고 물었더니, 국제 팬터마임 축제를 위해 주최 측에서 마련한 특별 도깨비 열차라고 했다.

우리나라에서 마임이 처음 시작된 것은 1970년대라고 했다. 서울에서 유진규라는 사람이 〈억울한 도둑〉을 처음 공연했는데, 도둑으로 몰린 억울한 심정을 몸짓으로 표현한 것이었다. 당시 군사정권의 탄압에 대한 은유였던 셈이다. 그후에도 마임은 별로 생명력을 얻지 못했는데, 그가 서울에서 춘천에 와서 조그마한 레스토랑을 경영하면서 주말마다 마임 공연을 한 것이 계기가 되어 국제적인 수준의 마임 축제로 거듭난 것이었다. 매년 벌어지는 국제 팬터마임 행사는 날로 커져 국외 여러 나라와 국내 수십 개의 극단이 참가하고 있다고 했다. 그 이야기를 듣고, 나는 "마임 행사가 본래 춘천에서 생겨난 것은 아니고 외지에서 흘러 들어온 것이 아니냐"고 약간 ㄱ의 말을 뒤틀었던 것 같다.

위도의 국제 팬터마임 축제는 국내외 극단들의 다양한 '몸짓'들과 연주들로 진행되었다. 축제 마지막 날에 도착했던 나는 그날 밤 축제의 절정을 보았다. 어둠 속에서 참가자들이 너나없이 도깨비로 변하기 시작했다. 행사에는 '도깨비 어워드'가 있었지만 진정 그 상을 받을 자는 바로 그 축제를 즐기려고 멀리서 온 젊은이들과 시민들이었다. 그들은 처음에는 무언의 대화로 장난을 치면서 도깨비 장난을 벌이더니, 점점 노래와 환호성으로 자신을 폭발시켜나갔다. 밤이 깊어질수록 축제는 더욱더 난장이 되어갔고, 무한질주의 흥분과 열정은 밤새 지속되었다. 그 행사는 옷 속으로 한기와 피로가 스며드는 새벽 5시가 되어서야 가까스로 끝이 났다. 사람들은 다시 도깨비 열차를 타고 홀연히 서울로 돌아갔다.

다음날 나는 춘천을 보고자 했다. 춘천은 분지 도시였다. 의암댐 덕분에 인공호수가 춘천을 감싸고 있었다. 그래서 그런지 춘천 어디서나 물길을 볼 수 있었다. 춘천은 반투명한 흰 머플러처럼 안개에 휘감겨 있었다. 신비하고 몽롱한 여인의 형상처럼 아름다웠다. 내 표현을 들은 ㄱ은 웃으면서 여행객의 하루치 서정과 현지인의 감정은 다를 수 있다고 했다. 안개 때문에 식물들이 잘 자라지 않는다고 불평했다. 더구나 안개 때문인지 관절이 약해지는 것 같다고 투덜거렸다. 나는 안개 없는 서울에 살아도 마찬가지라고 했다. 결국 둘은 관절 약화가 안개 때문이 아니라 나이 때문이라는 결론에 도달할 수밖에 없었다.

우리는 한 카페의 앞마당에서 의암호를 바라보았다. 오! 호수여! 나도 모르게 라마르틴의 「호수 *Le lac*」를 낭송하고 있었다. 프랑스

마임의 집

에서 낭만주의라는 새로운 사조를 태동하게 만든 이 시는 그 사조
의 특징대로 자신의 감정을 끝없이 토로한 탓에 여러 페이지에 달
하는 아주 긴 작품으로 정평이 나 있었다. 대학 시절 교수님이 강제
하셔서 억지로 외웠던 사연 많은 시였는데, 그곳에서 호수의 언어
처럼 터져나왔던 것이다. 낭송이 끝나자 ㄱ은 봉황 닮은 눈으로 나
를 쳐다보고 있었다. 그 길고 긴 시를 멋진 불어 발음으로 쏟아낸
매력적인 여자(!)를 발견한 탓일까.

　가장 춘천다운 것을 소개하라고 했더니 ㄱ은 팔을 쭉 뻗어 봉산
을 가리켰다. 봉의산이라고도 부른다고 했다. 봉산은 춘천 시가지
를 내려다보면서 하늘을 떠받치고 있었다. ㄱ은 정색을 하고 "여자
가슴을 닮은 산"이라고 했다. 봉긋하다는 뜻이었다. 봉산은 남쪽으

여자 가슴을 닮은 봉의산 전경

로 진병산, 서남쪽으로 삼악산, 서북쪽으로 화악산, 북쪽으로 용화산 그리고 동쪽으로 대룡산에 둘러싸여 있다고 했다. 봉산 뒤편으로는 소양강 외에도 낭천강 물을 받아 의암호수를 이루면서 우두평야의 곡창지대를 거느리고 있다고 했다. 그 설명을 들으니 여인의 가슴처럼 풍만하고 넉넉한 느낌이 들긴 했다.

ㄱ은 나에게 보여주고 싶은 것이 있다고 했다. 봉산에 비견할 만한 산이라고 했다. 나는 봉산으로 충분하다고 했으나, ㄱ은 고집을 부렸다. 관광 안내인을 무시할 수 없는 처지라 ㄱ을 따라갔다. 춘천 전체에 날개를 펼친 듯 웅장하면서도 선이 고운 봉산에 비해서 그 산은 분지에 덩그마니 놓인 바위산이었다. ㄱ은 이 산에 얽힌 전설을 자분자분 들려주었다.

어느 핸가 장마에 휩쓸려 금성金城의 큰 바위산이 춘천으로 떠내려왔다. 춘천 분지에 와서 홀로 높게 솟게 된 그 산은 자태가 아름다워 사람들의 눈길을 끌었다. 사람들이 점점 그 바위산을 보려고 모여들었고, 부래산浮來山이라는 이름을 붙여놓고 즐거워했다. 이 소식을 들은 금성의 관리가 춘천으로 와서 그 바위산은 본래 금성의 것이니 춘천 사람들이 보고 즐기려면 세금을 내야 한다고 우겼다. 춘천 사람들은 어쩔 수 없이 세금을 내기로 했고, 매년 금성의 관리가 와서 돈을 가져갔다.

한데 얼마 후 춘천에 새 고을원이 부임하여, 부래산 세금 문제를 알게 되었다. 아버지 원님이 근심에 싸여 있자 일곱 살짜리 아들이 그 문제를 해결해보겠다고 했다. 드디어 금성의 관리가 춘천에 오자, 그 어린 아들은 금성의 관리에게 말했다. "금성의 바위산이 허락도 없이 춘천에 와서 자리를 잡았는데, 지금까지 자릿세를 내지 않았습니다. 더 두려면 자릿세를 내시고, 그러고 싶지 않으면 도로 가져가시기 바랍니다." 물론 춘천은 그 뒤로 금성에 세금을 내지 않았고, 부래산은 춘천의 산이 되었다.

흔하게 듣던 전설 같았다. 당시 관리들의 백성들에 대한 세금 착취, 관습에 젖은 어른들과 그런 관습을 여지없이 깨는 아이의 대조가 그랬다. 이 소박한 전설을 가진 부래산에 왜 집착하느냐고 물었더니, ㄱ은 '외지에서 흘러들어온 것을 춘천이 어떻게 수용하는가'를 보여주고 싶었다고 대답했다. 춘천은 이질적인 것에 줄을 긋거나 경계하지 않는 도시라며, 그는 내 허虛를 찔렀다. 전날 위도에서, 마임이 춘천 본토의 것이 아니라 외지에서 흘러든 것이라는 나의 공격에 대한 그의 반격이었던 셈이다.

　춘천의 여행은 거의 끝나가고 있었다. 작별 인사가 필요해 팬터마임 축제를 다시 보려면 1년이나 기다려야겠다고 했더니, ㄱ은 그럴 필요가 없다고 했다. 춘천에는 아예 상설 팬터마임 극장이 있으니 언제든지 오라고 했다. 단지 한 가지 조건이 있으니, 이 극장에서는 한 사람에 만원씩 하는 입장료가 '연인'에게는 만오천원이니, 다음에 올 때는 자기랑 연인을 해야 할 것이라고 했다. 나는 마임의 부흥을 위해서 5천원을 아낄 생각이 없으며, 더구나 아직까지는 동성애를 할 감정적 정서가 발아되어 있으니 연인은 거절하겠다고 말해, 포복절도했다.

　그렇게 춘천을 떠났다. 그후 춘천은 나에게 ㄱ이 보낸 엽서를 닮은 도시로 기억되고 있다. 엽서 속처럼 인간인지 짐승인지 그 경계가 모호한 존재의 도시, 규격 잡힌 사람의 형상을 벗어나는 도시이다. 팬터마임처럼 말하지 않아도 수많은 의미를 쏟아내는 도시이다. 안개처럼 경계를 해체해 더 많은 것을 수용하는 도시이다. 춘천! 그 모호한 안개와 팬터마임의 틈 사이에서 나는 내 기억의 파편들을 슬그머니 내려놓는다. 부래산처럼 자릿세도 내지 않고 말이다.

김다은　1962년 경남 진주 출생. 이화여대 불어교육학과와 불문과 대학원 졸업. 1996년 제3회 국민문학상에 당선되어 등단. 현재 추계예술대 문창과 교수로 재직중. 소설집 『위험한 상상』, 장편소설 『푸른 노트 속의 여자』 『러브버그』 『이상한 연애편지』 『훈민정음의 비밀』 등이 있으며 서간집 『작가들의 연애편지』 『작가들의 우정편지』를 엮었다.

춘천으로
이르는
내 마음의
여정

최수철 (소설가)

사람들은 간간이 내게 전화를 걸어, 이번에 춘천에 가게 되었으니 어디 어디에 들르면 좋을지 알려달라고 한다. 그러면 나는 잠시 생각을 가다듬은 후에 대답한다.

우선, 춘천에 진입할 때, 새로 난 길 말고, 화천 방면의 구도로를 타세요. 그리고 의암댐 옆의 삼악산 등산로 입구 주차장에 차를 세우세요. 산을 5분쯤 오르면 중턱에 삼악산장이 있는데, 이곳에서 허브차를 마시며 의암호와 춘천 전경을 감상하세요. 시간 여유가 있다면 삼악산을 넘어 구곡폭포로 빠져서, 그곳의 관문과 누각을 겸한 독특한 식당에 들러 동동주를 마시는 것도 좋지요.

삼악산에서 내려와 다시 차를 타고, 의암호를 오른쪽으로 끼고 달리세요. 당신의 자동차는 호수에 바로 면한 길을 구불구불 달리게 될 겁니다. 그럴 때면 때로 당신이 물 위에 떠 있다는 느낌도 받을 수 있을 겁니다. 곧 왼쪽으로 신숭겸 장군 묘역이 나타나는데, 산책을 겸하여 묘역을 둘러보세요. 인근의 한적한 시골길을 천천히 달리면서 낮은 산과 저수지와 풀숲과 개울이 잘 어우러진 평화로운 풍경을 음미하는 것도 즐거운 일입니다.

이제 당신은 춘천호를 보러 갑니다. 오던 방향으로 계속 달려서 춘천댐에 이르러 화천 쪽으로 조금 가다보면 오른쪽으로 춘천호 팔각정으로 통하는 길이 나옵니다. 의암호는 위쪽에서 내려다보았다면, 그곳에서는 춘천호를 가슴으로 끌어안고 바라보게 될 겁니다. 자, 이제는 양구 쪽 물줄기를 따라 올라가보도록 하지요.

나의 말은 그런 식으로 계속 이어진다. 소양호와 청평사, 소양강의 고슴도치섬과 중도, 구봉산 전망대와 그곳의 카페들, 그리고 세종호텔과 봉의산에서의 아침 산책, 베어스 관광호텔이나 라데나 콘도와 소양강변 산책 등등. 음식에 대한 조언도 빼놓을 수 없다. 닭갈비, 송어회, 쏘가리회, 메밀파전, 메밀촌떡, 막국수, 그중에 막국수는 반드시 육수를 자작하게 부어서 먹어야 한다는 말도 잊지 않는다.

그렇게 말하고 전화를 끊고 나면, 나는 갑자기 마음속으로 공허감과 허탈감이 밀려드는 것을 느낀다. 방금 내가 말한 여정은 단지 몸의 여정일 뿐이라는 생각이 들기 때문이다. 그때부터 나는 춘천을 무대로 하여 마음의 여정에 오른다.

이 여행은 실로 기묘하다. 시간과 공간의 제한이 없다. 여행하는 사람이 나 자신이기도 하고, 여행하는 나를 내가 보기도 한다. 그러

나 그 여행은 몸의 여행과 달리 아름답지만은 않다. 더욱이 이제는
사라지고 없는 장소도 적지 않다.

집에서 50미터쯤의 거리에 있는 향교가 먼저 눈앞에 떠오른다.
그곳 마당에 있던 두 그루의 아름드리 은행나무. 어느 가을날 오후,
초등학생인 내가 우울한 낯빛으로 바람에 날려 떨어지는 노란 은행
잎을 하염없이 바라보고 있다. 며칠 전에 학곡리 공동묘지에 묻힌
할머니에 대한 생각이 내 머리를 떠나지 않고 있다.

중학생인 내가 늦은 시간에 봉의산에서 향교 쪽으로 이어지는
내리막길을 혼자 내려오고 있다. 나는 미션스쿨인 성심여대의 영상
실에서 모차르트의 오페라 〈마적〉을 보고 오는 길이다. 처음 접한
그 낯설고 현란하고 격정적인 세계는 나를 뿌리까지 뒤흔들었다.

춘천댐 앞 팔각정에서 바라본 정경

비록 감상 도중 자주 졸다가 깨어나기도 했지만, 깨어나서 보는 화면 속의 세계가 꿈속보다 오히려 더 환상적이었다.

고등학생인 내가 춘천여고에서 명동 쪽으로 이어지는 골목길을 빠른 걸음으로 걷고 있다. 길이 경사진 데다가 집들이 다닥다닥 붙어 있어서, 험한 미로와도 같은 그 골목길을 나는 목적지도 없이 걷고 있다. 때로 사람 하나가 겨우 빠져나갈 정도로 좁은 곳도 있고, 막다른 곳도 있다. 나는 내 속에서 넘쳐나는 낭만적 환멸감을 주체하지 못하여, 까닭 없이 분노하고 슬퍼하고 막막해하며 내 몸이 완전히 지칠 때까지 더 어둡고 좁은 길을 찾아 막다른 곳에 다다를 때까지 무작정 걷고 있는 것이다.

30대의 내가 소양강변을 하염없이 걷고 있다. 소양호에서 의암호까지는 꽤 먼 거리다. 서울 생활을 접고 춘천에 내려온 나는, 자동차를 타거나 걸어서 강을 따라 내려가고 또 거슬러 올라오기를 계속한다. 나는 많은 시간을 강가에서 보내고 있다. 현실적인 답답함과 미래에 대한 불안감으로 내 머릿속에서는 불이 나고 있다. 나는 그 불을 끄기 위해서라도 물을 떠날 수 없다. 그리고 그 상황을 가지고 「머릿속의 불」이라는 중편소설을 쓰고 있다. 그 소설은 내가 온전히 춘천을 배경으로 하여 쓴 유일한 소설이다. 주인공은 대부분의 시간을 강을 따라 움직이고 강가에 머물고 강가의 산장에 투숙한다. 그러나 그의 머릿속에는 불이 타오르고 있다. 그는 그 불을 다스리기 위해 물을 찾고 있다. 물을 떠나지 못하는 것도 그 불이 언젠가 자신을 태워버릴지도 모른다는 두려움에서다. 그것은 그 무렵, 춘천에 내려와 몇 년의 기간을 보내던 나 자신의 초상화이다.

향교

고등학교 3학년생인 내가 초가을 어느 날, 자율학습을 마치고 자정이 다 된 시각에 학교 정문을 나서고 있다. 바로 길 건너에는 미군 전용 클럽들이 즐비하게 늘어서 있다. 미군 부대 캠프 페이지가 지척에 있기 때문이다. 클럽들 뒤로는 장미촌이라는 유곽이 있다. 날이 아직 춥지 않아서, 미군들 서넛이 각기 여자를 하나씩 끼고 길가에 나와 술을 마시고 있다. 그중 흑인 병사와 그의 품에 안긴 양색시가 나를 쳐다보며 노골적으로 서로를 애무한다. 나는 얼굴이 벌겋게 달아오른다. 약소민족의 설움과 성적인 수치심이 내 속에서 동시에 치밀어오른 탓이다. 나는 나 자신과 온 세상에 대한 적개심에 사로잡혀 후들거리는 걸음으로 그곳을 떠난다.

초등학교 시절, 햇살이 유난히 뜨겁던 어느 여름날, 나는 가족들과 소양강에 천렵을 나간다. 아직 수영을 하지 못하는 나는 주로 물가에서 놀다가, 마침내 용기를 내어 깊은 곳으로 한 발 한 발 걸음을 옮긴다. 그러다가, 아뿔싸, 갑자기 두 발이 바닥에 닿지 않는다. 나는 허우적거린다. 비명도 지를 수 없다. 물이 가득 찬 어항을 머리에 뒤집어쓰고 있고, 두 발이 발목까지 뭉텅 잘려나간 기분이다. 그때 누군가의 손이 나를 잡아당긴다. 그렇게 나는 가까스로 죽음의 손길에서 놓여난다.

돌아보면, 아직 소양댐이 지어지기 전이던 그 무렵에 춘천이 얼마나 맑고 깨끗했는지 새삼스레 깨닫곤 한다. 그 외에도 죽을 뻔한 기억은 여러 번 있다. 양구 방면 국도에서 일어난 자동차 전복 사고, 그리고 만취된 상태에서 수없이 겪은 위험천만한 사건들.

술에 대해 이야기하자면, 내게 춘천은 물의 도시이자 술의 도시다. 물에 대한 기억 못지않게, 춘천에서 마신 많은 술에 대한 기억이 내 머리를 가득 채우고 있다. 대학 1학년 시절 가을, 나는 대낮에 춘천 명동의 전원다방에 죽치고서 시간을 보냈다. 유신 정권 시절, 강제로 휴교령이 내려져서 학교 문이 닫혀버린 탓이었다. 하루아침에 백수가 되어버린 나는 친구들과 함께 당구장과 다방과 술집에서 몇 달을 보냈다. 술에 취하면 클래식 음악만을 틀어주던 전원다방에 돌아와 반쯤 졸며 술이 깨기를 기다렸다가, 정신이 들면 다시 함께 몰려나가곤 했다.

그후로 내게는 춘천이 가장 기분 좋게 만취될 수 있는 곳이 되었는데, 소양강변의 달팽이집은 지금도 내가 춘천에 갈 때마다 강을 내려다보며 먼저 가볍게 한잔하기 위해 들르는 곳이다.

외부로부터 방해를 받지 않는 한, 내 마음의 여정은 멈추지 않고 이어진다. 춘천으로 유학 온 자취생들의 방, 고등학생 복장으로 구멍가게에서 8홉짜리 소주병을 사들고 나오다가 성심여대의 수녀들과 마주친 일, 대문이 크고 마당이 넓던 나의 집, 대청마루, 마당 한가운데 서 있던 잣나무, 그 잣나무에 날아와 앉은 노란색 잉꼬를 잡던 일, 군대를 제대하고 돌아와 한림대학에서 근무하던 일, 지금도 첫사랑이 무엇인지 모르지만, 첫사랑이라고 불릴 수도 있을 사연이 깃든 몇몇 풍경들.

그러나 여행을 계속하는 동안, 내 마음은 차츰 지쳐간다. 그리고 어쩔 수 없이 조금씩 우울해진다. 이제는 돌아갈 수 없을 뿐만 아니라 기억조차 희미해지고 있는 과거의 일들이 삶의 무상함을 헛되이

소양강변의 달팽이집은 지금도 내가 춘천에 갈 때마다 들르는 곳이다.

상기시키기 때문이다. 그럴 때면 문득 내가 전에 소설의 제목으로 썼던 '뿌리에 고인 눈물'이라는 어구가 떠오른다. 내 몸속에서 춘천의 물이 출렁거리는 느낌이 들기도 한다.

하지만 추억에 잠겨 기분이 가라앉도록 내 자신을 내버려둘 수는 없는 노릇이다. 나는 기분을 전환하기 위해, 마음의 여행을 버리고 몸의 여행으로 돌아온다. 나는 다시금 삼악산장을 오르고, 춘천호에서 물의 정기를 들이마시고, 청평사 경내를 거닌다. 그러면서 나는 모든 사람이 공유하고 있는 춘천과 나의 내면에 들어 있는 춘천이 서로 만나는 자리를 찾을 필요를 느낀다. 말하자면, 몸의 여행과 마음의 여행을 합쳐서, 춘천의 진실된 모습을 밝혀야겠다는 생각이 드는 것이다. 그리고 그것은 오직 소설로만 가능할 터이다. 그리하여 나는 몸의 여행과 마음의 여행을 모두 멈추고, 춘천 소설 여행을 구상한다. 언젠가 나는 춘천을 중심 배경으로 장편소설을 쓰게 될 것이다. 아마도 성장소설이 되겠지만, 어쩌면 연애소설이 될지도 모를 일이다.

어느 대담 자리에서 소설가 김도연이 내게 이렇게 물은 적이 있다.

"선생님께 고향 춘천은 어떤 곳인가요? 농담이지만 선생님께선 절대 고향에 돌아가지 않을 대표적인 분으로 보이기도 하거든요."

그 말에 나는 이렇게 대답했다.

"그동안 춘천에 대해 많이 생각하고 그 생각을 글로도 여러 번 썼지요. 춘천은 전통적으로나 문화적으로 뿌리가 깊은 곳이라고 할 수는 없는데, 그 흔들리는 뿌리가 오히려 내게 자유로움을 누릴 수 있게 한다거나, 춘천이 여러 가지 면에서 가지는 중간자적 특징이 내가 쓰는 소설에 잘 맞는다거나 하고 말입니다. 내가 춘천에 돌아가지 않을 것이라는 말은 내게 섬뜩한 농담으로 들리는데, 어쩌면 그 말이 맞을지도 몰라요. 나는 춘천에 돌아가고 싶지만, 이미 춘천은 내 속에서 이상적인 모습으로 자리잡아서, 내 육체가 들어가 머물 현실적인 공간이 없을 수도 있을 테니까요. 그러나 춘천은 항상 감각적으로 내 속에서 넘쳐납니다. 나이가 들수록 더욱 강하게 드는 생각인데, 예전에는 춘천을 사랑했다면, 이제는 내가 춘천의 일부라는 느낌이 절실합니다."

최수철 1958년 춘천 출생. 1981년 조선일보 신춘문예로 등단. 윤동주문학상, 이상문학상 수상. 현재 한신대 문예창작과 교수로 재직중. 소설집 『공중누각』 『화두, 기록, 화석』 『내 정신의 그믐』 『분신들』 『모든 신포도 밑에는 여우가 있다』 『몽타주』, 장편소설 『고래 뱃속에서』 『어느 무정부주의자의 사랑』 『벽화 그리는 남자』 『불멸과 소멸』 『매미』 『페스트』 등이 있다.

한 도시를 기록할 수 있었다는 것은
행복한 일이었다

박진호 (사진작가)

내가 이 책의 사진을 찍게 된 것은 인연에서 비롯되었다. 2005년 여름께 한 신문 칼럼에 인용된 한명희 시인의 「등단 이후」라는 시를 읽은 나는, 빈곤한 예술가의 현실을 꿰뚫어본 시를 쓴 이 시인을 꼭 만나봐야겠다고 마음먹었다. 이후 몇 번의 메일을 주고받으며 이듬해 1월 인사동에서 만나고서 계속 교유를 해왔다. 그러다가 2008년 초여름 어느 날, 한 시인으로부터 춘천에 관한 책의 기획을 맡게 되었는데 사진 촬영을 맡아달라는 전화를 받았다. 이것이 이 책의 출간에 내가 참여하게 된 과정이다.

2008년 9월 27~28일, 기획위원들과 필진들 간의 상견례와 더불어 필진들의 춘천에 대한 추억을 되새겨보도록 하자는 취지의 만남이 있었다. 춘천 라데나 콘도에 모인 필진들은 실레마을과 청평사를 방문한 후 함께 저녁식사를 하며 각자의 춘천 얘기들을 나누었다. 나는 그 시간에 자리를 옮겨다니며 시인, 소설가 한 분 한 분과 그들이 구상하고 있는 글 내용을 취재하듯 물었다. 넉넉하지 않은 촬영 일정으로 인해 글이 나오기 전, 일단 촬영 예정지를 돌아봐야 했기 때문이다. 너무나 당연한 얘기지만 모든 분들의 공통점, 그것은 '과거 회상'이라는 것이었다. 그것도 대부분 20~40년 전의 오래된 것들이었다. 그리고 많은 분들이 물과 안개를 언급했다. 나는 여기서 야간 촬영을 생각했고, 디테일보다는 실루엣을 생각했다.

소설가 안정효 선생님은 1963년 대학교 3학년 시절에 『은마는 오지 않는다』를 집필했으며 그곳에서 많은 영감을 받았다는 서면 금산리의 황면장댁을 촬영해달라고 했다. 그러면서 금산리에 가서 황면장댁을 찾으면 누구나 안다고 하셨다. 그러니까 요즘 널리 보급되고 있는 내비게이션은 필요 없다는 의미였다. 하지만 내비게이션 시대를 살고 있는 나는 안선생님의 설명에 앞으로 펼쳐질 고생길을 생각했다. 그 황면장님이 언제까지 면장을 하셨는지는 모르겠지만 어쨌거나 지금 안선생님이 말하고 있는 면장님은 약 45년 전의 면장님 아니던가. 여하튼 그 다음주에 첫 촬영지로 금산리 황면장댁을 택한 나는 춘천에 접어들면서 내비게이션을 켜고 금산리를 입력했다. 그러나 의암호의 '환상의 도로'를 달리면서 내비게이션이 만드는 시청각 정보에 가벼운 짜증이 나서 아예 꺼버렸다.

'그곳에서는 무음이든가 아니면 잔잔한 음악을 들어야 한다. 그리고 뒤따라오는 모든 차들에게 앞길을 양보해야 하고 주차 공간이 있는 곳에서는 아예 차를 세워야 한다. 희뿌연 낮 안개가 살포시 깔린 의암호의 풍광을 실눈 뜨고 감상해야 한다.' 이것이 그때 내가 느낀 춘천이었다. 그러면서 나는 춘천의 머릿속 '그림'을 계속 그렸다. 어쨌든 내비게이션을 끄고 감으로 찾아간 곳은 금산리 조금 못 미쳐 있는 방동리였다. 자전거 타고 마실 나가는 나이 지긋한 한 할아버지는 금산리 황면장댁을 찾는 나를 물끄러미 쳐다보며 말했다. "일제강점기 때 면장하던 황면장댁을 찾는 갠가?" 순간 황면장님의 면장 경력은 45년 전을 훌쩍 넘어서고 있었다. "네……?!" "여기는 방동리고 오던 길을 되돌아 큰길에서 좌회전, 가다가 다시 물어봐……" 서면 도서관 근처의 가게 할머니 역시 그랬다. "일제강점기 때 황면장?" "네!" 할머니는 가게 밖으로 나와 손가락으로 가리켰다. "저기 저 집……" 찾았다. 단 두 번의 길 찾기 물음만으로 찾았다. 아직 도시화가 이루어지지 않은, 마을의 역사를 꿰고 있는 마지막 세대가 남아 있는 서면에서는 주소도, 내비게이션도 별 필요가 없었다. 더불어 45년을 넘어 일제강점기 때까지 거슬러 올라가는 황면장님의 위세는 길고도 컸던 것이다.

시인 박남철 선생님은 7층석탑을 '반드시' 신동아아파트를 배경으로 하여 촬영해야 한다고 주문했다. 한 동짜리 주상복합 아파트 6층에서 7층석탑을 내려다보며 (모년) 6월 7일 「벤자민나무 그늘 아래서」라는 시를 썼다는 말을 하면서…… 또 춘천 사람들도 7층석탑의 존재를 잘 모른다고 곁들이면서 소양 2교를 거쳐 7층석탑 근처까지의 약도를 설명해주었다. 이후 촬영을 가기 위해 7층석탑을 내비게이션에 입력했을 때, 아무런 정보가 뜨지 않았다. 그러니까 박선생님이 가르쳐준 정보만으로 찾아야 했다. 상당히 가까이 갔다고 생각했을 때, 행인1에게 물었더니 모른다고 했다. 행인2에게 물었더니 파출소를 가리켰다. 나는 행인2에게 감사를 표하고 파출소로 갔다. 경찰아저씨는 재차 물으며 확인하는 나를 이끌고, 약간 피곤한 모습을 드러내며 밖으로 나왔다. "이 길을 직진해서 한 5분 달리다보면 이정표가 나와요. 그러면 좌회전……" 도착해보니 실제 5분도 안 되는 거리였고, 이정표는 큼직했으며 또한 정확했다. 그 경찰의 얼굴에 비친 약간의 짜증이 비로소 이해가 됐다. 새벽 4시가 넘고 있었다.

　촬영 후 갈증을 느낀 나는 7층석탑 앞길 좌측 위 언덕에서 낯익은 편의점 간판 불이 언뜻 보이는 듯하여 차를 몰고 올라갔다. 맞았다. 그런데 음료수를 사고 나와서는 길을 익혀볼 요량으로 원래 왔던 길이 아닌 편의점 옆길로 나온 나는…… 깜짝 놀랐다. 내가 애초에 출발했던 도청 앞길이었다. 그러니까 나는 바로 옆 골목에 있는 장소를 가기 위해 큰 원을 그리듯이 해서 돌아돌아 물어물어 갔던 것이다. 그 황당함이란…… 그렇지만 초행길에서 겪는 황당함은 사실 즐거움이기도 했다. 이후로 나는 춘천을 밤낮 가리지 않고, 가로로 세로로 대각선으로 '누비고' 다녔다.

　내가 촬영했던 곳 가운데 가장 아름다운 곳을 꼽으라면 단연 의암호 주변으로서, 대낮의 안개 낀 풍경은 한 편의 동양화다. 고즈넉하다라는 표현이 딱 맞을 듯하다. 그렇지만 인적이 거의 끊긴 밤, 홀로 의암호를 바라보는 그 쓸쓸한 행복감에는 비길 수 없다. 그때 신비, 환상, 애절함이 가슴을 저미게 하는 시크릿가든이나 엔야의 음악을 곁들인다면 그러한 감정을 최고조로 올릴 수 있다. 그러나 내 '경험상' 알코올은 위험하다. 이미 앞 과정만으로 감정은 임계점을 넘나들기 때문이다.

청평사는 배를 타고 가는 것이 일반적이지만 차를 타고 굽이굽이 산을 넘고 돌아가는 것도 여행의 맛을 더해주는 괜찮은 방법이다. 그러나 겨울에는 피하는 것이 좋을 듯하다. 이미 아름다운 풍경이 운전에 충분히 방해가 되는데 겨울의 도로 환경은 위험을 배가할 것이기 때문이다. 이 청평사는 특히 내 개인적으로 아쉬움과 새로운 만남의 즐거움을 동시에 준 곳이기도 하다. 1992년 극심한 정신적 피로를 겪으며 행한 첫번째 개인전 때 우연히 전시장에 들렀던 청평사 스님, 카탈로그에 내가 써놓은 '……그래서 나는 행복하다'라는 글과 달리 행복해 보이지 않는다며 청평사에 왔다 가라는 따뜻한 위로를 해준 지평 스님이 내가 16년 만에 찾아갔을 때 이미 10년 전에 돌아가셨다는 말을 들어야만 했기 때문이다. 그 대신 지평 스님의 소식을 전해주면서 자기도 그 스님을 존경하고 따랐다는 청평사 내 기념품 가게 이정희 사장과는 지평 스님이 맺어준 인연이라 생각하며 호형호제하는 사이가 되었다. 또다른 소중한 인연이 만들어진 것이다. 더욱이 젊어서 많은 인생 경험을 하고, 사찰 경내에 직장을 갖고 있는 그의 말 한마디 한마디는 잠언이요, 금언이다. 정말 그와 함께 나누는 몇 마디 대화만으로도 삶에 힘을 얻을 수 있다.

옛날 옛날 산골짜기 마을을 연상하게 하는 문배마을의 아늑함도 기억에 남는다. 마을 유래를 설명해주던 식당 김가네 사장님은 문배마을이 좀더 널리 알려졌으면 하는 소망을 내비쳤다. 구봉산 자락의 레스토랑 산토리니에서 바라보는 춘천 야경은 한가운데 자리잡은 봉의산을 더욱 신비스럽게 만들었다. 그리고 한 마을에서 박사학위 취득자가 114명이 나왔다는 서면의 박사마을에는 그곳의 학구열을 느끼게 하는 현대적 시설의 도서관 건물이 있었다. 또한 촬영을 하러 다니는 동안에도 새롭게 박사학위 취득을 축하하는 현수막이 몇 개씩 더 늘어나는 것을 볼 수 있었다. 그 마을의 박사 배출은 일상인 듯했다. 신매대교 초입에 있는 카페 미스타페오의 커피는 혼자 마셔도 '당신과 함께 마시는 커피'만큼이나 훌륭했다. 삼악산은 해질 무렵 멀리에서 실루엣으로 보았을 때 그 웅장한 자태를 한껏 더 드러냈다.

이외에도 나는 소설가 김도연 선생이 언급한 한림대-향교-춘천여고로 이어지는 골목길과 그외 아직 남아 있는 무수한 춘천의 골목길을 찾아다녔다. 2, 30년 전만 하더라도 골목길은 아이들의 놀이터였으며, 할머니들의 사랑방이었다. 삶의 공간이었던 것이다. 그런데 서울 골목길의 성지인 봉천동, 금호동은 일찍이 사라졌다. 아현동도 만리동도 거의 다 사라져가고 있다. 골목길이란 단어조차 사어死語가 되고 있다. 대한민국에서 골목길은 없어지고 단지와 블록이 그 자리를 완전 대체하고 있다. 그러나 아직 춘천에는 골목길이 남아 있다. 더불어 골목길이란 단어도 아직은 남아 있다. 그리고 추억의 화강암 축대도 남아 있다. 하지만 멀지 않았다. 춘천에서도 아파트는 힘이 세다. 모든 것을 밀어낼 것이다. 모든 것을……

나는 이 필진들이 언급한 그 특정의 장소를 방문하고 촬영하면서 그들이 당시에 가졌을 그 감정을 느껴보려고 노력했다. 최선을 다했다. 분명 미흡한 것은 능력이었다. 여하튼 촬영을 마치면서 느낀 소회랄까…… 촬영 일정이 짧아 사계절을 다 담지 못했던 것이 못내 아쉬웠다. 그렇지만 춘천은 이제 내 마음속 깊이 들어와버렸다. 그리고 그것을 통해 개인적으로 굉장히 힘들었던 2008년 후반기를 잘 넘기고 다시 힘을 회복할 수 있었다. 춘천은 강력한 치유의 힘을 가지고 있었다. 그리고 주마간산이나마 한 도시를 기록할 수 있었다는 것은 사진가로서 행복한 일이었다.

아! 춘천……, 바로 춘천이었다.

박진호 1962년 서울에서 태어나 한양대학교를 졸업했다. 서울예술대와 홍익대 대학원에서 사진을 전공하고 국립고양미술스튜디오 1기 입주작가로 활동했다. 〈어쩌다 느낀 작은 슬픔이 있을 때〉 등 다수의 개인전과 단체전을 가졌으며, 국립현대미술관에 작품이 소장되어 있다. 현재 경희대와 강원대에 출강하고 있다.

문학동네 산문집

춘천, 마음으로 찍은 풍경

1판 1쇄 │ 2009년 2월 25일
1판 2쇄 │ 2009년 3월 10일

엮은이 박찬일 최수철 한명희
사진 박진호
펴낸이 강병선
책임편집 이연실 최지영
마케팅 방미연 이지현
제작 안정숙 김정후

펴낸곳 (주)문학동네
출판등록 1993년 10월 22일 제406-2003-000045호
주소 413-756 경기도 파주시 교하읍 문발리 파주출판도시 513-8
전자우편 editor@munhak.com │ 전화번호 031)955-8888 │ 팩스 031)955-8855

ISBN 978-89-546-0770-4 03810

www.munhak.com